KB155348

꽃내길

꽃내길

이영탁 소설집

모악

# 꽃내길

이사

우리는 십여 년 전에 이 집으로 이사를 왔다.

K시의 중심에서 살다가 이곳 H군으로 이사를 온 건 엄마의 바람 때문이었다. 엄마는 K시에서 외할머니가 물려주신 식당을 외삼촌과 운영했다. 처음엔 잠시 외삼촌을 거들어준다고 시작한 일이었지만 적성에 맞는지 이십여 년이나 직업으로 삼았다. 처음엔 외삼촌과 삐걱댔다. 이 삐걱댐으로 식당이 제대로 운영될지 의문이 들었다. 할머니는 두 사람이 티격태격하는 장면을 묘사하시면서 '아이구 머리야.'를 파스처럼 이마에 붙이셨다. 하지만 시간이 지날수록 엄마의 특유한 붙임성이 빛을 발했다. 외삼촌의 깐깐함이 엄마의 넘늘은 붙임성을 이기지 못했다. 그 덕분에 외삼촌과의 삐걱임은 리듬이 되었다. 할머니의 손맛에 엄마의 친절한 붙임성과 외삼촌의 푸짐한 깐깐함이 더해진 덕분에 장사는 잘되었다. 장사가 잘되는 것과 인생의 허전함은 별개의 문제라는 것을 엄마를 통해 알게 됐다. 식당은 늘 손님들로 문전성시였지만 할머니가 돌아가신 후에는 엄마도 외삼촌도 좀 시들해진 것 같았다. 아무래도 허전한 마음을 채우기에는 손님들의 웃음도 역부족이었던 셈이었다.

엄마가 이사를 결정한 결정적인 요인은 언니였다. 엄마가 식당 일을 그만두겠다고 한 말에 우리는 깜짝 놀랐다. 할머니가 계실 때는 늘 '식당 일은 누가 해?' 하며 너무 한다 싶을 만큼 매였었다. 하지만 할머니가 떠나시고 난 후에는 한숨이 안개보다 더 짙은 날이 우리 집 거실에 자욱했다. 할머니가 속상하실 때마다 부르시던 장충단공원의 안개보다 더 짙은 안개에 우리의 호흡이 덮여버리기 직전에 엄마가 던진 신인이었다. 게다가 언니의 대학 입학이 결정적인 홈런이 되리라고는 전혀 생각지도 못했다. 나는 속상했다. 고3의 숨 막히는 난간으로 다가가는 내게는 별 관심이 없는 것처럼 느껴졌다. 하지만 그뿐이었다. 내가 화를 낸다고 해도 엄마는 그러려니 하실 테니까. 내가 늘 외치던 '내 인생은 나의 것!'이라는 절대적 명제가 엄마와 나 사이에 딱 걸려 있었다.

언니는 엄마에게 일하다 갑자기 쉬게 되면 우울증이 올 수도 있으니 일을 접기 전에 무언가 취미를 먼저 정하라고 했다. 취미생활을 하지 않을 테면 집의 분위기를 바꾸는 것도 좋겠다고도 했다. 엄마는 언니의 말에 알았다며 고개를 끄덕였다.

엄마에게 언니는 완벽한 자식이다. 엄마의 바람대로 되어서가 아니라 자신의 앞가림을 잘했기 때문이다. 언니와 비교하면 오빠와 나는 허점투성이고 구멍이었다. 오빠와 나를 '요리 보고 조리 봐도' 하다못해 닭다리 뜯듯 아무리 뜯어 봐도 맘에 드는 구석이라곤 깻잎만큼도 없었다. 깻잎은 쌈이라도 싸서 먹지, 이건 뭐 영~하며 손사래를 치셨다. 그렇다고 엄마가 우리에게 대놓고 '너희들은 지율이 보다 못하다.'라고 말씀하신 적은 없다. 하지만 언니에게 늘 뒤처지는 우리에겐 뛰어난 게 하나 있었으니, 이름하여 '눈치'

였다. 이 눈치로 말하자면 순발력을 가진 꾀자기였고, 위기가 몰려오면 감각적으로 푸는 간지라기였다. 그 덕분에 언니의 절반만큼 체면은 차렸다.

우리가 염려하는 것과는 달리 아버지는 영혼이 담기지 않은 말을 했다. 마치 어디 장난감 바구니에 툭 던지는 볼풀공처럼 목표는 있지만 들어가지 않아도 괜찮은 말이었다.

"이제 쉴 때도 됐지 뭐."

그 말에 허둥댄 건 엄마도 언니도 아닌 우리 남매였다. 오빠와 나는 엄마에게 언니의 말이 맞다며 맞장구를 쳤다. 평소의 엄마라면 오빠와 나의 맞장구에는 게슴츠레한 눈으로 쳐다보셨다. 하지만 이번에는 알았어. 하며 수긍하셨다. 나는 솔직히 엄마의 전매특허인 게슴츠레한 눈빛이 더 안심된다. 나의 염려와는 달리 엄마의 '그래, 그래'는 언니가 준 비타민이었다. 언니가 살갑게 엄마와 이야기를 나눴다. 살가운 걸로 치자면 나도 만만치 않지만, 그래도 언니에 비할 수가 없다.

엄마의 선언은 엄마의 잦은 외출로 이어졌다. 외출은 외출을 낳았고, 낳은 외출은 전화와 연결되었다. 전화는 잦은 통화로 쉴 틈이 없는 것은 당연했다. 그렇게 시간이 흘렀다. 그만큼 엄마와 아버지의 살가운 풍경은 소곤소곤. 그렇게 반년이 흐른 뒤였다. 느닷없이 카톡이 연속으로 울리기 시작했다. 엄마였다.

주소 보냄. 12:22

이사 날짜 확인 바람. 12:35

나는 수시에 합격한 고3이었다. 친구와 점심을 먹는 토요일이었다. 이날에 이사 간다고? 처음엔 '이사 날짜가 잡혔구나.'라고 생각했다. 밥을 한술 더 뜬 후 확인했더니 그날은 바로 오늘이었다. 나는 다급하게 엄마에게 전화했다. 하지만 엄마는 전화를 받지 않았다. 언니에게 전화했다. 언니도 마찬가지였다. 오빠에게 전화했다. 받지 않았다. 나는 친구와의 식사를 부랴부랴 끝냈다. 이러다가는 목구멍이 막히지 싶었다. 가방을 들고 나오며 삼남매의 단톡방에 메시지를 입력했다.

이 상황 뭐임? 12:44

왜 전화 안 받음? 12:45

나 왕따? 12:46

여전히 답이 없었다. 아, 진짜! 아버지께 전화를 넣었다. 하지만 아버지도 통화가 되지 않았다. 할 수 없이 택시를 타고 외삼촌 식당으로 갔다. 외삼촌 가게 앞에서 택시를 내렸지만 나는 갈 곳이 없었다.

'개인 사정으로 금일 휴업합니다. 죄송합니다.'

나만 몰랐나? 하고 다시 카톡을 확인했다. 하지만 엄마가 보낸 카톡은 오늘뿐이었다. 혹시나 하고 문자를 열었다. 난리가 났다. 엄마 문자만 열 개다. 마지막 문자에는 숫자 19가 하염없이 줄을 서 있었다. 엄마가 하는 욕이었다. 엄마가 욕하는 방법은 자식들의 나이를 하염없이 쓰는 것이었다. 말로 뱉으면 못 주워 담는다면서. 그 숫자에는 다양한 뜻이 있었다.

이놈의 새끼들이 내 말을 안 들어? 라든가. 좋은 말로 할 때 얼른얼른 움직여 답장은 잽싸게 니들 방은 니가 치워 등등의 수많은 의미가 담긴 숫자였다. 엄마가 숫자를 날렸다는 것은 엄청 화가 났다는 말이다. 아, C!

수습할 방법은 집으로 바로 날아가는 것뿐이다. 하지만 나는 비행기가 없고, 거기가 어딘지도 모르면서 택시 승강장으로 달렸다. 뭐 그렇다고 로켓을 탈 수 있는 것도 아니었지만. 그렇게 달려서 택시를 탔을 때 언니에게서 전화가 왔다.

"언니는 알고 있었어?"

"아니, 나도 몰랐어. 니 카톡 보고 뭔 일인가 했더니. 나도 숫자가 줄을 섰다."

언니는 기숙사에서 생활하고 있었다. 2학년 2학기 중간고사를 치르고 밀린 잠을 자는 바람에 엄마의 문자를 확인 못 했다고. 나와 언니는 대화보다는 한숨을 더 많이 주고받았다. 나는 택시를 타고 주소지를 찾아간다고 말했다. 언니가 잠시만. 하더니 위성사진 하나를 보냈다. 헉! 산속? 이런 곳에서 살아야 한다고? 사진에는 온통 나무뿐이다. 어딘가에 토끼가 굴을 파고 살지도 모르는 곳에서 살 거라고? 나는 언니에게 불만스런 카톡을 수없이 날렸고, 언니는 어이없음만 보냈다.

나는 택시를 타고 주소지로 가는 동안 아휴, 아휴 소리를 연발했고, 기사님은 친척 집이냐, 할머니 집이냐며 두어 번 물었다. 룸미

러로 나를 힐끔거리다 눈이 마주치면 '이건 너무 산속인데요.' 하
며 내 눈치를 살폈다. 기사님도 시무룩한 내 표정에 할 말이 딱히
없었던지 그뿐이었다. 그렇게 도착한 곳이 지금의 우리 집이다.

　집은 거의 산꼭대기에 있었고 이층집이다. 입구에서 오른쪽으
로는 작은 별채가 있다. 울타리는 없고 마당은 넓어서 눈이 시원했
다. 집 뒤로 산이 있는 데도 사방이 뻥 뚫렸다는 느낌을 받았다. 집
으로 들어갔을 때 어른들이 차를 마시고 있었다. 아버지와 외삼촌
은 어서 오라고 반기셨지만, 엄마는 그 게슴츠레한 눈으로 찾아는
왔네! 하고 말할 뿐이었다. 나는 엄마에게 내 방이 어디냐고 물었
고, 엄마는 턱으로 거실 한쪽 벽을 가리켰다. 나와 언니의 짐이었
다. 외삼촌은 듣는 상대가 누군지 모호하게 말했다.
　"아니, 그냥 정해주고 정리하면 될 것을."
　외숙모는 아무것도 묻지 않은 외삼촌의 등을 '이게 왜 여기 붙었
대?' 하며 툭툭 두드렸다.
　내가 속상한 표정으로 서 있자 외숙모가 말했다.
　"소율아, 아까 경율이는 일층 안쪽 방을 쓰겠다고 연락이 왔었
어. 너와 지율이는 이 층에 있는 방 중에서 고르면 돼. 엄마가 사진
도 보냈다고 하시던데. 확인……?"
　나는 외숙모의 말에 얼른 고개를 끄덕이고 이층으로 올라갔다.
이층에 오르자마자 스마트폰의 문자를 확인했다. 엄마가 보낸 문
자에는 여러 장의 사진이 있었다. 우리에게 어느 방을 쓸 것인지
정하라는 말도 있었다. 하지만 오빠만 확인하고 우리 자매는 확인
을 안 했었다. 나는 얼른 방으로 들어가 두 방을 비교했다. 그리고

사진을 찍고 내가 쓰고 싶은 방과 설명을 붙여서 언니에게 전송했다. 곧이어 언니의 답장이 왔다. 나와 같은 서쪽의 방을 쓰겠다고 했다. 나는 안 된다고 했고, 언니는 그럼 영상통화를 하자고 했다. 우리는 영상통화로 가위바위보를 했다. 내가 이겼다. 그럼, 서쪽에 있는 방이 내 방이다. 언니가 주먹을 보였다. 내가 웃으며 인심 쓰듯 말했다.

"그럼, 언니 짐 정리는 내가 해줄게. 어때?"

하고 묻자 언니가 손으로 오케이 사인을 보냈다. 솔직히 정리는 내가 언니보다 잘하니까 그걸 믿는 것 같았다.

거의 산꼭대기에 있는 집은 생각보다 공기는 물론이고 풍경도 좋았다. 가끔 안개가 골짜기를 타고 올라와 산 능선을 넘는 모습은 여기가 무릉도원이 아닌가 싶었다. 무엇보다 저녁 햇살이 늦게까지 든다는 점이 좋다. 이 집으로 처음으로 들어서며 오빠가 많이 투덜거렸었다.

"와~ 이건 해도 해도 너무한 거 아녜요. 골짜기 골짜기, 이런 골짜기로 이사를 오다니!"

이 투덜거림은 무한반복 재생되었다. 그래도 엄마는 별다른 대꾸도 안 하셨다. 나는 투덜거리는 오빠의 심정도 이해가 됐지만, 엄마도 이해가 됐다. 우리는 여전히 엄마의 그늘에서 살아가는 존재다. 비유가 좀 그렇지만 엄마의 닭장 안에서 거칠면서도 편안하게 잘 자란 아이들이었다. 엄마가 선택하고 엄마가 원하는 삶에 가구를 배치하듯 우리가 입주하게 되었다. 그나마 다행인 건 우리들의 방을 우리가 정할 수 있는 권한을 주셨다는 것이다. 그렇게 투덜거리던 오빠도 지금은 아주 만족하는 집이다.

엄마는 이 집을 선택한 이유가 넓은 뒷마당과 늦게까지 해가 잘 드는 점이라고 했다. 선택을 결정짓기 전에는 날을 잡아서 저녁에 다니러 오셨다고도 했다. 이 집 주변을 천천히 걸으면서 저녁 햇살이 언제까지 드는지 확인하기 위해서였다고. 생각보다 우리 엄마는 치밀하신 분이다. 그 덕에 우리가 좀 더 편안한 것이다. 엄마는 별채가 있는 걸 아주 자랑스럽게 말씀하셨다. 언제든 손님을 맞이할 수 있다는 것과 나중에 손자들이 생기면 놀이 공간으로 쓸 수 있다며 흐뭇해 하셨다. 손님이라야 정은이네 식구와 외삼촌 댁 식구들일 것이다. 우리 삼남매가 언제 할지도 모를 결혼과 언제 태어날지도 모를 손자들까지 생각하신 점은 참 난감한 부분이었다. 하지만 엄마가 가진 희망이기도 했다. 굳이 그걸 파괴할 생각은 없었다. 연이 닿으면 결혼도 할 것이고, 아이도 생길 테니까.

그렇지만 우리 삼남매가 결혼하고 떠나면 두 분이 살기에는 넓어도 너무 넓은 집임은 틀림없었다. 그런데도 엄마와 아버지는 집이 널찍하니 좋다고 하셨다. 게다가 널찍한 집은 넓어도 너무 넓은 게 문제였다. 청소를 한 번 하려면 낙타자세로 며칠 동안 뼛골을 잘 단련한 뒤라야 가능할 것이었다. 아니면 누군가의 허리로 대체하는 것도 나쁘진 않을 것이었다.

여기서 밝히는 것이지만 언니가 전에 살던 집에서 청소, 아니 빗자루나 걸레를 한 번이라도 들어봤나? 그렇다면 오빠는? 그런 적이 없다. 그렇다면 하다못해 청소기의 코드를 콘센트에라도 꽂아봤나? 그건 꿈에서도 어렵다. 흠, 그렇다면? 예상하듯 언니는 늘 바쁜 예비 수학 선생이었고, 오빠도 늘 바쁜 대학생이었고, 나는 한가한 고3이었다는 거. 그래서 청소는 엄마와 나의 몫이었다.

이 집에 와서도 특별히 바뀐 건 없다. 언니는 여전히 기숙사생활을 하고 있었기에 방은 늘 먼지가 교대로 앉았다 날기를 반복했다. 오빠는 대학 졸업 후 농촌기술센터에서 일한다는 핑계로 청소를 거부했다. 어쩌다 언니가 집에 오는 날이면 선생님 되기가 얼마나 힘든 줄 아냐며 도마뱀처럼 꼬리를 덤벙 덤벙 잘라놓고 도망가기 일쑤였다. 내가 오빠에게 농업기술과 청소가 뭔 관계냐고 물으면 농사는 늘 손이 가야 하는 일이라 청소보다 더 중요하다고 했다. 내가 남의 밭 걱정하지 말고 오빠의 방부터 좀 돌보라고 했지만 내 말은 그냥 메뚜기의 날갯짓 정도였다. 나는 늘 그런 남매의 틈바구니에서 살아선 지 청소를 누군가에게 맡긴다는 건 눈밭의 토끼가 깡충깡충 뛰는 것만큼이나 어색했다. 그런 남매가 쌍으로 집이 너무 커서 청소하려면 뼛골 빠지겠다고 말을 하니, 나는 어이가 없을 수밖에.

오빠는 1층의 서남쪽에 자리 잡은 작은 방에서 지낸다. 그에 비해 2층은 오빠 방의 삼분의 이 정도 되는 크기의 작은 방 두 개가 작은 거실을 사이에 두고 마주 보고 있다. 언니와 나도 마주 보고 지낸다. 언니는 동쪽 방을, 나는 서쪽 방이다.

나와 언니는 저녁 늦게까지 해가 드는 그 방을 부모님께 양보하라고 오빠에게 말했다. 하지만 오빠는 우리의 말을 청소기로 먼지를 빨아 당기듯 할 뿐이었다. 마주칠 때마다 말하면 오빠는 단물 다 빼먹은 입 안의 껌을 뱉듯 '난 몰라.' 했다. 부모님은 크게 개의치 않으셨다. 그렇지만 우리 자매는 오빠를 볼 때마다 눈을 흘기며 상처에 바르는 밴드처럼 오빠의 생각에 붙였다. 그러나 오빠는 우리의 말을 접착력이 떨어진 밴드처럼 떼어내 햇살에 툭 던져버렸다. 그렇게 아웅다웅하는 사이에 하나의 계절이 달력처럼 휙 뜯겨 나갔다.

달력처럼 뜯겨 나간 계절의 빈자리에 또 다른 계절이 싹을 틔웠다. 그러는 사이에 몇 해가 흘렀고 언니는 임용고시를 보기 위해 대전에 있는 이모 댁에 갔다. 오빠는 출퇴근이 힘들다며 외삼촌 댁에서 지내고 있다. 엄마가 처음에 계획한 것과는 사뭇 다른 상황이지만 딱히 실망하는 것 같지는 않았다.

우리 집에서 H군의 시내까지는 자동차로 20분 정도면 갈 수 있다. 우리가 아무리 산꼭대기에 산다고 해도 길이 그렇게 심한 꼬부랑길은 아니다. 이 골짜기로 많은 이주민이 몰려와 살고 있기에 산길치고는 매끄러운 고속도로와 다를 바 없다. 지금도 이 길은 산꼭대기의 우리 집까지 오는 고속도로로는 손색이 없다.

이사한 이듬해에 첫봄이 도착했다. 아버지는 오일장에서 닭을 일곱 마리나 사오셨다. 네 마리는 암컷, 세 마리는 수컷이었다. 엄마는 아직 닭장도 만들지 않았는데 닭부터 사왔노라 성화를 부리셨다. 그런 엄마에게

"성화는 성화 봉송에나 쓰는 거지."

하며 아주 작은 목소리로 말씀하셨다. 아마도 혼잣말이라 누구도 듣지 않았다고 생각하시는 것 같았다. 하지만 우리는 모두 들었다. 엄마는 말없이 아버지의 엉덩이를 차는 동작만 했다. 그러면

아버지는 당신의 엉덩이가 실제로 차인 것처럼, 엉덩이를 툭툭 털어내셨다. 우리는 아버지의 그런 모습을 보며 피식 웃음을 흘렸다.

마을 후원금

오월의 첫째 토요일이었다. 집에 손님이 찾아왔다. 마을 이장이라고 자신을 소개한 사람은 '여기가 정상식 씨 댁 맞습니까?' 하고 물었다. 나는 그렇노라고 대답하며, 지금 어른들이 밖에 일보러 가셔서 계시지 않다고 말했다. 이장은 우리 집을 이리저리 둘러보더니 닭도 키우십니까, 하며 닭장으로 다가갔다. 그리고는 가만히 닭장 안을 들여다보았다. 나도 그를 따라가 닭장 앞에 서서 닭들을 훑어보았다. 그는 나에게 하는 말인지, 자신에게 하는 말인지도 모르게 중얼거렸다.

"수탉이 너무 많아서야 원."

나는 야당스러워 보이는 그의 옆얼굴을 바라봤다. 그는 닭장에서 물러서며 자기의 전화번호를 나에게 알려주었다. 그는 굳이 앞선 내 그림자에다 대고 자신이 이장으로서 해온 일들을 열거하며 나를 따라 걸음을 옮겼다. 그의 말에서 닭똥 냄새를 맡은 건 닭장 때문은 아니었다.

며칠 후 집에는 낯선 차가 한 대 들어왔다. SUV였다. 차에서 젊은 남자 두 명이 내렸다. 운전석에서 내린 사람은 약간 나이가 있어 보였다. 조수석에서 내린 사람은 차림새로 봐서는 나이가 있어 보이는데 얼굴은 어려 보였다. 우리 부모님과는 초면이 아닌지 아주 반갑게 인사를 주고받았다.

"어서 와 호섭이. 오는 길은 괜찮았어?"

그는 방긋 웃으며 생각보다 길이 좋던데요, 하고 대답했다. 엄마가 그토록 자상하게 말을 건네는 걸 나는 처음 보았다. 식당 일을 하는 동안에는 자주 보았다. 그건 일이었고, 이번에는 뭘까, 오빠한테 하는 것보다 훨씬 더 자상한 저 말투는? 나는 의아함을 감추고 고개를 끄덕이며 그들을 맞이했다. 우리 부모님과 그들은 인사를 나눈 뒤 짐을 별채로 옮겼다. 아버지도 호섭의 짐을 들어 별채로 옮기셨다. 호섭의 짐은 여행용 대형 캐리어 하나와 작은 캐리어 하나, 그리고 기타와 책, 옷상자처럼 보이는 상자 두 개가 전부였다.

그날 저녁 우리 식구들과 호섭 일행은 정식으로 인사를 나누었다. 호섭이 우리 집에 오게 된 것은 요양하기 위해서라고 했다. 저녁을 먹는 동안 우리 식구들은 그들의 호구조사를 시도했다. 하지만 큰 이득은 없었다. 호섭과 일행은 끝까지 몸과 마음을 좀 쉬게 하고 싶다는 일관된 모습을 유지했다. 이건 마치 도돌이표를 하나씩 쥐고 불릴 때마다 질문을 돌려주는 형국이었다. 나는 자리를 털고 일어났다. 어찌 되었든 그들 중 한 사람, 호섭은 여기에 머문다는 것이 결론이었으므로.

나는 방으로 들어와 호섭의 인상을 다시 되새겨 보았다. 그는 마른 체격이었지만 목소리는 중후했다. 인상은 호남형이었지만 내 스타일? 이상형은 아니었다. 하지만 그의 목소리에서 나오는 단어들은 마치 노랫말이었고 음률을 가득 담고 있었다. 내가 질문을 던졌었다.

"어디서 오셨어요?"

"저는 남쪽에서 왔습니다."

"남쪽이라면?"

"삼팔선 아래 어디쯤인데요."

나는 이 말을 듣고 빵 터졌다. 입 안에 든 음식물이 폭탄을 맞은 듯 터져 나갈까 봐 손을 입으로 꾹 막았다. 큭큭큭. 엄마는 내게 눈짓으로 불편함을 나타냈지만, 그는 고개를 끄덕이며 내 모습을 살폈다. 나는 호섭의 끄덕이는 고갯짓에 갑자기 기억해냈다. 며칠 전에 이장님이 다녀갔노라고. 아버지는 무슨 말이라도 했냐고 묻기에 자신의 영웅담 같은 얘기를 열거하며 연락처를 주더라고 전했다.

나는 하품을 길게 하며 침대에서 내려왔다. 새벽까지 논문을 쓰다 잠이 들었다. 시계를 보니 벌써 열 시가 지났다. 연신 하품을 한 뒤 화장실을 다녀왔다. 정신도 차리고 머리가 맑은 상태로 논문을 살펴볼 생각이었다. 얼굴을 씻고 나와 무선주전자에 물을 올리고 막 창문을 열었을 때였다. 아버지의 뜨거워진 목소리에 엄마가 데이기라도 한 듯 발을 동동 구르셨다. 아마도 엄마에게 화가 치미는 일이 생긴 것 같았다. 엄마가 발을 동동 구르는 일은 이해하기 어려운 상황이거나 속이 답답할 때의 행동이었다. 엄마는 '하이구'를 연발탄으로 날렸고, 아버지는 어이없다는 표정으로 누군가를 보고 있었다. 나는 창을 좀 더 열고 고개를 내밀었다. 무슨 일인지, 부모님이 누구와 이야기하는지도 궁금했다. 그래도 상대방이 잘 보이지 않았다. 나는 얼른 얼굴을 닦고 마당으로 내려갔다. 현관문을 열고 나가자 이장이었다. 그는 나를 보며 입에 문 거품을 닦으며 말했다.

"아니, 여기서는 원래 이래요. 이사를 왔으니까, 마을을 위해서 후원금을 내는 게 우리 동네의 법이라니까요!"

"그러니까, 그 후원금이 성심껏 내는 것이지. 사백이라니요! 아니, 후원금은 내는 사람이 금액을 정해서 내는 거잖아요?"

"아니, 이 양반이 참! 후원금을 한 번도 안 내봤어요? 기본 금액이 있잖아요. 기본 금액. 그 이상을 내든지 기본 금액을 내든지 선택한다는 거 몰라요?"

"그러니까 말입니다. 기본이 정해져 있어도 유분수지. 사백만원이 누구 집 똥개 이름도 아니고, 부르면 다 되는 줄 아시오? 그리고 후원금을 내면 어디에 쓰이는지, 이만저만한 일을 한다고 이야기해서 설득해야지, 그렇게 억지만 부린다고 된답니까?"

아버지가 제대로 따지시는 같다 싶은 그때, 이장은 너무나 당당한 모습으로 말했다.

"여기에 온 이상 후원금은 마땅히 내는 게 맞고요. 더 긴말하지 말고, 이달 말까지 내쇼."

"후원금의 액수도 문제긴 한데, 후원금을 받아서 어디에 쓰냐고 물어도 대답 못하는 게 문젭니다."

호섭은 약간 상기된 목소리로 말했다. 그에게서 남도의 특유한 엑센트가 있다는 걸 느꼈다. 중후한 목소리와는 어울리지 않는다 싶은 데도 매끄럽게 섞여서 더 매력적으로 들렸다.

우리 집의 일은 산불처럼 번져서 골짜기에 사는 사람들을 불러모았다. 그들은 우리와 같이 이곳으로 이주한 사람들이었다. 다들 도시생활에 염증을 느끼고 들어왔거나 요양 차 왔다가 정착한 이주민들이었다. 그들은 우리와 마찬가지로 이주한 지 몇 해 되지 않은 사람들이었다. 경수 아저씨만 빼고. 이주한 사람 중에서 제일 오래된 사람은 철민 아저씨였다. 그런 이유로 보면 우리 집도 이주민 세대다.

골짜기 입구에 사는 정숙 아줌마는 이장이 하루가 멀다고 찾아오는 바람에 정착한 지 이개월 만에 이백만원을 주었다고 했다. 남들이 보면 오해할 소지도 있고, 너무 불편했다고. 아줌마는 이장이 오면 없던 약속도 만들고 원치 않는 외출도 했다. 그는 질겨도 너무 질겼다. 질경이와 한판 붙어도 이길 것 같다고 웃으며 말했다. 그렇게 시간을 끌수록 아줌마만 힘들다는 걸 느껴서 이백만원을 주었다. 그 이백이라는 게 혼자 사는 여자가 무슨 돈이 있겠냐며 우는 시늉을 해서 합의를 본 금액이라고 했다.

이 골짜기의 중간에 사시는 오십 대 중반의 철민 아저씨는 집을 짓기 시작하면서 면사무소에서 전화가 왔다고 했다. 민원이 들어왔는데 건축허가서를 이장에게 보내달라는 것이었다. 면사무소에서 해결하면 되는 것 아니냐고 물었지만, 면사무소 직원은 이장의 연락처를 알려주면서 그와 이야기해보라고 했다. 철민 아저씨가 이장을 찾아갔더니 정숙 아줌마에게 했듯 마을 후원금을 내라고 했다. 그렇잖으면 계속 민원을 넣을 것이라고. 아저씨는 너무 어이없는 일이었지만 어차피 이곳에 정착하려고 집까지 짓는 중이었으니 얼마냐고 물었다. 삼백만원을 내라고 했다. 그렇게 큰돈을 후원금으로 내라는 이유가 뭐냐고 물었다. 이장은 우리 부모님께 했던 방식대로 말했다. '내라고 하면 내면 될 걸 참 힘들게 산다.'라고 말했다. 그렇게 큰돈이 없으니 백만원만 내겠다고 했더니 집까지 짓는 사람이 그 정도 돈도 없이 어떻게 집을 지을 생각을 다 했냐며 비아냥거렸다. 아저씨는 자존심이 무척 상해서 그 돈을 그대로 주었다.

이 두 사람뿐이 아니었다. 이장은 이주하는 사람들마다 찾아가서 으름장을 놓으며 후원금을 받아 갔다고 했다. 그 말을 듣고 있던 호섭이 물었다.

"마을 회의에서 후원금을 이디에 썼는지 해명하던기요? 후원금도 사람마다 모두 다르구요."

"마을 회의? 아이, 그런 거 한 번도 없었어요. 나도 인제 알았구만. 사람마다 받아 간 액수가 다른 거를."

이 골짜기에 들어선 가구가 우리 집 빼고 열세 가구쯤 되는데 여태까지 한 번도 마을 회의에 참석하라는 연락을 받은 사람이 없다고 했다. 우리 집은 이사 온 지 얼마 안 돼서 그렇다 치더라도 정숙 아줌마와 경애 아줌마네는 삼년, 철민 아저씨와 경수 아저씨는 사년이나 됐는데도 한 번도 연락을 받은 적이 없다고 했다. 이 골짜기의 사람들 대부분이 그럴 것이라는 게 철민 아저씨의 말이었다. 그런데도 이장은 동네의 행사가 있을 때마다 찬조금을 요구했다는 것이다. 이런 일은 도시에서는 있을 수 없는 일이라고 따지기라도 하면 다시 도시로 이사하라고 했단다. 그 말은 로마에 왔으면 로마의 법을 따르라는 것이었다.

우리 집이 시골로 이사 간다는 말을 친구들에게 했을 때, 시골이 옛날 시골이 아니라는 말을 들었다. 하지만 그건 솔직히 겪어보지 않았던 터라 그리 실감하지 못했다. 귀촌했다가 다시 돌아온 사람들이 있다는 말도 건성으로 들었다. 아무리 시골 인심이 사나워졌기로 도시만큼이나 하겠나 싶었던 것이 사실이다.

골짜기 사람들이 돌아가고 나서 엄마는 한숨을 쉬며 말했다.

"여기 이 골짜기를 옛날에는 열명길이라 불렀대요."

너무 뜬금없는 말이었다. 갑자기? 나의 미지근한 표정 대신 호섭이 적극적으로 대화를 연결했다.

"열명길요? 좋은 뜻은 아닌 것 같은데, 무슨 뜻인지……."

그는 말을 끊고 엄마를 바라봤다. 하지만 대답은 내가 했다.

"그게, 저승길이랑 같은 말이라고 하던데요."

나도 열명길의 뜻을 찾아보았던 터였다. 호섭은 내 얼굴을 바라보며 그래요? 하고 반문했다.

"슬픈 뜻이네요. 왜 그렇게 불렀는지 궁금한데, 그 이유도 알아요?"

그의 질문은 딱히 대답을 기다리는 것도 아닌 듯했다. 질문의 억양도 헷갈렸지만, 혼잣말처럼 들리기도 했다.

이주민과 이주민

아버지는 오일장에서 암탉을 세 마리 더 사오셨다. 그래서 우리 집에는 암탉이 일곱 마리 수탉이 네 마리가 되었다. 엄마는 이왕 사오려거든 중닭을 사오지, 너무 어린 것들을 사왔노라 투덜거리셨다. 하지만 아버지는 아랑곳하지 않으셨다. 엄마는 아버지의 돌아오지 않는 메아리에 속이 상한 듯했다. 하지만 새로 들어온 암탉들을 보시며 '이쁘게 생겼네.' 하셨다.

아침에 손질하고 나온 열무잎들을 닭들에게 던져주며 말씀하셨다. '오늘 들어온 새댁들은 며칠 들들 볶이겠어. 이쁜 것도 좀 시달리겠고.' 하셨다. 그때 먼저 입주했던 암탉이 '새댁들'을 쪼아댔다. 엄마는 특히 '볶이겠어.'에 강한 포인트를 주셨다. 엄마의 말은 사실이었고, 닭장에는 닭털이 하루에도 수십 개가 날리기 시작했다.

그즈음 우리 집 바로 아래 사시는 최 씨 아저씨는 집을 손보느라 분주했다. 나는 논문이 막힐 때마다 골짜기를 따라 큰길까지 내려가거나 산 정상까지 올라갔다. 그날은 큰길까지 내려가는 날이었다. 분주한 최 씨 아저씨는 나를 보자 손짓하며 인사를 했다.

"오늘도 산책하는 거야? 참 부지런해."

"네, 머리도 식힐 겸 겸사겸사요."

최씨 아저씨의 마당으로 들어섰다. '수리하세요?'라는 나의 물음에 아저씨는 냉장고에서 음료수를 꺼내 내게 건넸다.

"귀촌만 해서는 먹고살기가 영 그래. 여기저기 수소문해보니 민박이나 펜션이 괜찮다고 하더라고. 그래서 준비하는 거야. 크게 할 생각은 아니고."

하시면서 들고 있던 드라이버로 문고리의 나사를 조이셨다. 나는 여긴 물도 좋고 조용하니까 사람들이 오면 쉰다는 느낌을 받을 것이라고 했다. 나는 지나는 말처럼 '그래서 이곳으로 사람들이 요양을 많이 오나 봐요.' 했더니 정숙 아줌마네 윗집에 사는 공옥 아줌마 이야기를 해주셨다. 그 집도 요양하러 왔다가 눌러앉았다고.

엄마가 몇 년 전만 해도 이 골짜기에는 빈 밭이 많았다고 했다. 할머니가 돌아가신 후 외출이 부쩍 잦다 싶을 때였다. 마음 둘 곳이 마땅찮아서 바람 쐬러 다니신다고 하더니 이 골짜기로 오셨던 모양이었다. 이 골짜기의 주인들은 나이가 들고 자녀들은 모두 도시로 나갔기 때문에 농사지을 사람이 없었던 탓이었다. 엄마 생각에는 노후에 조용히 지낼만한 곳이라고 생각했다. 여기저기 수소문하면서 믿을만한 공인중개사를 찾았다. 이 골짜기에 정착해야겠다고 마음먹은 뒤에 다시 찾으니 빈 밭들은 모두 집이 들어선 뒤였다. 마음에 드는 곳은 이미 다른 사람이 계약했다기에 골짜기를 따라 올라오다 보니 지금의 우리 집이 눈에 들어왔다고 했다.

지금 우리가 다니는 길은 원래 농로였다. 빈 밭이 늘어나고 농사를 짓던 사람들이 하나둘 사연을 담고 떠난 뒤 이 골짜기는 삼십여 년 간 포탄 소리, 짐승들의 울음소리와 낙엽 부딪히는 소리, 바람이 맴을 도는 소리, 개울물이 조심스럽게 흐르는 소리만이 들렸다. 엄마가 공인중개사 사무실에서 계약서를 작성하고 잔금을 보낸 뒤였다. 점심을 대접하겠다며 따라나선 공인중개사의 말이었다. 그는 이 골짜기의 사연에 대해 자세히 알려주었다.

옛날에는 이 골짜기를 열명길이라 했다. 저승에나 갈 때 지나갈만큼 한적하고 사람도 살지 않는 골짜기였다. 다니는 길손이라곤 길을 잘못 든 나그네나 사슴 노루 등 산짐승이 대부분이었다. 가끔 호랑이도 나타난다고 했지만 아무도 본 사람은 없었다. 다만, 커다란 동물 발자국이 있는 걸로 봐서 호랑이라고 추측할 뿐이었다.

한국전쟁이 난 후 어디서 몰려왔는지 많은 사람이 이 골짜기로

만 모여들었다. 그 전쟁통에 살아남은 것이 기적이었다. 행색도 남루한 사람들이 먹을 것도 변변찮은 이 곳으로 숨어들다시피 했다. 한 사람이 두 사람이 되고, 두 사람이 네 사람이 되더니 어느 순간에는 삼십여 명이 한 식구처럼 모여 살았다. 한 집이 빌어오면 두 집이 나눠 먹고, 두 집이 빌어오면 여섯 집이 나눠 먹을 만큼 가난이 지천이었다. 나중에는 먹을 게 없어서 나무뿌리 가지고도 싸움이 벌어질 만큼 허기와 죽음이 까마귀의 울음처럼 허공에 떠다녔다. 산에서 먹고 사는 일이란 건 나무를 뽑고 약초나 산나물을 꺾어 먹는 것이 일상다반사였다. 꺾이거나 뽑히는 나무도 한 그루가 두 그루되고, 한 평이 두 평으로 늘어났다. 산나물이나 약초도 한 줌에서 한 바구니가 되었다. 서로의 가난을 나눠먹으며 마을이 형성되었다.

먹을 것도 마땅찮은 산속에 마을이 형성된 것도 신기할 따름인데 이 마을 사람들은 각자 하나씩의 사연도 있었다. 여기 모인 사람들은 딱해도 정말 딱했다. 듣고 있기가 민망한 사연도 있고 딱해서 자기 주머니에 숨겨둔 주먹밥을 하나 더 얹어줄 만큼 서러운 사연도 있었다. 서로의 처지가 비슷해서 그런지 이 골짜기의 사람들은 사이가 좋았다. 하지만 골짜기에는 하루가 멀다 하고 멧돼지 발자국보다 더 험한 고함이 울려 퍼졌다.

골짜기에 사람들이 늘어날수록 불편한 것은 원래 터를 잡고 살아가던 원주민들이었다. 전쟁통에 먹을 것은 없고, 산이고 들로 다니며 구하러 다니던 시절에 어디서 굴러먹다 들어온 작자들이 골짜기의 주인 행세한단 말이지.

원래 밭을 일구던 주민도 있었지만 그들의 말은 열에 아홉은 거

짓이고, 가끔 진짜 땅주인이 나타나기도 했다. 땅주인이 나타나면 골짜기에는 고라니 울음소리보다 더 탁하고 거친 아이들의 울음소리가 울려 퍼졌다. 원주민들의 욕설과 핍박으로 채워진 설움과 절망은 이주민들이 양식으로 자신들의 배를 채운 것보다도 더 많았다. 이런 상황이 벌어지자 이주민들은 땅의 주인이 없는 곳을 찾아 산으로 산으로 올라가다 산꼭대기까지 이르게 되었다. 하지만 그것이 원주민과 이주민의 분쟁이 끊이지 않는 더 큰 이유이기도 했다.

이주민들이 산을 개간하고 살기 시작하자 다른 문제가 발생했다. 이주민이 터를 잡기 시작하자 원주민들은 산에서 나는 나물이나 약초, 열매 같은 것들을 마음 놓고 먹을 수 없게 되었다. 게다가 산을 개간하는 바람에 민둥산이 되기 일쑤였다. 그러니 자연이 주는 선물들을 순식간에 도둑을 맞은 것 같은 심정이 되었다. 원래는 나라의 땅이었다. 내 땅 같은 나라 땅. 어디서 굴러먹다 돌아다니던 비렁뱅이 같은 인간들 때문에 시시때때로 드나들던 산에 마음대로 다닐 수가 없게 됐다. 더군다나 산을 개간한다면서 불을 지르니 온 산이 그을음투성이가 됐다. 그러니 원주민과 이주민들 사이에서는 허구한 날 싸움이 일어났다. 도토리 한 알 가지고도 싸움이 날 때였으니 두말하면 입 아픈 시절이었다.

그러다가 어느 정권이 들어서면서 이 골짜기의 화전민들이 한꺼번에 내쫓겼다. 산림보호 명분으로 내쫓겼는데 그들의 입을 막기 위해서 정부에서는 보상금을 지급했다. 보상금을 받은 열명길의 사람들은 또 다른 곳으로 이주했다. 그리고는 그들이 터를 잡았던 곳은 군사 훈련장으로나 쓰였다. 사람들 그림자보다 짐승들 그림자가 더 많았고, 사람 발자국보다는 군부대 자동차 바큇자국이 더 많은 곳이 되었다. 가끔 산으로 들어갔던 민간인들은 주검이 되었거나 사지 중 하나는 잘려서 나오곤 했다. 그런 다음 어디론가 이사를 가버렸다. 그 이후로 열명길은 군에서 관리했고 입산이 통제되었다. 인적이 드나들지 않을 때는 숲의 세상이었다. 바람이 불면 나무가 흔들리고 나무가 흔들리면 물그림자도 흔들릴 뿐 사람들은 점점 발자국도 남기지 않게 되었다. 그러는 사이 열명길은 사람들의 기억 속에서 살아나고 죽기를 반복하다 안개처럼 영영 잊혔다. 그렇게 흐른 세월이 삼십 년을 훌쩍 넘었다.

갑자기 이 열명길이 금싸라기 땅이 되었는데 정확한 이유를 아는 사람은 없었다. 대표적인 이유는 군부대가 커지면서라는 '카더라' 설이 사람들 입술을 건너면서 잘 말아놓은 잔치국수가 퍼지듯 퍼졌다. 그 '카더라'가 열명길에 다시 사람들을 불러들인 것이다.

언젠가 신문에서 1차 이주민과 2차 이주민의 다툼으로 인해 불미스러운 일이 있었던 사건을 읽은 적이 있다. 엄마가 들려준 이 골짜기의 사연처럼 서로의 이익, 또는 원래 가지고 있던 기득권이 흔들리는 걸 불안하게 여겼기 때문이라고 추측했다. 그 당시 나는 신문 기사를 읽고도 개의치 않았다. 이 골짜기의 사람들은 모두가 이주민이라 그런지 별 다툼이 없는 것처럼 보였다. 하지만 이것은 나의 착각이었다. 최 씨 아저씨가 민박을 꾸릴 것이라는 소문이 우리 골짜기에 알려지고 난 뒤, 그 집으로 찾아오는 사람은 철민 아저씨였다. 철민 아저씨는 최 씨 아저씨보다 이년 더 일찍 이 골짜기에 정착했다. 철민 아저씨도 민박을 꾸리며 살아가는 터라 서로의 정보를 나누려나 보다 싶었다.

저녁을 먹을 때 호섭이 오늘 낮에 본 장면에 관해 이야기했다.

"제가 일보고 올 때 최 씨 아저씨 집에서 철민 아저씨와 다투는 소리가 들렸어요."

아버지가 빈 그릇을 들고 일어나시며 말씀하셨다.

"그 두 사람이 다툴 일이 뭐가 있나?"

"뭔 일인가 하고 잠시 서서 들었더니 최 씨 아저씨가 민박을 운영하지 않으면 좋겠다고 하더라구요."

철민 아저씨가 최 씨 아저씨 집으로 찾아간 이유는 이제야 자리 잡고 돈 좀 벌겠다 싶은데, 최 씨가 나서면 어쩌라는 거냐였다.

"아니, 민박하고 말고는 개인적인 문제지. 누가 가서 간섭할 일은 아니지 않어? 철민이 좀 심했네."

엄마도 자리에서 일어나며 별꼴이야 참, 하면서 싱크대의 수도꼭지를 열었다.

호섭은 자기 생각을 말했다.

"민박을 운영하는 문제는 두 사람의 문제이지만 생각해볼 필요는 있다고 봅니다. 철민 아저씨 입장도 고려해야 하는 부분이 있지요. 하지만 먼저 와서 자리 잡았다는 게 권력이 되면 안 된다고 생각해요. 먼저 왔든, 먼저 시작했든, 운영은 자기의 몫이니까요. 최씨 아저씨 처지에서는 먼저 시작한 철민 아저씨의 도움이 필요한 게 사실이고, 서로 도와가며 운영해보자는 말은 일리가 있습니다. 다만, 서로의 이익보다는 우선해야 할 일을 정하는 것이지요. 특색있는 테마를 정해서 운영하는 게 서로에게 도움이 되고 또 원원 하는 것이니까요."

나는 호섭의 이야기를 들으며 신문 기사의 내용이 떠올랐다.

귀촌하면 종종 일어나는 다툼의 첫 번째가 경제권으로 인한 것이었다. 시골에 산다고 해서 모두 농사를 짓고 사는 게 아니기 때문이다. 귀촌을 한 사람들 대부분이 펜션이나 민박을 꾸려서 생활을 영위하고 있다는 게 일반적이었다. 그들의 대부분이 도시에서 들어온 경우가 많고, 그들이 농촌에서 할 수 있는 일은 극히 제한적이었다.

도시에서만 자라고 살아온 사람에게 농사는 엄두도 못 낼 일인 게 분명했다. 그런 면에서 모르는 농사일보다는 펜션이나 민박을 운영해서 관광객들을 상대로 경제 활동을 하는 게 더 승산이 있는 셈이다.

우리 부모님이야 그렇더라도 나의 입장도 시골생활이 난감한 것은 사실이다. 지금이야 부모님의 경제력을 짊어지고 공부하고 있지만, 나도 언젠가는 도시로 나갈 것인가 여기에 남을 것인가로 고민해야 할 때가 올 것이다. 그럴 때 나는 무엇으로 먹고 살아가야 하는가에 직면하게 된다. 농사의 니은도 모르는 내가 할 수 있는 일이라는 게 아이들을 가르치는 학원을 운영하거나 최 씨 아저씨처럼 집을 개조하여 펜션을 운영하는 것 말고는 특별한 대안이 없을 터였다.

최 씨 아저씨와 철민 아저씨의 사이가 점차 벌어지게 된 것은 철민 아저씨가 면사무소에 계속 민원을 넣었기 때문이었다. 두 사람의 불화가 커지는 만큼 날씨는 점점 뜨거워지고 인심은 메말라갔다. 이런 형편이니 이 골짜기의 분쟁은 1차 이주민인 철민 아저씨와 2차 이주민인 최 씨 아저씨의 기득권 싸움이었다. 누가 먼저 들어와 살고 있느냐가 분쟁의 중심이면서 갈등의 쟁점이었다. 사실 철민 아저씨의 욕심이 최 씨 아저씨의 행보를 눈꼴사납게 본다는 말이었다. 평소에도 최 씨 아저씨를 못마땅하게 얘기한다는 소문이 있었다. 그걸 감안한다면 이때가 기회다 싶은 게 아닌가 하고 추측할 만 했다.

우리 집의 닭들도 어느 정도 위계가 잡혀가고 있었다. 먼저 들어와 살던 암탉들이 뒤에 들어온 암탉들을 쪼아대거나 쫓아다니기는 했다. 하지만 그건 그들의 세계에서 치러야 하는 불문율이었으니 내가 간섭할 일은 아니었다. 수탉들도 마찬가지였다. 이긴 놈은 대장이 되고 진 놈은 부하가 되든가 아니면 외지로 밀렸다. 여기서도 1차 입주민과 2차 입주민의 간질간질한 분쟁은 있었다. 수탉은 1차 입주민이 기득권을 획득한 상태가 그대로 유지되었다. 대장이 되지 못한 수탉들은 호시탐탐 대장에게 덤비거나 암탉들을 탐하려 했다. 그 바람에 닭장은 늘 싸움이 끊이질 않았고 닭털이 날리기 일쑤였다.

그렇게 수탉들의 싸움이 끊겼다 이어지기를 반복하는 동안에도 계절은 여름을 넘기고 가을을 접어 종이비행기로 날렸다.

호시탐탐

집에 닭이 살기 시작하고부터 나는 휴일을 휴일답게 보내지 못했다. 수탉의 울음소리가 너무나 거슬려서 공부도 안 되고 휴일도 제대로 즐길 수 없다고 짜증을 부렸다. 너무 짜증을 부리다보니 휴일 발음이 휴일로 샜다. 그러자 엄마는 발음도 제대로 못하면서 뭔 박사냐고 핀잔을 주셨다. 나는 홍칫뿡이라고 하면서 물을 벌컥벌컥 마셨다. 우리 집 식구들은 내게 휴일이 따로 있냐고 물었다. 나는 딱히 할 말이 없었지만 그래도 날짜대로, 정해진 세상의 시간표대로 살아가고는 있다고 말했다. 엄마는 눈치를 주셨지만, 호섭은 내 편을 들어주었다. 사실, 논문을 쓴다는 게 보통 일이 아니다, 더군다나 박사논문은 거의 초주검이 될 만큼 에너지가 소모된다면서. 그러면 우리 부모님은 호섭의 말은 신뢰하되, 누가 시켜서 하나? 지가 좋아서 하는 걸. 그렇게 나의 투정에 고춧가루를 뿌리셨다. 엄마의 음식 솜씨는 어쩌면 저 심보에 있는 게 아닐까 하고 잠시 의심했다.

약속이 그다지 잡히지 않은 내게도 휴일은 중요했다. 휴일은 아이스크림이었다. 입 안에서 살살 녹는 아이스크림의 부드러움이 달콤한 잠과 연결되는 건 당연했다. 그 당연함은 자연스럽게 늦잠이었다. 하지만 시도 때도 없이 울어대는 저 수탉 때문에 늦잠은 고사하고 방에서 뒹구는 것까지도 방해했다. 알람은 꺼버리기라도 하지, 수탉의 저 목청은 어쩐단 말인가! 으으~ 두 손바닥에 감기는 짜증을 주체할 수가 없어서 부들부들 떨기까지 했다. 이런 나의 짜증을 듣고 있던 호섭이 '그럼, 닭의 모가지라도 비틀어 버릴까요?'라고 했지만 그의 중후한 목소리는 나를 위로하지 못했다.

"수탉은 그저 자신의 본능에 충실한 것이지요. 시간이 남으면 남아서 꼬끼오, 해가 뜨면 해가 떠서 꼬끼오, 비가 와도 꼬끼오, 바람이 불어도 꼬끼오, 눈이 내려도 꼬끼오, 하루하루를 꼬끼오를 외치며 보내는 게 그의 일이니까요."

나는 눈을 살짝 흘기며 내 말에 맞장구나 치지 말지 하는 표정을 지었다. 호섭의 말은 가끔 나보다 더 논리적이어서 나는 서서히 바람이 빠진 타이어처럼 푹 주저앉았다. 그와 나의 이 이상한 고무줄놀이 이야기를 언니에게 고해바치면 언니도 호섭의 편을 들었다. 언니가 '야! 너 그러다가 네 정수리에 꼬끼오가 자라는 거 아냐?' 하며 야죽거렸다.

사실 나는 언니보다 공부 머리가 없다 오빠도 나와 비슷한 처지였지만 오빠는 식물에 대단한 지식을 가지고 있었다. 어릴 때부터 할머니와 함께 밭에 나가서 이것저것 묻고, 식물을 관찰하는 것을 좋아했다. 게다가 식물의 특징과 생육에 대한 상식이 풍부했다. 그래서 그런지 농사와 관련이 있는 직업을 선택한 건 오빠의 탁월한 선택이다.

그에 비해 나는 물음표 하나가 생기면 그것에 목숨을 걸 정도로 매달리는 성격이다. 어릴 때부터 나의 이런 물음표는 가족들에게 매번 수빠지는 아이였다. 오죽했으면 엄마가 나에게 사정했다. '제발 궁금해 하지 말라.'고. 엄마는 내가 옷걸이만 들고 있어도 경기를 일으킬 정도였다. 그래도 나를 응원하시는 분이 계셨으니 내가 제일 존경하는 우리 할머니셨다. 나는 할머니의 든든한 백에 기대어 물음표를 난발했다. 그만큼 해결하지 못한 물음표가 많다는 말이었으며, 쓸데없는 물음표라는 딱지도 붙고 말았다. 언니의 말을 빌리자면 공부 머리가 없으니 해결은 제대로 못하고 계속 물음표만 나열하는 복장거리였다. 그러거나 말거나 나는 대학원까지 진학했고 지금은 박사논문을 쓰고 있다.

　여하튼 나의 수많은 시행착오가 거미줄에 걸린 곤충일지라도 나는 수탉의 울음이 너무나 거슬려 화가 치미는 것이다. 그도 그럴 것이 중요한 핵심을 잡을 때마다 울어 젖힌다. 그러나 그 핵심도 솔직히 변명이고 내가 쓴 문장의 이음새의 실밥이 터졌다는 게 더 거슬렸다. 거슬림을 괜히 수탉의 울음에 쥐다위* 짓을 한 셈이다. 이럴 때면 나는 창문을 열고 목청껏 꽥꽥 소리를 질렀다. 그러면 엄마는

　"저것 봐라. 너나 저 수탉이나 뭐가 달라? 시끄러운 건 마찬가지구만!"

　내가 씩씩거리며 저놈의 수탉이랑……하고 뭔가 말을 더하려고 하면 엄마는 이렇게 말했다.

　"너, 당 떨어졌다. 이층에서 다람쥐 도토리 놓치는 소리 그만하고 얼른 내려와. 밥 먹게."

　그러면 나는 곧 출출함을 느끼고 일층으로 내려갔다. 나는 언니의 '네 정수리에 꼬끼오가 자라는 거 아냐?'라는 말에 호기심이 꽂혔다. 나는 상상했다. 정말 정수리에 꼬끼오가 무럭무럭 자라는 모습을 크, 큭큭. 나의 이런 모습을 이미 예견한 언니는 너의 그 시답잖은 상상력은 중학교 2학년 때 이미 충분히 경험했다는 것을 강조했다.

　우리 식구는 내가 중학교 3학년까지 외할머니 댁에서 지냈다.

---

*　남에게 의지하거나 떼를 쓰는 것. 자기의 허물을 남에게 덮어씌우는 것.

외할머니 댁은 집이 제법 컸다. 시내에서 조금 떨어진 외곽에 터를 잡으신 덕에 가축을 키우기에도 좋았다. 외할머니는 개와 고양이는 기본이고 소와 닭은 필수였고 염소는 옵션이었다. 소 두 마리와 염소 열 마리는 작은 군대가 아니었다. 게다가 닭은 스무 마리 가까이 되었다.

어느 날이었다. 그날도 나는 언니에게 골탕을 잔뜩 먹고 기분이 나쁜 상태였다. 언니의 체력과 운동신경을 따라잡을 재간이 없었기에 시르죽어 있었다. 그 모습을 본 외삼촌이 나를 조용히 불렀다. 아주 비밀스러운 동작으로 당신의 옆자리에 앉히고는

"너는 지율이를 이길 재간이 없어. 저 체력을, 저 빠른 발을 어떻게 따라잡으려고 그렇게 잡으러 다녀?"

"삼촌도 그런 말 하면 갈 거예요."

"아니, 앉아 봐. 수탉의 꽁지 하나를 뽑아서 은밀한 곳에 숨겨두면 닭의 기운을 받아서 싸움에서 이길 수 있어."

"은밀한 곳? 어디?"

"그거야, 아무도 모르는 너만의 비밀장소지."

나는 시들한 표정으로 외삼촌을 바라봤다.

"네가 하도 지율에게 당하니까 비법을 알려주는 거야. 싸움닭 알지? 싸움닭을 괜히 싸움닭이라고 하겠냐? 싸움을 잘하니까 싸움닭이라고 하는 거잖아. 그런데 다른 짐승들에겐 싸움이라는 단어를 붙이지 않고 왜 닭에게만 싸움닭이라고 하겠냐?"

외삼촌은 잠시 주변을 두리번거리더니 말을 이었다.

"수탉의 꽁지 털을 이기고 싶은 사람의 신발이나 가방에 몰래 넣어두면 효과가 금방 나타나."

내가 여전히 시들한 표정을 짓고 있자 외삼촌은 회심의 일격을 가했다.

"마침 오늘 밤은 보름달이 뜨니까 불이 없어도 충분히 작전을 수행할 수 있을 거야."

외삼촌은 나의 표정을 살피며 자신의 입술에 힘을 주었다. 그러나 나는 침착한 체하며 시큰둥하게 그거 진짜 믿을 수 있는 말이냐고 되물었다. 외삼촌은 나의 물음표가 귀 끝에 달리기 전에 고개를 끄덕이며 말했다.

"그럼, 정말이지. 나도 그런 적 있거든."

삼촌의 표정이 굳건해서 그 말은 더 의미심장했다. 그러니 나는 경험자의 말을 굳게 믿으며 전투력을 끌어올렸다.

사실, 나는 어릴 때부터 언니에게 매번 당하고 있었다. 나와 두 살 차이인 언니는 나보다 키가 크고 운동도 엄청나게 잘했다. 그에 비해 나는 체격도 왜소하고 운동신경은 나무늘보의 팔촌의 사돈만큼이나 둔했다. 이러니 매번 언니의 놀림에 당하는 게 억울하기도 했지만 이길 방법이 없었다. 더군다나 사춘기가 유후후~ 하며 나의 말초신경을 비롯하여 심장부까지 침투하기 시작했기에 언니는 나의 거대한 적이었다. 나는 언니가 정말 밉상스러워서 그 적을 꼭! 한번은 이기고 싶었던 참이었다. 그런 시점에 외삼촌은 나의 전투력을 끌어올리는 아이템을 습득할 수 있는 퀘스트를 던진 것이었다. 이제부터 게임은 시작된다. 짜잔~ 하고 마음을 먹은 나는 그날 밤 수탉의 꽁지를 뽑기로 했다.

모두가 잠든 밤, 같은 방에서 자는 언니의 잠을 확실히 확인하고 살금살금 방을 나왔다. 마당을 가득 채운 달빛도 좋고, 저만치 보이는 닭장도 밝았다. 나는 몸을 좌우로 흔들면서 아주 미약한 운동 신경을 깨웠다. 그리고 어떠한 방해물도 없는 마당을 가로질러 닭장으로 쏜살같이 내달렸다. 마치 게임에서 영웅이 되려고 전투력을 올리는 무사 같은. 그러나 초보 무사라 뭔가 엉성한 그런 자세였다. 그래도 그 순간의 열정과 긴장감이란 천하를 통일하고도 남을 것이었다. 닭장에 도착했다. 나는 닭장 문의 손잡이를 잡고 심호흡을 길게 했다. 그다음엔 호흡을 가다듬고 닭장 안을 살폈다. 닭들은 모두 몸을 웅크리고 자고 있었다. 조심조심 닭장 문을 열고 잽싸게 안으로 들어가 문을 닫았다. 닭장 안은 밖에서 보는 것과는 달리 어두웠다.

한 발, 두 발, 좀 더 깊이 닭장의 심장부로 발걸음을 옮겼다. 순간, 푹신하면서도 물컹한 무언가가 발에 밟혔다. 그 촉감에 나는 화들짝 놀랐다. 나는 짧게 '엄마야!' 하고 소리를 내었고 닭들도 무슨 일인가 싶어 꼬꼬댁거렸다. 나는 그 분위기에 놀라 허둥대기까지 했다. 밝은 날이야 금방 구분하지만 이렇게 어두운 곳에서는 여기가 어딘가 싶었다. 너무나 어리석게도 수탉이 어디서 자는지도 몰랐다. 정확한 정보를 입수하지 못한 채 행동부터 옮기는 바람에 산통이 깨지고 말았다. 나는 닭장 안에서 닭들과 푸닥거리를 하게 되었다. 여긴 어디? 나는 누구? 수탉은 뭐? 눈물이 핑 돌았다. 암탉들은 내가 귀신으로 보였는지 마치 '귀신아, 물러가라~ 귀신아, 물러가라~' 하듯 꼬꼬꼬를 날카롭게 날렸다. 게다가 수탉의 울음은 공포 그 자체였다. 나는 이러한 상황은 전혀 염두에 두지 않았었다. 머릿속으로 그려 본 상상은 이런 것이 아니었건만!

나는 다리에 힘이 풀려 주저앉고 말았다. 그 와중에도 바닥에 떨어진 닭 털 하나를 얼른 주웠다. 닭들의 움직임이 수상쩍었다. 주저앉은 내가 이제는 무서움의 대상이 아니라는 듯 닭들이 슬금슬금 나에게 다가왔다. 꼬꼬꼬, 암탉들의 그 소리는 마치 따발총처럼 들렸다. 나는 냉큼 일어나 몸을 크게 흔들었다. 하지만 그들의 기세도 만만치 않았다. 눈치를 보며 슬금슬금 뒤로 물러나는 그때, 어느 놈인가 내 발등을 콕 찍었다. 너무 놀란 나는 이리저리 뛰어다녔다. 닭들은 꼬꼬꼬, 나는 엄마야~ 뭔 전쟁이 이리도 원시적인지 알 수 없었다. 영웅은 원하는 것만 얻고 상처는 없어야 했다. 나는 엉겁결에 닭장 문을 열어젖혔다. 닭장을 뛰쳐나온 건 나뿐만이 아니었다. 한밤의 고요가 요란한 나의 엄마! 소리에 화들짝 놀라고 말았다. 구름 뒤에 숨었던 달도 화들짝 놀라 더욱 환했다. 집의 모든 고요가 깨어났다. 전등도, 엄마, 아버지, 할머니, 외삼촌, 하다못해 집의 모든 짐승이 울부짖고 있었다. 꼬꼬댁, 음매, 매에~ 야단법석이 따로 없었다. 갑자기 브레멘의 음악대가 결성되고 만 것이다.

그다음 날부터 나는 우리 집의 호시탐탐이었다. 언니가 지어준 별명인데, 호시탐탐 놀림감이 되거나 호시탐탐 사고뭉치라는 뜻이다. 그렇게 언니를 이겨보지도 못하고 더 많은 놀림을 받게 되었다. 나는 외삼촌의 짓궂은 장난에 휘말린 것보다 언니를 이겨보지 못했다는 게 더 억울하고 분했다. 하지만 내가 누구인가. 언니의 말처럼 '호시탐탐'의 사고뭉치가 아닌가. 나는 늘 언니의 복장거리였지만 쉽게 물러나지 않았다. 할머니는 나를 두고 물렁팥죽이 따로 없다고 하셨다. 언니도 나와 물려지내기는 싫었지만 어쩔 도리가 없었다. 그렇지만 나는 늘 호시탐탐 노리고 있는 물렁팥죽이었다.

그렇다고 내가 언니와 만나기만 하면 싸움닭이 되는 건 아니었다. 비록 언니에게 적수는 되지 못했지만 살가운 동생이었다. 가끔 언니의 책상 정리도 해주고, 언니가 벗어놓은 옷도 가지런히 해주고, 맛있는 간식도 챙겨주는 제법 괜찮은 동생이었다. 게다가 우리 자매는 서로의 욕구가 같은 지점에서 발화되지 않는다면 별문제가 없었다.

한참 그 사건을 추억하고 있을 때였다. 둔탁한 소리가 언어로 들려왔다. 그 소리의 정체는 아마도 그 사람이 분명했다. 나는 창문을 조금 열었다. 역시, 이장이었다! 그는 돌이라도 씹은 표정으로 아버지의 이름을 부르고 있었다. 곧이어 현관문이 열리고 아버지의 목소리가 신발을 끌며 나왔다.

"무슨 일입니까?"

"아니, 지난번에 말했던 후원금 말입니다. 언제까지 낼 건가 싶어서요. 제가 전화로도 몇 번 말씀드렸으니까, 준비가 됐나 해서 왔어요."

그는 우리 집을 이리저리 힐끔거렸다.

"밖에서 이러지 마시고 안으로 들어오세요. 차도 한잔하시고 ……."

아버지의 말이 끝나기도 전에 이장이 말했다.

"우리가 뭔 친분이 있어서 제가 당신 집 안으로 들어갑니까? 그냥 여기서 말이나 하슈."

아무래도 그는 우리 가족들과 친하게 지내고 싶은 것이 아니라 돈에 관심이 더 있는 것이 분명했다. 산책하러 나갔던 호섭이 마침 돌아왔다. 이장의 마지막 말을 들었는지 이렇게 말했다.

"이장님 말씀이 '나는 당신의 돈에만 관심이 있다.' 이렇게 들리네요."

이장은 호섭을 위아래로 훑어보면서 당사자가 아니면 말이나 보태지 말라고 했다. 이에 호섭은 한 마디를 더 그의 목에 달아줬다.

"친분도 없어서 집 안으로도 못 들어가시는 분이 마을 후원금은 왜 받으러 오셨는지 궁금합니다."

이에 힘을 얻으셨는지 아버지도 한 말씀을 돌탑 위에 올리는 소원 돌멩이처럼 올리셨다.

"단도직입적으로 하나 물어봅시다. 그 많은 돈을 받아서 어디에 씁니까? 이유나 들어보고 나눠서 내더라도 내지요. 우리가 여기 이사 올 때도 내가 알음알음 당신 전화번호를 알아서 전화를 몇 번이나 했는데도 통화가 안 됐단 말입니다. 그런데 이제 와 후원금을 내라니 이게 말이 됩니까?"

"아니, 이 양반이 어찌 그리 답답하게 세상을 사시오, 그래? 좋은 게 좋다고 그냥 순순히 내놓으면 될 것이지. 그리고 여기서 사는 동안 당신이 내 도움 하나 없이 살아질 거라 착각하는 모양인데, 그게 만만치 않아요."

이장은 거드름을 피웠다. 맨 처음 그와 만났을 때가 생각났다. 자기가 이 마을의 이장을 하면서 어떤 일을 했는지 나열하던 그 모습.

"그건 알 수 없는 일이지요."

음률을 담은 목소리의 주인공은 호섭이었다.

"당신은 뭔데 자꾸 남의 일에 끼어들고 그라요?"

하며 호섭에게서 두어 걸음 물러서며 말했다.

"저는 이 집에서 함께 사는 사람입니다만. 이장님은 들고양이처럼 호시탐탐 뭔가를 노리고 이 집에 드나드는 것 같습니다."

하며 시원시원한 눈을 깜빡이지도 않고 이장 얼굴 가까이 가져갔다. 그러자 이장은 헛기침도 마른기침도 아닌 기침을 내뱉으며 걸걸한 목소리로 말했다.

"여하튼 정상식 씨는 이 골짜기에 정착한 지가 언젠데 마을 후원금도 내지 않겠다, 언제까지 낼 수 있다는 확답도 안하고. 이래 가지고서야 여기서 잘 살 수 있겠어요?"

호섭의 목소리에서 음률이 확 걷힌 칼칼함이 묻어났다.

"그건, 저희가 이장님께 드릴 말씀이네요. 다음에는 미리 연락하고 오시는 게 좋겠습니다. 무례하게 시도 때도 없이 불쑥불쑥 나타나는 건 볼강스럽기 짝이 없으니까요!"

"이 사람들이 진짜 보자보자 하니 영~ 상종 못할 사람들이네. 여기서 얼마나 잘 사는지 어디 두고 봅시다!"

에헛! 이장은 침을 삼키다 목에 걸린 듯 목을 다듬었다. 그는 뒤돌아서며 호시탐탐 노리던 먹잇감을 놓친 하이에나처럼 뒤뚱거리며 골짜기를 내려갔다.

며칠 전부터 솔개가 하늘을 날아다녔다. 우리 집 닭들은 늘 닭장 문을 열어놓고 방사해서 키우는 탓에 자기들 간이 배 밖에 있는 줄 아는 모양이었다. 제멋대로 돌아다녔다. 길을 잃은 고라니가 뛰어가도 흥, 개가 짖어도 흥, 배추나 다른 채소를 쪼아대는 것도 예사였다. 그뿐만 아니라 떼를 지어 다니면서 개밥을 뜯기 일쑤였다.

게다가 엄마의 텃밭은 그들의 놀이터이자 식당이었다. 밭을 파헤치고 저들끼리 싸우다가 먹다가 난리였다. 솔개들이 머리 위를 배회해도 신경쓰지 않았다. 엄마는 '저것들이 매 무서운 줄 모르는 하룻닭이네.'라며 혀를 쯧쯧 차셨다.

겨울바람이 쉴 새 없이 휘파람을 불어대는 계절의 한가운데 있는 우리 집에는 늘 이야기가 풍성하게 열리는 궁전이 있다. 주렁주렁 열렸다가 떨어진 이야기가 소복소복 쌓이면 닭들이 나와서 쪼아대었다. 내 방에서는 닭들의 궁전이 잘 내려다보인다. 수탉의 성가신 꼬끼오는 정말 짜증나지만, 암탉들이 낳는 달걀은 참 따뜻하다. 내가 보름달을 마음껏 먹는 즐거움이 거기에 있다.

그날은 부모님이 외출하셔서 호섭과 나뿐이었다. 솔개가 상공을 날아다녀도 우리 닭들은 그리 위험을 느끼지 못하는 것 같았다. 쟤들도 안전불감증이라고 생각했다. 며칠 동안 해는 닭의 꼬끼오 소리에 줄넘기하며 폴짝폴짝 넘어갔다. 그러더니 이제는 며칠씩 흐리다. 나는 닭들의 모습도 살필 겸 커피 물을 올린 뒤 창가로 갔다. 창에서 밖을 내려다보니 닭들의 움직임이 수상했다. 뭔 일인가 싶어 창을 열었더니 닭들의 울음소리가 요란하다. 나는 고개를 들어 하늘을 올려다봤다. 솔개는 보이지 않았다. 그들만의 리그가 있나 보다 생각하며 문을 닫을 때였다. 닭들의 울음소리가 시끌벅적해졌다. 나는 얼른 마당으로 내려갔다.

오전부터 날아다니던 솔개가 기어이 기습 공격을 한 것이었다. 그때의 닭들은 폼페이 최후의 날처럼 이리 뛰고 저리 날아다녔다. 꼬끼와와 꼬꼬댁의 화음으로 위험 신호를 보내며 솔개의 발톱을 피하는 중이었다.

나는 이럴 때 어떻게 하는 줄 몰랐다. 닭장 앞에 선 호섭도 강 건너 불구경하듯 서 있었다. 그렇다고 하늘을 날아다니는 솔개들에게 돌멩이를 던진다는 건 어리석기 그지없는 일이었다. 그것보다는 이미 일어난 사건을 수습하는 게 더 중요했다. 나와 호섭은 혼비백산한 닭들을 찾아 닭장으로 몰아넣었다. 사태가 어느 정도 수습이 되고 난 후 닭들을 세어보니 두 마리가 없어졌다. 우리는 어찌할 바를 몰랐다. 이미 사라진 닭을 무슨 수로 찾을 것이며, 우리가 그 이상의 행동을 할 수 있는 것도 없었다.

그다음 날 저녁 모이를 주려고 닭장으로 갔다가 깜짝 놀랐다. 없어진 두 마리 중 한 마리가 살아서 닭장 앞에 웅크리고 앉아있었다. 그런데, 그놈 다리를 살짝 전다. 아마도 솔개를 피하다가 다친 모양이었다. 나는 그놈을 닭장 안으로 밀어 넣고 엄마를 불렀다.

"엄마, 엄마아~! 닭 한 마리가 살아서 돌아왔어요오!"

이 말에 식구들이 모두 밖으로 나왔다.

"저놈은 아직 명줄이 남아있었던 모양이다. 그래도 얼마 못 살 거야. 다리를 저래 절름거려서 다른 놈들한테 쪼이다 죽겠어."

엄마의 말이었다. 만약 말에도 N극과 S극이 있다면 엄마의 말들인 게 분명했다. 슬쩍 갖다 대어도 찰싹하고 붙으니. 하지만 엄마의 예상은 빗나갔다. 우리 집이 솔개들에게 맛집으로 소문이 난 뒤로 몇 번이나 더 다녀갔지만 이놈만은 살아남았다. 나는 그 닭을 설원이라 불렀다.

설원은 다친 다리 때문에 무리를 따라다니는 것은 자신의 한계와 부딪혔다. 처음 얼마 동안은 그들처럼 멀리도 다녔다. 하지만 시간이 지날수록 그의 반경은 점점 좁아졌다. 그러니까 그의 구역은 마음먹은 구역과 현실적인 구역의 면적이 다르다는 말이다. 우두머리 수탉은 설원을 쪼아대거나 발길질을 해댔다. 아마도 상대가 자기보다 약자라는 걸 아는 것 같았다. 어쩌면 그렇게도 사람살이와 닮았는지. 스스로가 강하다고 생각하는 강자는 약자에 더욱 강하고, 자기보다 강한 강자에게는 무한히 약해지는 졸장부. 그 비겁함의 현실을 우두머리 수탉을 통해 보았다. 그 또한 솔개에게는 약자이자 호시탐탐 노리는 먹잇감일 뿐인데도.

기타 하나 동전 한 닢뿐

내 방에서 바라보는 숲은 참 운치가 있다. 여러 종류의 나무들이 바람을 타고 노는 모습이 보기 좋다. 그들은 바람결에 이야기들을 나누었다. 그 소리를 엿듣는 것 같은 느낌도 좋다. 바람에 나무들이 부딪히는 소리는 소녀들의 수다였다. 그들의 수다는 비밀일 때도 있고 비밀이 아닐 때도 있다. 내가 지나온 소녀 시절은 그랬다. 어른들 말씀처럼 쇠똥만 굴러가도 웃는 시절이 그때였다. 나의 소녀 시절에는 쇠똥이 없었으니 아마도 햄버거 속 상추가 날리던 시절이겠다. 하지만 성인이 된 뒤에는 일부러 찾아야 할 정도로 웃음의 횟수가 줄었다. 각박한 세상에 부딪히면서 자신을 숨기고 가리는 법을 체득했다. 세상의 물정을 알아가면서 웃음부터 숨겨야 한다는 걸 무의식중에 깨달은 것 같다. 가끔 억지로라도 웃어야 할 때는 '웃음은행'이 있다면 좋겠다고 생각한다. 급전을 빌리듯 웃음도 빌릴 수 있게.

바람이 분다. 저 멀리 산머리에 나무들이 빈 가지를 흔들며 봄을 향해 모스 부호를 친다. 봄은 저 흔들림의 신호를 알아들었을까? 불던 바람이 멈추는가 싶더니 조금 전보다 더 강하게 불어온다. 나는 얼른 창문을 닫았다.

산 정상쯤 자작나무의 군락지가 있다. 그곳까지 가보려고 몇 번이나 시도했었다. 하지만 겉에서 보는 것보다 길이 험했다. 그리고 혼자 가는 게 부담스럽기도 했다. 아마도 자작나무 군락지까지 가보려면 나뭇가지가 앙상할 때 가 봐야 할 것이다. 봄이 오면 숲은 더욱 울창해질 테지만, 나무를 제대로 볼 수는 없을 것이다.

열명길에 살면서 좋은 점은 바람을 마음껏 즐길 수 있다는 것과 수많은 나무의 웃음을 들을 수 있다는 것이다. 그들의 모습을 보면 논문의 글씨가 눈을 파고들어 동굴을 팔 지경이어도 바깥의 풍경은 마음을 평화롭게 한다.

산에서 불어오는 바람은 마치 파도 소리다. 촤르르 밀려갔다가 밀려오는. 데구르르 구르다 부딪히며 멈추는 조약돌의 몸 소리 같다. 산의 겨울바람은 세차게 불지만 망설이지 않고 달려간다. 골짜기를 따라가거나 산 위로 성큼성큼 걸어 올라간다. 그 느낌을 말로 표현할 수 없는 것이 나의 한계다. 하지만 도시의 바람과는 분명 다르다. 도시의 바람은 자동차나 사람들의 움직임을 담고 있다. 그들의 움직임이 만들어내는 감정선과 산속에서 내달리는 바람이 만드는 움직임의 감정선은 다르다. 도시의 감정선은 감성적이지 못해 딱딱하다. 그 감정선에 둘러싸인 감성은 또 얼마나 약했는지. 잘못 건드리면 찢어지거나 산산이 부서지기 일쑤였다. 그에 비하면 산의 바람은 감정선의 경계를 넘나들며 감성을 부드럽게 또는 촉촉하게 건드린다. 나는 늘 시인으로 만드는 바람과 마주한다.

바람이 불 때마다 마당을 점령하고 있던 낙엽들이 이리 쓸리고 저리 쓸리며 마당을 청소했다. 바람이 한 청소가 청소일 리가 없다. 그런데도 엄마가 빗자루를 들고 마당을 쓸 때보다 더 감성적이다. 바람 소리가 무척 거칠어지고 있다. 아마 바람도 겨울을 견디기는 쉽지 않은 모양이다.

'이제 곧 봄이 오려나 보다. 이처럼 쌀쌀맞고 거친 숨소리로 창문을 두드리는 걸 보니. 봄바람이 이미 겨울바람의 턱밑까지 온 것이 분명하다.' 한겨울에 들어서기가 무섭게 때 아닌 봄 타령부터 했다. 이렇게라도 타령하지 않으면 논문에 얽혀 있는 문장을 빼낼 수가 없다. 나는 논문에 눈을 제대로 박고 여전히 끙끙 앓았다. 이토록 재능이 없단 말인가! 한탄도 했다. 그럴 때마다 바람은 창문을 세차게 두드렸다.

저녁을 먹고 나니 수분을 가득 머금은 바람이 분다. 산책하려고 마당에 나섰더니 후두둑, 빗방울 떨어지는 소리가 났다. 나는 얼른 핑계처럼 빗방울을 방으로 데리고 들어갔다. 책상 위에는 바람이 덮인 논문을 차르르르 넘기고 있었다. 마치, 자기에게는 이 문제가 하나도 어렵지 않다는 듯. 나는 그 모습에도 머리가 지끈거렸다. 도저히 풀리지 않는 문장을 다시 볼 엄두가 나지 않았다. 핑계로 데리고 온 빗방울을 탈탈 털어 말렸다. 책장으로 다가가 소설책을 골랐다. 내가 좋아하는 작가는 몇 년째 신작을 내지 않고 있다. 그 옆에 외국 작가의 추리소설 한 권을 집어 들었을 때였다. 노랫소리가 들려왔다. 노랫소리에 맞춰 빗방울이 떨어지는 것 같았다. 애절하고 잔잔해서 바람 소리와 섞여 마음이 움직이는 노랫말이었다. 게다가 산속에서, 빗소리를 배경 삼아 듣는 기타 소리라니! 나는 책을 꺼내다 말고 가만히 서 있었다. 기타 소리가 창문을 두드리는 건지, 빗방울이 기타 소리로 창문을 두드리는 건지 헷갈렸다. 온몸의 세포 중 어느 하나가 감정선을 뭉클하게 건드렸는지 나도 모르게 나만이 알고 있는 비밀 하나를 떨군 것처럼, 얼굴이 붉어졌다. 우리 식구 중에는 노래를 저렇게 잘 부르는 사람이 없다. 호섭이 분명하다. 그의 목소리에서 음률이 만져졌던 것을 이제 알겠다.

지난밤에는 바람도 거셌고 빗방울도 바람 못지않게 힘자랑을 해댔다. 열명길로 이사를 하고 두 번째 맞이하는 겨울의 밤이었다. 이불속에서도 겨울밤의 찬 기온이 창문을 비집고 들어와 내 이불을 덮는 게 느껴졌다. 오늘 밤에도 찾아올 냉랭한 손님을 어떻게 마중할까 하고 살짝 긴장한다.

어둠은 어두울수록 더 깊은 색을 지닌다. 빛이 있을수록 어둠이 짙어지는 것과는 다르다. 도시에서는 느끼지 못하던 어둠의 깊은 맛을 여기 산속에서 느낀다. 이 골짜기의 이름이 열명길이라는 게 어쩐지 이해가 된다. 어둠 속에서 숨 쉬는 고요의 아득함이란 게 어쩌면 이토록 환할 수 있을까. 이 어둠의 깊은 색을 보면 골짜기를 따라 걷는 것이 저승길을 가는 듯했을 것이다. 그리고 염라대왕의 판결을 받지 못한 사람들은 저승에서 되돌아오며 걷는 길일이었을 것이다. 섬뜩한 것도 아니고 아찔한 것도 아닌 뭔지 모를 아릿함이라는 걸 느낀다. 열명길. 어쩌면 이 골짜기의 이름뿐만 아니라 사람살이 자체가 열명길이 아닐까.

한기가 느껴져 눈을 떴다. 새벽 두 시였다. 온몸을 웅크리고 손바닥을 호호 불었다. 분명 자기 전에 보일러를 돌렸는데, 입에서 입김이 모락모락 피어난다. 눈구름이 내 입에서 몽글몽글 태어났다 사라졌다. 구름이 사라질 때마다 오싹한 느낌이 들었다. 기분도 얼얼하게 얼렸다. 얼른 일어나 무선주전자의 전원을 올렸다. 그리고 보일러 온도도 올렸다. 창밖에서 보일러가 저도 무척 추웠다는 듯 부지런히 달리기 시작했다. 기지개를 쭉 켜고 밖을 내다봤다. 세상에! 또 하얀 눈이다. 나뭇가지가 축 처졌다. 마당에도 제법 쌓인 눈이 시망스럽게 내리는 눈을 말끄러미 바라보는 것 같다. 한겨울도 얼른 지나가라고 봄타령을 불렀더니 다시 눈이다.

나는 책상에 앉아 논문을 들여다봤다. 까막눈이 따로 없다. 하얀 것은 종이요 까만 것은 글자가 분명한데, 무슨 말인지 연결되지 않는다. 창밖에 웅크리고 있는 어둠의 그림자 같다. 잠이 덜 깨서 그런가 생각하며 커피 한잔을 탔다. 투명한 물이 점점 검은 액체로 변해간다. 갑자기 마음이 움직였다. 집중력이 떨어지면 마시려고 놔둔 커피믹스 한 봉지를 뜯어 넣었다. 머그잔이 엉겁결에 부른 배를 잡고 찰랑찰랑 흔들린다. 이 한잔의 커피가 포만감과 행복을 준다. 피식. 나오다 마는 방귀처럼 웃음이 새어 나왔다. 어차피 인생이란 게 이런 거지 싶다. '인생 진짜 별거 아니야.' 나는 스마트폰을 만지며 7080 노래를 찾았다. 며칠 전에 들었던 호섭의 목소리를 타고 유유자적하던 노랫말이 맴돌아서였다. 희한하게 커피와 음악이 조화롭다. 밖에서 내 방을 염탐하듯 내리는 저 시망스러운 눈과 함께. 깜빡이는 전등불까지.

아침 식사를 하며 전등이 깜빡거린다고 말했더니 아버지와 호섭이 내 방으로 왔다. 막 수정한 논문을 프린터하고 있던 터라 내가 좀 쭈뼛거렸다. 호섭은 '나중에 올까요?' 하고 물었다. 나는 기왕 한 걸음이니 전등을 봐달라고 했다. 아버지는 혹시나 하시면서 여분의 전구를 가지러 일층으로 내려가셨다. 호섭은 잠시 기다리는 동안 바깥 풍경을 바라보았다. 자신의 감성을 유리창에 밀착시키는 듯 점점 창으로 다가섰다. 아버지의 헛기침 소리가 들리자 그는 자신의 감정을 밀착시켰던 유리창에서 다급하게 떼어내는 듯 잠시 당황했다. 하지만 전구를 갈아주는 그의 손은 침착했고 성실하게 능숙함을 뽐냈다. 아버지는 무척 만족하신 듯 너털웃음까지 날리셨다. 매끈한 손놀림이 무척 인상적이셨는지 몇 번이고 그의 손재주를 칭찬하셨다. 아버지가 먼저 나가시고 나는 호섭에게 차 한잔하시죠, 하며 돌아서는 그의 그림자를 잡아당겼다. 그는 입가에 엷은 미소를 띠며 내가 건넨 의자에 앉았다. 찻잔을 내밀자 그가 인사치레하는 듯 말했다.

"여기서 바라보는 풍경이 참 좋네요. 아까 들어오면서 거실에서 설핏 바라본 풍경과는 전혀 달라요. 저쪽 닭장도 보이구요."

"네, 언니와 가위바위보로 제가 쟁취한 방이에요."

"참, 재밌는 자매시네요."

그는 찻잔을 내려다보더니 살짝 고개를 들었다.

"아, 참. 며칠 전에 부른 노래가 참 좋던데요. 노랫말도 좋고. 음악을 전공하셨어요?"

"전공은 아니구요, 유튜브로 조금 배웠어요. 박진영 씨가 노래 반 공기 반이라는 말을 하는 바람에 제가 무척 긴장했었거든요."

그의 말에 빵! 하고 웃음이 터졌다. 모 방송국 오디션에서 박진영이 한 그 말은, 무슨 뜻인지도 모르지만 어쩐지 설득되는 희한한 말이었다. 그는 내가 웃음을 그치자 말을 이었다.

"노래를 부르다 보니 제게 악기 다루는 재능이 있다는 걸 알았어요. 지인께서 추천해주시는 오디션도 보곤 했는데, 노래에는 재능이 없다는 걸 알게 됐지요.

"아니에요. 노래에도 재능이 있어요. 제 말을 믿으시면 됩니다."

나는 찻잔을 내려놓으며 그에게 웃어보였다. 그는 내 말에는 전혀 감동되지 않는다는 듯, '그걸 위로라고 하진 않습니다.' 하며 싱겁게 웃었다. 그와 지낸 지 벌써 이년이 지나가는데 이렇게 깊은 이야기는 처음이었다. 참, 사람이 이러면 안 되는데, 싫다가도 내 코가 석 자니 어쩌냐며 쓴 입맛만 다셨다.

이월이 끝나갈 즈음, 아버지는 경수 아저씨에게 듣고 왔다며 호섭에게 새로운 정보를 주었다.

"우리야 이미 하숙비를 받아서 걱정은 없지만 그래도 쏠쏠하게 들어가는 돈이 있을 텐데 일거리는 있어야 하잖아. 경수 행님 말로는 군(郡)에서 운영하는 건데, 쓰읍. 어디라고 했는데 까먹었네. 참, 나이를 먹으니 기억력도 떨어지고 큰일이야."

아버지는 하시던 말은 잠시 입술에 매달아 놓으시고는 대뜸 나이 타령하셨다. 엄마는 그런 아버지에게 '까서 드셨구료. 통째로 드셨으면 숨 막힐 뻔했어요.' 하며 웃음을 훅 치셨다.

"저기 귀촌이나 귀농을 희망하는 사람들에게 농촌 일자리를 주선한다던데, 호섭이 자네 좀 해볼 텐가?"

"저도 들었습니다만, 제가 차가 없어서 힘들겠더라고요. 군내의 농가에 다니는데 아무리 가깝다고 하더라도 차로 20분은 걸린다고 해요. 신경 써주셔서 고맙습니다."

아버지는 잠시 검지로 당신의 무릎을 몇 번 치시더니 말을 이으셨다.

"그럼, 경수 행님 하우스 일이라도 도울 텐가? 올봄에는 사람을 써야 한다고 하더라고. 자네가 요양하러 온 사람이라 큰 힘쓰는 일은 어렵다고 내가 말은 했어."

"네, 제가 찾아뵙고 인사드리겠습니다."

"그래, 걸어서 10분 거리니까 운동도 될 테고. 내가 미리 연락은 해놓음세."

호섭은 며칠 동안 보이지 않았다. 겨울바람이 거세게 부는 날마다 그는 자신의 마음을 쏟아내듯 노래를 불렀다. 그가 노래를 부르면 그렇게 우악스럽게 부는 바람도 좀 잠잠해지는 듯했다. 아마도 내가 노래에 취해서 그렇게 느꼈을 것이다. 일주일이 지나도 그는 보이지 않았다. 나는 같이 밥 먹던 사람이 안 보이니 허전하다는 말을 지나가듯 말했다.

"호섭이 일주일이나 더 있어야 올 거래. 누나가 위독하다고 했어. 아버지를 잃은 지도 얼마 안 됐는데…… 피붙이라고는 누나 하나 남았다고 했는데……."

엄마의 끝말처럼 아버지의 말이 이어졌다. 사람살이가 늘 좋기만 하다면야.

며칠이 지난 후, 늦은 밤에 물을 가지러 일층으로 내려갈 때였다. 인공적인 불빛이 환해졌다 사라지기를 몇 번 반복하고 난 뒤 택시 한 대가 집으로 들어왔다. 그가 내렸다. 아니, 택시가 그를 어렵사리 내려주는 것 같았다. 어둠이 그를 겨우 지탱하고 하현달이 그를 억지로 밀고 가는 듯 어색한 풍경이었다. 늦은 밤에 귀가할 때 식구 중 누군가가 나를 반겨주면 기분이 좋았다. 그 기분을 생각하며 현관문을 열고 그를 맞이했다. 어서 오세요. 엄청 추우시죠? 그는 고개를 끄덕이더니 그 자리에서 털썩 주저앉았다. 나는 깜짝 놀라 얼른 그에게 달려갔다. 밖은 내 생각과는 달리 포근했다.

나는 그를 부축하고 그의 방으로 데리고 들어갔다. 다행히 그의 방에는 온기가 있었다. 엄마가 호섭이 언제 올지 모르니 불이라도 올려놔야겠다고 하시더니 보일러를 켜 두신 모양이었다. 이부자리도 펴져 있었다. 그를 눕히고 부엌에서 물을 가져왔다. 그의 숨소리가 조금 안정되는 걸 보며 내 방으로 돌아와 생각해보니 그는 너무나 가벼웠다. 바싹 마른 나뭇잎처럼 가볍고 그의 모습은 푸석했다. 밤에는 소리 없는 눈이 쌓이고 쌓여서 생각을 하얗게 밝혔다.

다음날, 호섭은 평소처럼 우리와 함께 아침을 먹었다. 어젯밤에 내가 본 사람이 맞나 싶을 정도로 표정이 밝았다. 내가 그에게 질문이 가득 담긴 눈길을 보내면 그는 고개를 끄덕이거나 머리를 긁적였다. 마치 내가 어떤 질문을 하는지 알아들었다는 듯.

우리 부모님은 호섭이 집으로 돌아온 이후로 그에게 더욱 살갑게 대했다. 마음이 축나면 몸도 그만큼 힘들다며 식사도 챙겨주시고 건강식도 마련하셨다. 나는 약간의 심술을 담아 오빠에게 일러준다며 으름장을 놓았다. 하지만 엄마는 그깟 놈, 집에도 한 번 안

오고 연락도 없는데 뭘 그래? 하며 나의 으름장에 뜨거운 눈치만 한 사발 끼얹었다. 오빠는 그 말을 들었는지 며칠 휴가를 얻었다며 그날 오후에 집에 왔다. 호랑이도 제 말 하면 온다던데, 오빠는 범 띠도 아닌데 집에 왔네? 하며 내가 놀렸다. 엄마는 오빠 욕할 때는 언제고 식탁이 무너질 만큼 상을 차렸다.

우리는 어느 정도 이 열명길 골짜기의 암묵적인 규칙에 적응해 가고 있었다. 그러는 동안 1차 이주민과 2차 이주민 사이의 갈등으로 인한 껄끄러운 감정을 읽어 나가야 했다. 지난밤에도 눈이 길을 덮어 버렸다. 거의 산꼭대기에 사는 우리는 눈이 쌓일 때마다 일기예보에 귀를 기울였다. 눈이 멎는 시간을 알아둔 뒤 제설을 하기 위해서였다. 늘 수고하는 건 호섭이었다. 쌓인 눈을 손으로 쓴다는 건 보통 일이 아니었다. 나와 엄마도 두어 번 도우러 나갔다가 몸살만 했을 뿐이었다. 아버지는 큰맘 먹고 송풍기 한 대를 사들이셨다. 송풍기로 우리 집에서 철민 아저씨 집까지 눈을 쓰는 데도 약 두 시간이 걸렸다. 빗자루로 쓸어낸다면 얼마나 더 걸렸겠냐며 엄마는 호섭의 수고를 위로했다. 엄마의 위로는 역시 오랫동안 식당 일을 한 손맛이었다. 엄마는 외할머니의 손맛을 그대로 물려받았다. 여기서 잠깐 밝히는 것이지만 외삼촌은 엄마보다 한 수 위다. 그렇다고 엄마보다 월등히 차이가 나는 수준이라는 말은 아니다. 오해 없기를. 그 덕에 우리 식구들은 맛있는 음식을 많이 먹을 수 있었다. 그날은 어떤 의미가 없는 날인데도 엄마는 떡국을 끓이셨다. 호섭이 덕분에 새 아침이 밝았다며 70~80년대나 불렀던 노랫말을 흥얼거리셨다. 따뜻한 국물로 속을 데운 탓인지

나는 느닷없이 몰려오는 단잠에 속수무책으로 넘어졌다. 낮잠을 너무 곤하게 잤던 모양이다. 일어나니 중천의 해는 여전한데 날씨는 눈살이 찌푸려질 정도로 흐렸다. 미세먼지 경보가 알림으로 왔던 게 생각났다. 나는 덜 깬 잠을 억지로 창밖으로 내밀었다. 누군가가 우리 집을 나서고 있었다. 날씨 탓이었을까? 분명 최 씨 아저씨의 걸음걸이인데 다리가 보이지 않는다. 아니 걸음이 늪에 빠진 듯. 나는 한쪽 눈을 찡그린 채로 그 모습이 보이지 않을 때까지 바라봤다.

그날 저녁, 아버지는 철민 아저씨와 통화한 내용을 이야기해주셨다. 내가 낮에 본 최 씨 아저씨의 걸음이 질퍽거린다는 느낌을 왜 받았는지 그 이유를 알게 됐다. 최 씨 아저씨는 철민 아저씨와의 갈등이 해소되지 않아 열명길을 떠나기로 했다. 그들의 갈등이 깊어진 이유는 아버지가 대신 말해주셨다.

최 씨 아저씨는 철민 아저씨를 찾아갔다. 여기서 민박을 함께 하면 좋겠다고 했다. 그러자 철민 아저씨는

"내가 여기서 먼저 터를 잡고 살아가는데 당신이 갑자기 민박업을 하겠다니 내가 어찌 가만히 있어요?"

"내가 군청에 들어가서 다 알아보고 왔어요. 여기 골짜기에 하나 더 생기더라도 문제가 없다고 했다니까요. 그러니 민원만 철회해주면……."

최 씨 아저씨의 이야기가 끝나기도 전에 철민 아저씨가 반박했다.

"이미 내가 민박업을 운영하고 있잖아요. 그러니 딴 데 가서 하든지, 아니면 취소하면 될 것을 왜 그래요? 여기 말고 민박할 데가

없어요?"

"그러지 말고, 예? 여기는 골짜기 물도 좋고 댁과 나는 거리가 있어서 서로 도움이 되면 됐지 나쁠 건 없을 겁니다. 그러니 내 이리 사정하리다. 좀 도와주세요. 손님이 많으면 또 서로 소개도 하면 좀 좋겠어요?"

철민 아저씨는 막무가내였다. 지금도 넘치지 않는 손님이 당신이 한다면 더 부족하지 않겠냐며 최 씨 아저씨 마음을 긁어댔다.

"그건, 당신 생각이지요. 당신 집에 갔던 사람이 우리 집과 당신 집을 비교하면 어쩔 거요? 서비스나 시설이 그쪽이 더 좋다고 하면 우리 집에는 안 올 거 아닙니까?"

최 씨 아저씨는 당치도 않는 말이라고, 철민 씨의 친절함과 나의 무뚝뚝함을 비교할 수도 있잖으냐며 서로의 개성으로 만들면 더 특색 있는 골짜기 민박집이 될 거라고 말했다. 철민 아저씨는 최 씨 아저씨의 긍정적인 마음가짐을 받아들이지 않았다. 더 확고한 것은, 그가 사는 골짜기의 위쪽이 더 물이 맑으므로 자신의 손님들이 피해를 보게 된다는 것이 결정적인 반대 이유였다.

철민 아저씨가 아버지에게 전화를 해서 이런 일 저런 일을 이야기했다. 결국 아버지는 최 씨 아저씨에게 들었던 말 그대로를 재생 버튼을 눌러 철민 아저씨에게 들은 셈이 되었다.

"골짜기에 계곡물이 흘러도 철민네는 계곡 바로 옆이고, 최 씨는 걸어서 오분 이상 가야 하는데…… 욕심이 너무 넘쳐. 꼭 장마철에 넘치는 물처럼 말이야. 게다가 최 씨는 철민이가 워낙에 민원을 넣으니까 면사무소에다 계획서도 제출했다고 하더니만. 쓰레기 배출 문제, 계곡에서 취사 활동 금지, 안내문도 설치하기로."

아버지는 씁쓰름한 이기심을 씹으셨는지 침을 휴지에 뱉으신 후 한숨을 길게 내쉬셨다. 그 긴 한숨의 꼬리처럼 말을 이으셨다.

"어차피 타향에 이주해서 터 잡고 함께 살아보려는데 철민이 너무해. 게다가 면사무소에서도 최 씨한테 이런저런 내용의 계획서를 받았으니 이만하면 된다고 했다는데, 먼저 이주한 것이 무슨 벼슬도 아니고 서로 도우면서 잘 살아갈 방법이 있다고 하는데도 말을 듣지도 않으려니 원. 올 손님이 얼마나 되는지도 모르면서 내 손님이니 네 손님이니 하며 들먹이는 것도 우습고……."

아버지의 말씀 끝에 엄마는 아이고를 붙이셨다. 그렇다. 아이고다. 참 적절한 말인 것 같다. 상황에 따라 다양한 해석이 가능한 막강한 추임새, 아이고. 이 아이고는 아버지의 다음 말을 잡아당겼다.

"최 씨가 이번 구정 쇠고 이사하기로 했다네. 하도 속이 시끄러워서 매물로 내놨는데 어제 연락이 왔댜. 오늘 계약서에 도장을 찍었다네."

"그래요? 이제 정든 이웃이 하나 더 늘었다고 좋아했더니만, 내가 지은 죄도 아닌데 괜스레 미안하기도 하고 속상하네요."

엄마는 잠시 자기의 발가락을 만지작거리더니 갑자기 훅! 치고 들어오셨다.

"아, 그나저나 저 수탉들은 언제 잡을 거예요?"

지금까지 나누던 대화와 상관없이 느닷없는 엄마의 공격에 아버지는 이미 예측하고 방어하는 배구선수처럼 느긋하게 대답하셨다. 다음 주에 최 씨랑 몇몇 불러서 술이나 한잔하지 뭐.

나는 오랜만에 언니와 통화했다. 앞으로 일주일 뒤 우리 집 수탉들의 목숨에 대해 알려줬다. 그러자 언니는 뜬금없이 내기를 제안했다. 아버지가 몇 마리의 수탉을 잡으실 거며, 죽다 살아난 수탉 설원이 이번에도 살아남는가에 대한 것이었다. 언니는 네 마리에 설원은 살아남는다, 나는 수탉 다섯 마리에 설원도 포함이라고 했다. 내 감정이 실린 것이긴 한데 지금의 우두머리 수탉도 포함이라고 했다. 이렇게 정하고 우린 오만원을 걸었다.

수탉들의 운명이 갈리는 그날은 마침 음력 십일월 보름이었다. 음력 시월은 시월 상달이라 하여 고구려에서는 동맹, 동예에서는 무천, 고려에서는 팔관제 같은 왕실의 행사가 있었다고 했다. 지금은 십일월이지만 뭐, 이런 거창한 의미를 두지 않더라도 보름달이 떠오르는 날에 마음 맞는 사람들과 오순도순 모여 맛있는 음식을 먹는다는 것만으로도 의미는 충분했다. 고등학교 때 그나마 열심히 외운 탓인지, 내가 아직도 기억하고 있는 것이 대견하다. 나는 내 어깨를 토닥이며 '아이구, 우리 소율이 공부 열심히 했네. 아직도 기억하고 있다니.' 하며 스스로를 칭찬했다. 아마도 이런 내 모습을 언니가 보았다면 또 한마디 했을 터였다.

"너는 허구한 날, 니 칭찬만 하다가 큰일 나지 싶다!"

그러면 나는 이렇게 대꾸한다. 나, 정소율! 나를 응원합니다. 저는 정소율의 팬클럽 회원이자 회장이며 그들의 우상이며 영웅입니다!

"어쭈? 보자보자 하니, 갈수록 가관일세. 엄마, 얘 좀 어떻게 해봐요!"

하며 왼손 검지로 동그라미를 그리며 나를 놀렸다.

"언니는 언니 자신을 응원해본 적이 없지? 그러니까 내가 부러워서 시샘하는 거잖앙!"

내가 거의 악다구니를 쳐들고 하는 말에 언니는 메롱, 하며 도망갔다. 그러면 나는 분에 못 이겨 소리를 꽥 지르곤 했다. '나는 나를 응원한다.' 이 말은 내가 호시탐탐이라는 별명을 얻었을 때 할머니가 나를 위로하시면서 해주신 말씀이다. 어떤 일이 있어도 나를 사랑하는 것은 잊지도 말고, 니 자신을 버리지도 말아야 한다고 하셨다. 그때부터 내 인생의 좌우명이 되었다.

아버지가 닭을 잡으시는 동안 나는 호섭에게 언니와 한 내기를 전했다. 호섭은 참, 재밌는 자매시네요. 하면서 자기가 영상으로 찍어주겠다고 했다. 살생의 장면은 빼고. 대전에 있는 언니가 혹여 시비라도 걸면 증거를 내밀어야 한다면서. 닭을 삶는 동안 아버지는 골짜기 식구들과 철민 아저씨께도 전화했다. 함께 저녁이라도 먹자고. 그러니까 철민 아저씨는 최 씨가 참석하면 안 오겠다고 하더란다. 이사도 간다는데 화해나 하고 보내는 게 좋지 않겠냐고 말했지만, 철민 아저씨는 이제 안 볼 사인데 화해는 무슨 화해냐며 전화를 끊었다. 참 씁쓸한 일이었다.

권력 위에는 권력

밖이 훤한 만큼 방도 환했다. 화장실을 다녀와 잠을 청하려는데 닭장의 닭들이 갑자기 궁금했다. 대살육의 현장에서 살아남은 닭들의 밤은 어떨까 하는 호기심이 작동했다. 밖으로 나가자 바람이 쌀쌀했다. 현관문을 열었다가 쏜살같이 달려드는 찬 공기를 이기지 못해 얼른 문을 닫았다. 두꺼운 겨울 파카를 걸치고 닭장으로 갔다. 아버지는 나의 예상대로 수탉 한 마리를 남기셨고, 제일 '어린 수탉'에 방점을 찍으셨다. 우두머리는 너무 싸나워서 잡았노라고 하셨다. 아버지의 '싸나워서'라는 어감에는 약간의 경계심도 있는 듯했다.

"다리 저는 놈을 왜 마지막에 잡았어요? 이왕 잡을 거면 그놈부터 잡으시지."

"아마, 제 목숨이 오늘로 끝이라는 걸 제일 먼저 알아챈 놈이 그놈일 거야. 내가 닭장에 들어가도 꿈쩍을 않고 있던 놈이었어. 잡으려면야 그놈이 쉬워도 너무 쉽지. 그래도 난 우두머리부터 잡았다. 그래야 다른 놈들이 기가 죽거든. 전쟁에 나가 싸울 때도 그 부대를 이끄는 수장부터 죽인다는 말이 있지. 그런 의미인 셈이지."

아버지의 말에서도 닭똥 냄새를 맡았다. 뭔지 모르지만, 사람살이의 씁쓸한 이면이 보였기 때문이다. 옆에서 우리가 나누는 말을 듣고 있던 엄마가 이런 말을 했다.

"근데, 그 이쁜 닭 있잖아. 고것이 이상하게도 그 다리 저는 놈 옆에 딱 붙어 앉아있더라니까. 하도 이상해서 내가 한참을 바라봤어. 저것들도 사람처럼 감정이 있는 걸까 싶어서."

내가 한밤중에 닭장으로 간 이유를 굳이 변명하자면 엄마의 '그 이쁜 닭 있잖아, 고것이 그놈 옆에 딱 붙어 앉아있더라니까.'라는 말이 갑자기 보름달처럼 떠올랐기 때문이었다. 엄마가 말하는 그 이쁜이 닭을 나는 미실이라고 부르고 다리를 절었던 그놈은 설원이라고 했었지.

미실은 아버지가 두 번째 사온 닭 중의 한 마리였다. 온몸이 흰색 털로 덮인 암탉이었다. 아기자기한 벼슬이 귀엽게 대가리를 꾸미고 있었고, 꼬리털은 털이 몽글몽글하면서도 길게 뻗어있었다. 사람으로 치면 제법 눈에 띄는 미인인 셈이다. 흘리듯 보면 꼭 백조가 아닌가 싶을 만큼 흰색 털이 예뻤다. 내게도 심하게 눈에 띈 그 암탉은 그들의 세계에서도 눈에 띄는 모양이었다. 먼저 입주해 있던 암탉들이 그녀의 주변에 어슬렁거렸고, 수탉들은 그녀에게 구애춤을 추며 일과를 보내고 있었다. 하지만 짐승의 세계에서는 철저하게 서열 중심이 아닌가. 그런데도 우두머리를 제외하고 아직 서열이 정해지지 않은 수탉들은 우두머리가 한눈을 팔 때면 재빨리 그 암탉에게 덤볐고 매번 실패하고 말았다.

나는 그녀의 이름을 미실이라 지었다. 언니는 내게 꼭 너 같은 생각을 한다며 고개를 저었다. 그리고 미실의 옆에는 갈색과 흰색 털이 적당히 섞인 암탉이 있었다. 그 암탉은 백조라고 지었다. 이름으로 따지자면 미실에게 더 어울렸겠지만 백조가 함께 있을 때 미실의 미모가 더 빛났다. 게다가 백조도 미실의 옆에 있을 때 그 조화로운 털이 더 반짝였다. 그녀의 갈색 털은 햇빛을 받았을 때 붉은빛을 띠었다. 난 그 색감이 무척이나 좋았다.

나는 닭장 안을 살폈다. 수탉의 위치가 궁금했다. 내가 닭장 앞에 섰을 때 꼬꼬거리는 건 수탉이었다. 내가 알고 있는 상식과는 사뭇 다른 풍경이었다. 수탉이 닭장에서 가장 안전하고 높은 자리를 차지하고 그 다음으로 수탉이 정한 순서대로 암탉이 자리를 잡았기 때문이었다. 나의 상식을 벗어난 건 또 있었다. 제일 안전하고 높은 자리에는 다름 아닌 미실과 백조가 앉아 있었다. 미실은 사실, 오늘 생을 마감한 우두머리 수탉의 가장 든든한 연인이었다. 두 번째가 백조였다. 나머지 암탉들은 자신들이 늘 자는 곳에서 자고 있었다. 이 닭장 안의 권력 체계가 바뀌었다는 것은 수탉이 증명했다.

그날 이후로 나는 매일 닭장을 살피는 것을 일과에 추가했다. 살아남은 어린 수탉은 쉴 새 없이 '꼬끼오'를 외쳐댔다. 하지만 그는 어려도 너무 어린 닭이었다. 꼬끼오를 하는데 속된 말로 삑사리가 나 듣기가 참 불편했다. 정말 거짓말 조금 보태서 하루에 천 번 정도는 꼬끼오를 외치는데 구십구퍼센트가 삑사리였다. 수탉이 음 이탈로 고전할 때마다 그를 잡는 닭이 있었으니 미실과 백조였다. 둘은 번갈아 가며 수탉을 쪼아대거나 쫓아다니며 그를 괴롭혔다. 콧대 높은 미실은 수탉의 삑사리를 용서할 수 없었던 모양이었다. 내가 수탉의 음 이탈을 아무리 너그러이 들으려고 해도 거슬리듯, 미실과 백조도 나와 같은 형편이었다고 생각한다. 나는 닭장 앞에서 항의했다. 아니, 어쩌면 그렇게도 꼬끼오를 못할 수가 있어? 도대체가 말이지, 들어줄 수가 없다는 거 아니니. 분발해서 좀 잘해라, 어잉? 그렇게 며칠을 민원을 제기하는 내게 수탉 대신 변명한 사람은 호섭이었다.

"민원 제기는 그만 하시죠. 아무래도 당분간은 수탉의 삑사리를 듣고 지내야겠어요. 아버님이 어려도 너무 어린 닭을 남기신 듯해요."

"네에, 저도 그렇게 생각해요. 그래도 쟤는 너무 심하지 않나요?"

"사람이나 짐승이나 모델이 있어야 하지요. 이제 막 수탉의 느낌이 나려는데 모델이 될 만한 어른 수탉이 모두 사라졌잖아요. 사람으로 치면 혼자 독학하는 셈이지요. 목청을 어찌 뻗어야 하는지 깨우치려면 엄청나게 노력해야 할걸요. 아마, 암탉들이 저렇게 수탉을 괴롭히는 게 훈련시키는 것인지도 몰라요."

나는 그의 말에 고개를 끄덕였다. 수탉의 끊임없는 독학을 응원해야겠다고 생각했다. 그의 노력은 조금씩 빛을 발했다. 어느 정도의 수준으로 올라가고 있었다. 제법 수탉의 목청이 자리를 잡은 듯했다. 역시, 사람이나 짐승이나 열심히 연습하고 노력하는 놈 앞에서는 못 당한다. 나는 그런 평범한 진리를 닭의 행동에서 깨달아가고 있었다. 짜아식, 너의 인내력과 노력은 내 높이 산다. 하던 그 찰나! 이놈이 암탉의 등에 올라타는 것이 아닌가. 오호~ 이런 나의 응원은 아주 강렬했지만, 순식간에 탈진하고 말았다. 암탉의 등에 올라타자마자 미실과 백조에게 쪼였기 때문이었다.

수탉의 음 이탈이 진정되고 있는 동안 나는 좀체 진도가 나지 않는 논문을 들여다보면서 혼자 중얼거렸다. 창문을 흔들어대는 바람 소리만큼 간절하게 논문의 행간을 읽으려 했지만, 생각은 굴뚝인데 글은 장작처럼 타오르지 않았다. 머리나 좀 식혀야겠다며 창문을 활짝 열고 큰 소리로 이말 저말을 해댔다. 창고에서 나오시던 엄마가 무슨 일이냐며 소리를 높이셨다. 나는 아무 일도 아니라고 말했고, 엄마는 일층으로 내려오라고 하셨다.

"너는 어째 잣 따러 온 사람이 떨어진 잣을 주워갈 때 잣까마귀가 있는 대로 성질부리는 모양새로 소리를 질러 대냐?"

엄마가 차려주신 김치전을 먹으며 무슨 말이냐고 물었다.

"산에 잣이 열리면 잣까마귀가 먼저 잣을 따거든. 얘들이 잣을 잘 까먹는데. 어쩌다 애들이 떨어뜨린 잣을 사람들이 주워가면 그렇게 따라다니면서 깍깍거린다고 하더라. 집어 들고 가던 것을 내놓을 때까지 깍깍거리는 게 여간 성가신 게 아니래. 그래서 들고 있던 잣을 다시 던져주고 온다더라."

입에 가득 김치전을 밀어 넣으며 누가 그래요? 하고 물었더니 외삼촌 친구, 정배 삼촌이 그러더라고 하셨다. 내가 설마? 하고 물음표를 던지니 엄마가 정배 삼촌이 찍은 동영상을 봤다고 하셨다. 나는 김치전을 꿀꺽 삼키고 물었다.

"내가 그렇게도 잣까마귀랑 닮았어요?"

"내가 잣까마귀 동생을 낳은 줄 알았다!"

아잇, 엄마! 내가 큰소리로 그렇게 외치자 엄마는 빙긋 웃으시며 말을 이었다.

"그렇게 논문이 안 되면 좀 나갔다 와. 온 산을 들쑤시지나 말고. 안 굴러가는 바위 굴리려다가 몸이나 상하지."

"엄마, 지금 나더러 머리 나쁘다고 말씀하시는 거지?"

"문디! 눈치는 어째 요즘 말로 뭐냐 거시기, 오지?"

"크크크크큭, 우리 엄마 문명의 혜택을 좀 받으셨네. 파이브 지라고 해요."

내가 그렇게 말하자 엄마는 때리는 시늉을 하시며 접시에 마지막 남은 김치전을 담아내셨다. 마치 잣까마귀에게 던져주는 잣처럼. 나는 마지막 김치전을 맛있게 먹고 설거지까지 마친 후 닭장으로 갔다. 하늘에는 솔개들이 날개를 쫙 펴고 날아다녔다. 그 바람에 닭들은 며칠째 닭장 안에서만 지내고 있었다. 나는 이리저리 닭들의 동태를 살폈다. 별다른 변화가 없다고 생각한 그 순간, 나는 수탉의 과감하고 돌격부대처럼 움직이는 행동을 보았다. 실로 놀라운 일이었다. 서열 1위인 미실의 등에 올라탄 것이었다. 오마낫! 정말 축하해. 네가 이제야 닭의 왕조를 통치하게 되었구나. 풍악을 울릴거냐? 나는 스마트폰을 눌러 음악을 들려줬다. 고양이 행진곡이었다. 이 음악에 닭들은 호들갑스럽게 닭장 안을 돌아다녔다.

이날 이후, 수탉은 암탉들의 서열에 손을 대기 시작했다. 미실은 이번에도 암탉의 서열 1위를 차지했다. 따지고 보면 암탉의 서열에 손을 대었다고 보기에는 미심쩍은 점이 있었다. 그냥 수탉이 왕좌에 앉은 것과 다를 바 없었다. 이 왕좌에 앉은 건 수탉의 음 이탈이 거의 발생하지 않을 때 이루어졌다. 그러니까 사람살이로 보자면 미실과 백조의 수렴청정으로 수탉이 수탉으로 완성된 때였다. 참, 닭아도 너무 닮은 인간과 짐승의 사회생활. 또는 권력의 이양 관계. 이렇게 완성된 닭의 왕조에도 수탉의 전략이 숨어 있었다. 수탉은 우선 알을 잘 낳는 암탉을 가까이 둔다고 했다. 아마도 자손 번식에 안성맞춤인 암탉을 취한다는 말일 것이다. 그러므로 수탉의 옆자리를 차지하지 못하는 암탉은 문 앞으로 밀려난다. 나이와 상관없는 능력의 문제가 이들에게도 필요한 조건인 거다. 다만 인간과 다른 점은 종족 보존의 본능이 인간보다 더 중요하다는 것일 뿐. 그리고 자신들을 잡으러 오는 천적들에게 서열이 낮은 암탉을 그들을 위한 진상품으로 쓴다는 전략이 숨어 있다는 것은 놀라운 일이다. 닭장에는 평화와 안식의 날들 사이에 선전포고 없는 전쟁이 이어지고 있었다. 가끔 미식가들이 찾아와서 맛집의 솜씨가 여전한지, 식자재는 싱싱한지, 식자재 관리가 소홀하지는 않은지, 안전한 먹을거리 생산에 최선을 다하라는 경고인 듯 점검 차 들리기도 했다. 점검의 수당은 닭들의 목숨이었다.

아버지는 열명길에 이사를 오고 난 뒤 한동안은 인사를 하러 다니느라 바빴다. 이곳에 살기로 한 이상 이웃들과 왕래를 잘하고 정을 잘 쌓아놔야 한다는 게 아버지의 지론이었다. 하긴 맞는 말이었다. 그렇게 안면을 트고 왕래가 잦은 덕에 닭들을 공수하는 데 별 어려움이 없었다. 따지고 보면 우리 아버지도 나름의 정치를 하고 계셨던 셈이다.

수탉은 자신의 왕국에서 제대로 왕 노릇을 하고 있었다. 그 왕 노릇이라는 게 단순한 스텝과 날갯짓으로 완성된 구애춤이긴 했으나 암탉들은 그의 구애를 한 번도 사양하지 않았다. 하지만 사실, 수탉의 구애춤은 조금씩 달랐다. 발을 구르는 강도, 파닥이는 날갯짓의 횟수, 암탉 주위를 빙빙 돌 때의 그 아슬아슬한 박자가 있었다. 큰 틀에서 보자면 변함없는 단순한 몸짓이었지만 아주 미세한 차이가 있었다. 수탉은 서열이 낮은 암탉들에게도 통치를 위한 단비를 내리는 수고를 아끼지 않았다. 닭장 안의 풍경은 다양했다. 수탉이 *꼬끼오*를 외치면 미실을 비롯하여 젊은 암탉들이 *꼬꼬꼬꼬, 꼬꼬댁꼬꼬*로 화음과 장단을 맞추었다. 그것이 무슨 의식이나 되는 듯했다. 그런 풍경을 내 방에서 바라보는 재미도 쏠쏠했다. 도시에서 보던 풍경과는 달라도 너무 달랐다. 이런 상황들을 보면서 내가 웃거나 어떤 사색을 즐기리라고는 전혀 생각지도 못했다. 내 앞가림하기 바빠서 주변을 돌아볼 엄두도 못 내는 형편이었던 내게 닭들은 많은 이야기를 들려주었다.

그렇게 완만히 지나가는가 싶던 날, 부모님은 대전에 있는 언니에게 다니러 가셨다. 아버지는 요즘 솔개가 자주 나오니 닭장 문단속을 잘하라고 이르셨다. 하지만 나는 별일이야 있겠나 하는 마음으로 보내고 있었다. 간간이 창문 너머로 닭장을 살피기는 했지만 딱히 주의할 만한 일은 없었다. 내가 밖으로 나가지 않는다는 걸 아는지 호섭이 나대신 닭장 앞에 서 있는 것을 여러 번 봤다. 나는 그 덕에 논문의 진행이 완만했다. 그렇게 탄력을 받으니 그동안 막혀있던 문제가 하나씩 해결되기 시작했고 그다음은 과속이었다. 해가 서산으로 넘어가고 있었다. 산 능선을 미처 벗어나지 못한 햇살이 유독 노랗게 보이는 시간이었다. 잠시 고개를 들어 창밖을 볼 때 하늘에는 검은 점 두 개가 움직이고 있었다. 연이어 끼욱, 하는 소리가 들렸다. 더군다나 여러 마리의 까마귀 울음소리까지. 그와 동시에 닭들의 울음소리가 요란해졌다. 그제야 나는 허겁지겁 닭장으로 달려갔다.

아악, 어떡해!

앙칼진 내 목소리의 꼬리표처럼 한 손을 허리에 걸치고 다른 한 손으로는 머리를 받치고 선 내 모습을 보며 호섭이 달려왔다. 그는 내 모습에서 사태의 심각성을 알아챈 모양이었는지 닭장 안을 살폈다. 닭장 안은 아수라장이었다. 닭들의 털이 수북했다. 한쪽 구석에는 대가리를 땅에 처박고 있는 놈, 어떤 놈은 만날 보는 우리를 보고도 놀라서 꼬꼬댁거리며 날개를 푸덕거렸다. 또 어떤 놈은 어디론가 줄행랑을 치고, 또 몇 마리는 수풀 속으로 숨어버리고, 난리도 이런 난리는 없었다. 너무나 놀라서 어찌할 바를 모르고 있는 와중에 부모님이 돌아오셨다.

"뭔 닭털이 이리도 많이 날리는 거여?"

차에서 내려 느긋하게 걸어오시던 아버지의 말씀에 조급한 마음의 엄마가 대답했다.

"또 솔개가 왔나 봐요. 그래도 이건 너무 심한데?"

닭장 앞에서 어쩌지 못하는 우리를 보며 엄마는 한숨을 푹 쉬셨다. 닭도 닭이지만 쟤들 꼴이 더 볼만하네요! 그렇게 말한 엄마는 우리 등을 집 안으로 밀어 넣으셨다.

우리는 엄마가 건네주시는 따뜻한 위로 한 잔씩 마시고 좀 진정이 되었다. 그렇게 한 시간 정도 지난 다음에 우리 식구들은 다시 닭장으로 갔다. 닭들도 안정을 찾았는지 닭장 안에서 모이를 쪼고 있었다. 하지만 수탉이 보이지 않았다. 수탉이 없다니? 설마, 솔개에게 잡……? 어디선가 수탉의 울음소리가 들렸다. 이 소리에 놀란 건 우리뿐만이 아니었다. 암탉들도 함께 난리였다. 꼬꼬꼬꼬 하며 저들끼리 수탉의 안위를 무척이나 걱정한다는 울음이었다. 내 느낌으로는 수탉의 울음소리에 자신들이 안도하고 있다는 걸 표현하는 것 같았다.

수탉의 울음소리를 따라나섰던 아버지가 잠시 후 혼자 돌아오셨다. 수탉은요? 엄마의 질문에 아버지가 보신 장면을 묘사하셨다.

수탉의 울음소리를 따라가 보니 큰 개 두 마리가 수탉을 앞에 두고 있었다. 두 마리 중 한 마리는 수탉을 앞발로 이리 치고 저리 치면서 수탉의 행색을 살폈다. 나머지 한 마리는 자신의 앞으로 올 때마다 수탉의 털을 물어 뽑았다. 아버지가 달려가며 소리를 질러도 개들은 꼼짝도 안 했다. 개들과 수탉 주변에는 닭의 털이 바람에 흩날리고 있었다. 바람에 날리는 닭털들이 어떤 의식의 피날레 같은 형국이어서 아버지는 그 장면을 잠시 바라보았다. 다시 울리는 수탉의 울음소리에 정신이 들어 주변에 있는 돌멩이 하나를 집어 던졌다. 하지만 힘이 너무 들어갔는지 엉뚱한 데로 날아가 개들에게는 큰 위협이 되지 못했다. 조금 전보다 좀 더 큰 돌멩이를 힘껏 던졌는데 그들 앞에 툭! 떨어졌다. 그제야 개들이 흠칫 놀라며 꼬리를 내리고 뒷걸음치기 시작했다. 아버지는 돌멩이 하나를 더 주워 들고 달려가셨다. 그러자 개들이 으르렁대었다. 개들은 다 된 밥에 재 뿌린 상황을 맞은 듯 했다. 아버지가 성가시게 보였는지 한 마리가 아버지 앞으로 두어 발 다가왔다. 아버지는 들고 있는 돌멩이를 한 번 더 던졌다. 산쪽으로 걷던 한 마리가 컹컹 짖어대자 아버지께로 다가왔던 개가 꼬리를 반쯤 내리고 털레털레 뒤따라갔다.

수탉은 아마도 수풀 어디에 숨어 있을 것이라고 하셨다. 그 말 뒤에는 삶의 전략이 이어졌다. 수탉은 암탉들을 보호하려고 자신이 다른 곳으로 개들을 유인했을 것이라고 하셨다. 수탉의 영웅담 같은 말씀이 이어졌다. 수탉은 천적이 자신의 영역에 들었을 때, 자신의 수하들을 보호하기 위해 자신이 직접 천적의 먹이가 되어 그들을 유인해낸다고. 짐승에게 뭔 영웅심이 있겠나 싶었지만, 다음날 아버지의 그 말에 나도 모르게 고개를 끄덕이는 일이 실제로 일어났다. 때로는 말 못하는 짐승에게서 인생의 지혜를 배우고 더 인간적인 면을 보게 된다.

다음날이었다. 닭들에게 모이를 주러 간 나는 깜짝 놀라고 말았다. 수탉이 돌아와 있었다. 그러나 그 수탉, 몰골이 영 아니었다. 목청이야 그렇다고 했어도 깃털의 윤기나 전체적인 체격과 모양, 털의 색깔은 엄청나게 좋았던 그였다. 걸음걸이는 또 얼마나 용맹하고 당당했던가. 그랬던 그의 몰골은 정말 눈 뜨고는 볼 수 없는 꼴이었다. 꼬리털은 어디에 빼놓고 왔는지 생살이 다 보였다. 등의 털들도 반만 겨우 남아 있었다. 꼬리 깃털이 없는 수탉이라니, 쯧! 다리는 절고 꼬리 깃털은 없고 게다가 등마저 휑해서 이제 갓 태어난 새끼고양이가 여린 발톱을 세워 살짝만 긁어도 자빠질 듯했다. 이건 뭐, 사람으로 치면 터지고 깨져서 이목구비가 뭉개진 셈었다. 나는 호들갑스럽게 수탉의 모습을 묘사했지만, 엄마는 덤덤하게 그놈 고생이 많았겠다고 하셨다. 엄마는 수탉을 위해서 과일 껍질과 배춧속을 주었다. 그러나 그것에 몰려드는 것은 암탉의 무리였다. 그러거나 말거나 한쪽에서는 수탉이 자신의 본능에 충실히 임하고 있었다. 꽁지 털이 거의 빠져 맨살이 드러난 미실의 등에 올라타는 수탉, 미실보다 더 처량한 등살을 드러낸 수탉은 볼품이 없어도 너무 없었다. 그런데도 자신의 왕조와 본능을 지키는 자존심은 강했다.

닭장에 그 난리가 나고 며칠 후, 우리 집에는 손님이 찾아왔다. 겉으로 보기에는 오십대 후반이나 예순을 막 넘긴 듯한 남자였다. 아버지 말씀으로는 친척이라고 하는데, 나는 한 번도 뵌 적이 없는 분이었다. 나는 불쾌한 기분을 크게 내색하지 않았다고 생각했다.

하지만 엄마는 뭐 씹은 표정으로 손님을 대하냐며 나무라셨다. 솔직히 손님의 겉모습을 보며 부담감을 느낀 게 사실이다. 그 손님이 차에서 내리자마자 기름기를 우리 집 마당에 촬촬 흘렸다. 본인이 가진 기름기만으로도 이삼십 명 분량의 튀김을 할 수 있을 것 같았다. 그는 아버지께 깍듯하게 인사를 올렸다. 아버지는 나를 손님에게 소개했다. 어릴 때 요만했던 꼬마가 이제 숙녀가 됐네요. 제가 그동안 너무 무심했습니다. 그는 정말 미안해했다. 뭐, 각자의 삶의 굴레에서 지내다 보면 이런 일은 허다한 데도 그는 자신의 무심함을 용서하라고 몇 번이나 아버지께 말했다. 아버지는 그런 손님의 태도가 마음에 들었는지, 괜찮다는 말을 그가 이해를 바란다는 말보다 더 많이 하셨다. 그 손님은 우리 집에서 한 시간가량 머물고 떠났다. 그가 있는 동안 웃음이 끊이질 않은 게 좋은 소식이거나 신경 쓸 일이 생긴 게 분명했다.

저녁 식사를 하며 아버지는 낮에 온 손님이 곧 다가올 선거 때문에 온 것 같다고 하셨다. 나는 무뚝뚝하게 질문했다. 아까, 그 사람이 누군데요? 작은할아버지의 큰아들. 그럼 제게는 삼촌인가요? 그렇지. 그 사람이 선거랑 무슨 관계가 있어요? 지금 군수가 삼촌이잖아. 엄마의 대답에 나는 눈이 휘둥그레졌다.

"군수요? 우리 집안에 정치하는 사람이 있었어요? 그것도 우리가 사는 군의 군수라구요?"

엄마는 입 안에 든 음식물을 씹으며 그래, 그렇다니까. 나도 입 안에 음식을 잔뜩 넣고,

"참, 오래 ㅅㅏㄹ고 볼 일이네요. 우리 ㅈㅣㅂ안에 군수가 있다는 사실도 알게 되고 말……."

음식이 말을 하는지, 내가 말을 하는지 발음은 새고 받침은 꿀꺽 넘어간 소리를 했다. 엄마는 내 등짝을 툭 치셨다. 하여튼, 말버릇 하고는!

여하튼 군수가 다녀간 뒤로 우리 집에는 사람들이 자주 찾아왔다. 나와는 큰 상관없는 일이었지만 그게 문제였다. 논문을 쓸 시간이 별로 없었다. 부모님을 찾아온 손님들을 위해 뭔가를 해야 했기 때문이었다. 며칠을 그렇게 시달리고 난 뒤 나는 엄마에게 짜증스럽게 물었다. 근데, 저 사람들은 군수가 우리 친척인 건 어떻게 알았대요? 아이, 짜증 나. 나의 이 말은 마치 당근을 힘 있게 깨물었다가 틱, 소리를 내며 끝자락만 끊어진 것 같았다.

"골짜기 초입에 사는 민 씨 아저씨네 큰아들이 군청에서 근무한다네. 난 그것도 어제 알았네. 그러면서 우리 골짜기에 군수가 다녀 갔다더라는 말이 돌았다고 그래. 그래서 민 씨 아저씨가 이집 저집 물으러 다니다가 우리 집까지 온 거지. 그 말이 이 골짜기에 퍼진 거야. 아유, 성가셔. 아니, 성식이 서방님은 산불도 아닌데 온 골짜기에 뭔 불씨를 이렇게 댕겨놓고 갔대요, 그래? 담에는 오지 말라고 해요. 만나려거든 당신이 나가서 만나든지."

그동안 엄마도 무척 성가셨던 모양이었다. 군수를 산불로 묘사한 걸 보면. 산불은 끄기나 하지, 사람한테 붙은 불은 꺼지지도 않아요! 하며 투덜대셨다. 그렇게 며칠을 보내고 좀 잠잠해지려는데 이번에는 느닷없이 이장이 찾아왔다. 마침, 호섭이 택시에서 내리며 언질을 주어서 알고 있던 터였다. 뜬금없는 그의 출현이 좀 성가셨다.

"하이고, 상식 씨가 마침 댁에 계시네요."

하면서 그가 들고 온 음료수 상자를 아버지에게 내밀었다. 아버지는 의아해하며 무슨 일이냐고 물었다.

"아니, 그동안 내가 좀 부화도 부리고 성가시게 한 게 미안해서 왔어요. 별 일은 아니고요."

나는 그의 출현만으로도 성가신 일이라고 하고 싶었지만 참았다. 하지만 엄마는 딜랐다.

"갑자기 왜 이러세요? 평소에 와서 하던 대로 안 하시고요?"

엄마도 볼멘 목소리로 한마디 거들었다.

"아니, 아닙니다. 그동안 제가 좀 무례하게 대해서 미안합니다."

급기야는 그가 부모님께 머리까지 조아렸다. 아버지는 이미 눈치를 채셨는지, 그가 가지고 온 음료수 상자에서 음료를 하나 꺼내 뚜껑을 따서 내밀었다. 아버지도 한 병 꺼내어 뚜껑을 땄다. 음료 한 모금을 마신 아버지는 이장에게 말했다.

"마을 후원금을 내라고 하면 지금 내 형편에는 한꺼번에 못 내니까 나눠서 내리다. 몇 번이나 찾아온 수고도 있고 그러니 내가 양보합니다. 그래도 좀 깎읍시다. 요즘같이 어려운 형편에 현금 사백만원씩이나 가지고 있는 사람이 어디 있습니까? 그러나 한 이백만원으로 깎아주면 내가 서너 번에 나눠서 내리다."

아버지는 엄청나게 양보한다는 말투를 던지셨다. 그러자 이장은 두 손을 저으며 말했다.

"아니, 아닙니다. 굳이 마을 후원금을 내려고 마세요. 아시다시피 제가 새로 이주한 분들에게 큰 도움을 준 것도 아니고, 그동안은 좀 미안했습니다."

이장은 구십도 각도로 인사를 한 후 골짜기를 내려갔다. 뒤돌아서는 그의 표정이 꼭 똥 씹은 너구리 표정이었다. 나도 그가 왜 그러는지 짐작이 갔다.

소문과 이별

몰골이 엉망진창인 수탉은 난리 이후 며칠은 자신의 본능에 충실했다. 암탉들을 두루 살피며 자신의 애정을 무한정으로 베풀었다. 꼬끼오 소리도 우렁찼다. 자신이 살아 돌아온 것에 대한 거만한 울림이었다. 하지만 일주일이 지나자 수탉은 밤낮 가리지 않던 꼬끼오도 하지 않고 자꾸만 약 먹은 병아리처럼 자리에 주저앉아 있기가 일쑤였다. 마치 기도하는 사람과 닮았다. 수탉은 물똥을 쌌다. 처음엔 한두 번 정도였다가 시간이 지날수록 횟수가 늘어났다. 물똥의 색도 연한 초록빛이었다가 점점 짙어져 검은색이었다. 시간이 흐를수록 똥은 그냥 물이었다. 탈수 현상이 일어난 것이다. 그러다가 급기야는 암탉들이 알을 낳는 둥지에다 대가리를 처박기 시작했다. 앓느니 죽는다는 말이 실감 날 정도로 처절했다. 그에 비해 암탉들은 수탉의 주변을 맴돌기만 했다. 하긴, 그들이 해줄 수 있는 게 뭐가 있겠는가. 고작 한다는 게 꼬꼬, 꼬꼬거리면서 위로 같은 울음만 낼 뿐이었다. 그녀들은 꼬꼬댁의 댁에 가파른 음정도 넣지 않았고, 댁은 아예 생략했다. 평소와는 너무나 다른 울음이었다. 날이 갈수록 수탉의 행색은 더욱 초라해졌고 몰골은 그냥 훈제구이가 된 통닭이었다. 털이 뽑힌 자리는 까맣게 변했다. 가끔 물똥 대신 초록색 똥도 쌌지만, 부리와 발톱만은 날카로웠다. 수탉은 물똥을 싸고 나면 햇볕이 비치는 밖으로 꽁지를 내밀고 대가리를 둥지에 털어 박았다. 그러고는 꼼짝도 하지 않고 반나절을 보내기도 했다. 나는 창문으로 그 모습을 지켜보거나 닭장 앞에서 바라보면서 곧 죽겠구나 싶었다. 느닷없이 먼저 일용할 양식이 된 설원의 모습이 그와 겹쳤다.

우리 집 수탉이 생시의 갈림길에서 헤매고 있는 동안 골짜기에도 흥미로운 일이 발생했다. 정숙 아줌마와 이장, 그리고 철민 아저씨의 삼각관계가 좁은 면에 퍼졌기 때문이었다. 사실, 정숙 아줌마는 남편과 사별하고 이곳으로 이사 왔다. 도시에서 염증을 느낀 탓이기도 했지만, 함께 살던 남편이 없는 집에서 혼자 지내는 날들은 고통이었다고 했다. 정숙 아줌마는 초등학교 선생님을 하다가 명예 퇴직했다. 자녀가 없는 아줌마는 암 투병 중인 남편의 수발을 들기 위해 정년을 삼년 남겨두고 퇴직을 선택했다. 마침 그때는 희망퇴직자를 모집할 때여서 퇴직하는 조건이 좋았다고 했다. 그 덕에 남편과 이별을 준비하는 시간을 가질 수 있었다. 남편의 마지막이 외롭지 않게 지켜보았다는 것으로 위로를 삼았다. 도시의 아파트를 처분하고 어디로 갈까 생각하다 이 골짜기로 왔다. 남편이 살았을 때 몇 번 다녀간 적이 있었는데, 계속 잔상이 남은 곳이었다. 부부는 정숙 아줌마가 퇴직하면 여기로 와서 오순도순 남은 생을 마무리하자고 약속했었다. 그렇게 약속을 했건만 남편은 약속도 야속하게 먼저 저승으로 이사갔다.

정숙 아줌마와 엄마는 여기서 만난 사이지만 친하게 지냈다. 이 골짜기에 사는 사람들은 대부분 혼자였다. 부부가 함께 들어와 사는 집은 네 집뿐이다. 그래서인지 골짜기의 사람들은 외롭거나 쓸쓸했고, 가끔 구름의 그림자만 보여도 우울해했다. 그나마 좀 밝은 집은 정숙 아줌마의 집이었다. 아줌마는 면사무소에서 열리는 프로그램에 참여하거나 꽃꽂이를 배우러 다녔다. 그래서인지 마당에는 계절에 따라 꽃이 함박이었다. 나는 정숙 아줌마를 취미생활을 아주 잘 꾸리는 모범생이 아닌가 생각한다. 교양 있는 말투와 정숙한 차림의 아줌마는 시골생활과 일 바지 옷차림에 익숙한 남자들에겐 로망이었을지도 모른다. 정숙 아줌마의 패션도 거의 공주 스타일이었다. 하늘하늘 거리는 치맛자락과 꽃들의 흔들림은 묘하게 몽환적이었다. 나도 산책하러 큰길까지 다니면서 정숙 아줌마의 옷차림을 보면서 우리 엄마와 비교하곤 했다. 우리 엄마와 비교했을 때 두 살이나 많은 정숙 아줌마가 더 어리게 보였다. 나는 몇 번이고 엄마도 좀 꾸미고 살아야 한다고 했다. 나이가 들수록 그래야 한다고.

"내가 이러고 있으니 니가 부끄럽냐?"

"아니, 부끄럽기는 뭐. 그래도 저 아래 정숙 아줌마 좀 봐요. 젊어 보이기도 하고 너무 매력적으로 사시잖아요."

"매력 같은 소리 하고 자빠졌네, 니가 이 엄마 입에서 험한 소리가 나오길 아주 대놓고 기도를 해. 기도를. '다 사람마다 자기 색깔이란 게 있어요!' 하면서 니가 허구한 날 내게 했던 말 아냐? 내 색깔대로 살란다. 이 나이에 누굴 따라 하면서 살아야겠냐? 언제는 사람 잡아먹을 것 같이 대들어 놓고선, 엄마와 누굴 비교해?"

칫! 본전도 못 찾고 말았다. 누구를 따라하면서 산다는 게 얼마나 피곤한지 내가 잘 안다. 내가 어릴 때 엄마가 언니처럼 제 앞가

림 정도는 하고 지내면 좋겠다고 했었다. 그때가 고등학교에 막 입학했을 때였다. 나는 그때까지 사춘기를 앓고 있었던 터라, '언니 반만큼만 따라가도 좋겠다.'라고 하신 그 말에 타오르는 장작에 부어진 기름처럼 화르르 타올라서는 엄마에게 대들었다.

"내가 언니냐고요! 사람마다 다 자기 색깔이 있고 속도가 있는 거란 말입니다. 왜, 자꾸 언니처럼 하라고 하시냐고욧!"

아예 욕만 없었지, 대못을 반으로 쪼개서 엄마의 가슴에 확 박아 버렸다. 지금 생각하면 어이없고, 기가 차고, 버르장머리 없는 짓이었다. 그러고는 뭘 잘했다고 며칠을 펑펑 울었다. 그때 이후로 엄마는 누구처럼 살라는 말을 하지 않으셨다. 그랬던 내가 엄마에게 했으니, 본전은커녕 밑천까지 안 뜯긴 게 어딘가 싶다. 게다가, '자빠졌다'라는 아주 발칙한 어감만으로 끝난 건 아주 다행이었다. 끙.

소문의 진상은 이랬다. 정숙 아줌마네 전기가 끊어져서 철민 아저씨가 손을 봐주러 갔었다. 정숙 아줌마가 한전에 문의했더니 이상이 없고, 집 안의 배전반을 살펴보라고 했단다. 그런데, 철민 아저씨는 전기에 대해 잘 알지도 못하면서 살짝 객기를 부린 것이다. 물론, 간단한 일이었다. 콘센트만 바꾸면 될 일을 모르는 사람이 덤비면서 일이 커졌다. 그러지 않았다면, 우리가 알고 있는 이 심각한 소문은 생겨나지 않았을 것이다.

철민 아저씨는 전기에 대해 제대로 알지 못하면서 여기저기 들쑤시고 헤집어 놓았다. 정숙 아줌마도 처음엔 민박씩이나 하는 철민 아저씨를 믿었다. 하지만 시간이 지날수록 일이 베이킹파우더를 먹은 듯 커지기 시작했다. 정숙 아줌마는 이러다 일 나겠다 싶어서 전기공사 사무실에 전화를 해보겠다고 했다. 그러던 중에 최씨 아저씨네로 올라가던 이장이 그 모습을 보았다. 이장은 둘이 옥신각신하는 모습을 보고는 뭔 일인가 하고 아줌마네로 들어갔다. 그나마 이장은 철민 아저씨보다는 전기에 대해 아는 편이어서, 콘센트만 교체하면 되겠다고 했다. 하지만 여기서 철민 아저씨는 괜한 경쟁 심리가 생겼다. 콘센트가 아니다. 어딘가에서 누전되고 있는 것 같다고 고집을 부렸다. 이 바람에 둘의 신경전이 벌어지고. 이런 그들의 모습을 읍내에서 일을 보고 돌아오던 경수 아저씨가 보았다. 경수 아저씨의 시선에서는 두 사람이 한 여자를 두고 싸우는 사람들로 보였다.

경수 아저씨는 아무 뜻 없이 낮에 본 일을 저녁 식사 자리에서 부인에게 이야기했다. 이게 살이 붙고 오장육부가 생기더니 나중에는 숨까지 쉬게 되었다. 점점 호흡이 빨라지더니 거인이 되고 말았다. 거인은 이집 저집 돌아다니기까지 했다. 거인이 혀를 내두르며 한 얘기는 또 이랬다.

철민이 먼저 정숙에게 마음이 있었다. 하지만 이장도 마음이 있었던 터라 정숙의 마음을 확인하러 둘 다 다른 시간대에 갔었는데 그만! 마주치고 말았다. 알고 보니 철민은 헛물을 켜고 있었고, 정숙은 이장을 마음에 두고 있었다.

뭐, 대충 이런 내용이었다. 정말 실체와는 달라도 너무 다른 말이 만들어진 셈이었다. 거기다가 '울 집 양반이 둘이서 멱살을 잡는 걸 봤다.' '나도 며칠씩 철민이가 정숙이네 집으로 드나드는 걸 봤다.' '가끔 이장도 정숙이네 집을 기웃대는 걸 봤다.' '옴마야, 정숙이 그래 안 봤는데, 여시다. 나이도 많음시롱.' '요새 나이가 뭔 소용이 있어? 지들 좋으면 됐지.' 등의 조미료도 듬뿍 뿌려져서 요리가 아주 걸작이 되었다. 이렇게 살이 붙고 말이 달라진 데는 철민 아저씨와 이장은 홀로 지내는 사람들이라는 점 때문이다.

철민 아저씨는 사십대 중반에 이혼한 후 직장생활을 몇 년 더 한 뒤 퇴직을 했다. 그리고 이곳저곳 떠돌이생활을 몇 년 하다가 이곳에 정착했다. 이장은 아내가 요양병원에 입원해 있다. 이장의 아내는 암 투병 중인데다 온몸에 전이되어 언제 저승길에 오를지 모르는 상황이다. 그러니 말이 살을 찌우기에는 너무나 완벽한 두 사람의 형편이었다. 여하튼 말은 다이어트가 꼭 필요하다.

이 소문의 소용돌이에 몰린 세 사람은 서로가 억울하게 되었다. 처음엔 이장이, 다음에는 철민 아저씨가, 마지막에는 정숙 아줌마가 경수 아저씨네로 찾아가 소문을 낸 책임을 지라고 한바탕 난리를 쳤다. 경수 아저씨는 괜히 부인에게 말을 했다가 난처해졌고, 경수 아저씨 부인은 사실 확인도 안 하고 소문을 내는 바람에 가해자가 되어 버린 것이다. 이 바람에 경수 아저씨는 본의 아니게 피해를 줘서 미안하다며 정숙 아줌마에게 위로금을 전달했고, 이장과 철민 아저씨와는 술자리를 가졌다고 했다.

아버지는 이 일로 엄마에게 어쨌든 말조심하라고 신신당부했다. 괜히 소문 잘못 냈다가 다른 사람 인생 망치게 된다는 말도 붙이셨다. 엄마는 내가 어디 그런 사람이요? 말대꾸하며, 정숙이네나 가 볼까 하고 일어났다.

이래서 손바닥만 한 시골 마을에서는 이웃도 경계해야 한다고 하는 것이겠다. 이웃집 숟가락이 몇 개인지도 알던 시대가 옛 시골만의 정서였다고 꼬집어서 말하기는 어쩐 뉘앙스가 있는 일이었다. 아무리 시골이 변했어도 늘 시골의 눈은 옆집, 이웃집, 건넛집, 아랫집, 윗집까지 뻗친다는 말은 변하지 않는 진리 같다.

하긴, 그 덕분에 돌아가신 지 사흘 만에 발견된 이가 있었다. 그분은 혼자 사시던 황해 할머니였다. 고향이 황해도라 붙여진 별명이었다. 아파 누워 있는 자기를 찾아와 매일 밥도 함께 먹고 놀다 가던 황해 할망군데 이틀씩이나 오지 않는다고 오정애 할머니가 면사무소에 전화했다. 면사무소 직원이 출장을 가야 한다며 오후에 가보겠다고 했다. 하지만 오정애 할머니는 제발 지금 좀 가달라고 애절하게 말씀하셨다.

"아니, 아무래도 이상햐. 그 할마이가 꼬박꼬박 제시간에 왔단 말이여. 근데, 안 와. 전화도 안 받어. 그니께 얼른 가 봐줘요. 어?"

면사무소 직원이 황해 할머니께 전화를 드렸지만 받지 않았다. 독거노인 관찰대상자 명단에서 확인했다. 그는 얼른 달려갔다. 그가 달려갔을 때는 이미 황해 할머니는 체온을 버리고 뻣뻣해진 육체만을 남겨놓았다. 그녀의 부고는 마을 밴드에도 올랐다. '향년 83세. 황해 할머니, 윤순애 님의 부고를 알립니다.' 황해 할머니의 본명이 윤순애인 것도 이날 처음 알았다.

나는 논문이 잘 풀리지 않을 때마다 닭장으로 갔다. 닭장 앞에서 수탉을 바라보니 깃털이 없는 살갗은 찢어졌다 붙기를 반복해서인지 피범벅이었고, 군데군데 딱지가 앉고 있었다. 생살이 그대로 드러난 자리를 자세히 보니 뼈도 살짝 보였다. 나는 집에 들어가 마데카솔이라도 들고 올까 하는 생각까지 했지만 그만두었다.

수탉은 정신도 혼미한 상태인 듯 보였다. 제대로 먹지도 못하는데다 수탉을 위해서 던져주는 모이들은 모두 암탉들의 몫이 되었다. 그런데도 수탉은 별 반응이 없었다. 게다가 암탉들은 무슨 연유에선지 수탉의 주변을 돌면서 꼬꼬를 외치곤 했다. 어떤 때는 낮은음이었다가 어떤 때는 높은음이었다. 그러기를 반복하면서 수탉의 안위를 걱정하는 듯했다. 또한 수탉에 대한 예의인지 아니면 암탉 나름의 전략인지는 모르겠으나 알도 낳지 않았다.

그렇게 왁자지껄한 시간이 지나고 설을 맞았다. 최 씨 아저씨는 예정대로 이사했다. 부인과 자녀들이 있는 도시로 다시 돌아간다고 했다. 최 씨 아저씨가 집에 들러 작별 인사를 하면서 한 말이 마음을 아프게 했다.

"돈보다 잔인한 게 사람이란 걸 또 깨닫고 갑니다. 육십 인생에서 사람한테 치이지 않고 살아본 날이 없었어요. 어릴 때는 형님들에게, 학교 다닐 때는 친구들한테, 회사에서는 직장 동료들한테, 결혼해서는 집사람한테……. 저도 참 답답한 성격이긴 합니다만, 어쨌든 사람이 제일 잔인합니다. 늘그막에 사람한테서는 좀 자유로워지려나, 하고 희망을 품었던 것도 물거품이 되고 말았어요."

아버지도 그 말에는 잠시 고개를 떨구셨다. 모쪼록 건강하게 지내다 또 보자는 말을 최 씨 아저씨의 어깨 위에 올려주셨다. 최 씨 아저씨가 열명길을 떠나고 아버지는 한동안 골짜기 사람들과 왕래하지 않으셨다. 나름의 마음앓이를 견디는 방법인 듯했다.

이별은 숱한 소문을 낳았다가 사라졌다. 떠난 사람의 뒷모습은 아름다울 수 없을지라도 그를 비난하는 말은 하지 말아야 한다. 허나, 머문 사람들에게 떠나간 사람은 못난이고 실패자였으며, 낙오자였다. 나는 산길을 내려가다 골짜기의 사람들을 만나면 그들과 말을 섞지 않으려 애썼다. 뭔지 모를 불쾌함으로 발걸음이 무거웠기 때문이다.

봄이 찾아오려는지 나무들이 가려움증에 시달렸다. 가려움증을 이기지 못해 껍질을 하나씩 벗겨 내거나 진물이 나서 정신이 없었다. 그러고 보면 봄에는 나무도 나이앓이를 하는 게 분명하다. 그토록 몸살을 하는 걸 보면. 하긴, 나무도 현재의 계절과 이별하고 새로운 계절을 맞는 일이 쉬운 일은 아닐 것이다.

술고래 별자리

아버지는 수탉을 위해서 싱싱한 양배추 잎을 던져주셨다. 그만을 위한 성찬이었다. 하지만 늘 암탉들이 먼저 달려들었고, 수탉은 맛도 볼 수 없었다. 그러거나 말거나 수탉은 늘 자기의 방식대로 둥지에 대가리를 처박고 햇볕을 쬐며 시간을 보냈다. 그렇게 또 시간을 흘린 뒤 어느 정도 체력을 회복한 듯했다. 둥지에 대가리를 처박는 일은 줄어들었고 자기의 몸 상태를 살피기 시작했다. 털을 고르는 시간에 집중하고 입도 대지 않던 모이도 가끔 먹었다. 그런 시간이 조금씩 길어지고 나서야 수탉의 등 살갗의 딱지들이 떨어지기 시작했다. 수탉은 원기를 빠른 속도로 회복해갔다. 여전히 수

닭의 잠자리는 닭장 문 앞이었다.

수탉이 생사의 경계에 머무는 동안 미실과 백조는 수탉의 자리에서 잠을 잤다. 그리고 백조 옆에는 언젠가 수탉이 구애춤을 추던 암탉이 잤다. 그 암탉은 다른 암탉들에 비해 작았지만, 윤기가 흐르는 털과 유난히 붉고 작은 벼슬을 갖고 있었다. 그들은 제일 높고 안전한 자리를 차지하고 있었다. 이게 권력의 달콤한 맛일 것이다. 권력이란 가지면 좋고, 없으면 죽을 맛이다. 어쩌면 수탉은 권력이 가진 양면의 칼맛을 제대로 경험 한 것이 아닐까. 권력이라는 게 이런 것이라면 미실과 백조의 처세를 그리 나쁘게만 볼 게 아니다. 그들의 논리대로라면 병든 수탉이야말로 천적에게 제물로 쓰기에는 안성맞춤인 셈이다. 아니 인간의 삶에서도 이런 논리는 적절하다.

봄이 오는 속도를 따라잡을 듯 우리 집 수탉의 건강도 호전되고 있었다. 그동안 자신의 처지에 맞게 처신한 수탉. 암탉이 쫓으면 쫓는 대로, 정해주면 정해주는 대로 지냈다. 어떤 반문도 하지 않던 수탉에게서 나는 기회를 기다릴 때의 자세를 보았다. 수탉은 봄 기온이 민들레의 노란 꽃망울을 터뜨릴 때가 되어서야 예전의 모습으로 돌아왔다. 위풍당당. 원래 가졌던 그 풍채와 빛깔과 윤기를 회복했다. 그리고 밤낮 가리지 않고 울어대던 꼬끼오와 백발백중인 구애춤은 멈춰지지 않았다.

그러는 동안 암탉들도 서열의 정비가 있었다. 늙은 암탉들은 문 앞에 자리를 잡았고, 중닭이 된 암탉들은 어린 닭과 늙은 암탉 사이에 자리를 틀었다. 유난히 작고 붉은 볏을 가진 암탉은 미실의 처지에서 보자면 서열 3위였다. 하지만 수탉이 다시 왕좌를 차지했을 때는 서열 1위가 되었다. 나는 그 암탉의 이름을 녹수라 지었다. 미실과 백조는 그 아래 서열이 되었다. 수탉은 잘 때 녹수만 옆에 두고 잤다. 예전에는 미실과 백조를 함께 두었다. 구사일생으로 살아 돌아와 왕좌에 오른 수탉의 행보가 오디세우스의 서사시를 읽는 듯했다. 나는 잠시 의심했다. 수탉이 그동안 보인 행동들은 혹여, 계획하고 계산한 게 아닐까 하고. 하지만 그의 처세는 아주 완벽했다. 그렇게 정비가 완료되었다고 생각할 즈음, 미실과 백조의 자리는 문 앞으로 이동됐다.

산책하고 돌아오니 부재중 전화가 있었다. 지도교수님이셨다. 문자를 확인했다. 교수님의 말씀은 간결했다. '논문 확인 바람.' 나는 부랴부랴 논문을 확인했다. 이런! 논문 수정본을 보낸다는 게 지난번에 보낸 그 논문을 보냈다. 난처함보다는 무례했다는 생각이 들어서 나 자신에게 더 짜증이 났다. 교수님께는 전화를 드렸지만 불통이었다. 죄송하다는 말과 언제 찾아뵙겠다고 문자를 남겼다.

내가 가끔 밤에도 닭장 앞에서 서성거리는 걸 알 텐데도 미실과 백조는 몸을 뒤척이며 꼬꼬댁거렸다. 그런 상황이 잦아도 제일 높은 자리에 있는 녹수와 수탉은 전혀 개의치 않았다. 예전에는 바람이 불어 나뭇잎이 떨어지거나, 지나가는 고라니가 내딛는 발걸음에 돌멩이가 구르기만 해도 몸을 뒤척이던 수탉이었다. 수탉과 녹수의 원만한 생활이 이어지던 어느 날, 갑자기 수탉이 녹수를 내쳤다. 중간 자리에서 잠을 자던 암탉이 수탉의 옆으로 승진했다. 1계급 특진보다 더 높은 승진이었다. 나는 그 암탉의 이름을 좀체 짓지 못했다. 그나저나 수탉이 왜 녹수를 내쳤는지 이유가 궁금했다. 이 궁금증이 원인이었는지 논문은 제대로 풀리지 않았다. 헝클어진 뜨개실보다 더 야무지게 꼬였다. 중간을 잘라서 새로운 꼭지를 만들까도 생각했지만, 그것도 여의찮았다. 그러면 다시 자료를 수집하고 써내려가야 한다. 그러고 싶지 않았다. 이 정도로도 충분히 헤쳐 나갈 수 있다. 이 독특함을 어떻게 포기한단 말인가. 내 나름의 전략을 세웠지만 도통 빠져나갈 구멍을 못 찾고 있었다. 집 나간 며느리는 전어를 구우면 돌아온다는데, 논문을 나간 나의 정신은 어떻게 돌아오게 하나. 하며 벽과 마주 보고 눈을 부라리는 상태의 연속이었다. 이게 나의 한계인가 싶기도 하고, 멍청한 짓을 미련스럽게 하는 게 아닌가 하는 자책감으로 시달리는 날이었다.

닭들이 일광욕을 즐기는 날이었다. 햇살도 무척 좋았다. 닭들에게 우리 집 마당은 그들의 휴양지이자 별장이었다. 관리인이 늘 상주해 있으며 먹을 것들이 언제나 준비가 되어 있는 그야말로 최고급 블루오션이었다. 수탉의 구애춤이 절묘하게 퍼즐을 맞출 수 있는 완벽한 시설이기도 했다. 수탉은 암탉들에게 있어 늘 백발백중이던 구애춤이 빗나가고 있었다. 이번에 선택한 암탉은 깃털이 약간 붉은 빛을 띠는 갈색 털을 가졌다. 꼬리 쪽에는 하얀 깃털이 조금 섞여 있다. 수탉이 이쪽에서 다가가면 저쪽으로 피하고, 저쪽에서 다가오면 이쪽으로 피했다. 수탉도 만만치 않았다. 그는 끈질기게 구애춤을 추었다. 거의 한 시간 동안 이어졌다. 드디어 암탉의 항복을 받은 수탉은 목청껏 '꼬끼오'를 외쳤다. 산골짜기가 쩌렁쩌렁 울렸다. 수탉의 구애춤과 사랑이 끝나기가 무섭게 녹수는 수탉에게 달려들었다. 수탉은 녹수를 슬쩍 피했고, 녹수는 꼬꼬댁을 주절거리며 돌아다녔다. 그리고는 수탉의 구애를 받은 암탉을 찾아가 그녀의 벼슬을 쪼았다. 실룩이는 그녀의 털빛이 불만이 가득하다는 걸 말해주었다. 멀찍이서 바라보던 수탉이 냉큼 달려와 녹수의 벼슬을 쪼아댔다. 순식간이었다. 녹수는 쭈뼛거리며 뒤로 물러났다. 나는 수탉의 구애를 받은 암탉에게서 고수의 느낌을 받았다. 수탉이 그렇게 자기의 애첩을 교체하는 동안에도 시간은 멈추지 않았다. 그 시간은 어느새 봄꽃들로 세상을 채색하고 있었다.

그렇게 시간이 봄 속으로 몰입해 들어가는 시점에 미실과 백조가 보이지 않았다. 내가 식구들에게 두 마리의 닭을 보았냐고 물었다. 호섭은 엊그제 두 마리가 텃밭에 있는 걸 보았다고 했다. 나는 호섭에게 두 마리 닭의 생김새를 물었다. 미실과 백조가 틀림없었다. 그 둘은 어디로 갔을까? 나는 저녁상을 치우면서 식구들에게 물었다. "얘들 또 살아오겠죠?" 엄마는 이젠 그런 기적은 없다, 라고 단칼에 배추뿌리 자르듯 잘라버리셨다. 엄마의 말처럼 그들은 다음날도, 그다음 다음날도, 그다음 다음 다음날에도 돌아오지 않았다.

숲에 물이 오르기 시작하자, 이상하게도 내게도 물이 오르기 시작했다. 그 물이란 게 술이라는 변종으로 내 몸에 흡수되고 있다는 것이 달랐다. 나무에 물이 오르면 새순이라도 나지, 내게 오른 물은 다크 서클이었다. 어쨌든 이른 봄에 물이 들기 시작한 나는 좀체 수분 증발 내지는 광합성작용을 하지 못하고 있었다. 술과는 좋은 인연이 아닌지라 멀리하고 지냈는데, 백조와 미실이 사라지고 난 뒤부터 계속 술이 당겼다. 시내로 나가기만 하면 술을 진탕 마시고 들어오는 나를 위해 엄마는 못마땅한 표정으로 현관문을 대신 닫아주셨다. 그렇게 보름을 술에 절어 내가 알코올인지, 술의 밥인지 모를 시간을 보내고 난 뒤에야 정신이 돌아왔다. 나는 정신이 들자마자 썰썰 해져서 주방으로 갔다. 내가 정신없이 물을 들이켜고 나자 엄마는 '야이 물렁팥죽아, 마음 단단히 묵어!' 하며 고소하게 무친 봄동을 내 잎으로 쑥 밀어 넣으셨다.

언니와 나는 오빠와 달리 술을 좋아한다. 아버지는 술을 못 드신다. 술을 한 모금이라도 드시면 몸에 두드러기가 나고 심한 때에는 숨을 제대로 쉬지도 못하신다. 그걸 오빠가 쏙 빼닮았다. 엄마는 술을 드시기는 해도 맥주 두 잔, 소주 한 잔으로 선을 정하셨다. 그에 비해 언니와 나는 거의 말술이다. 이렇게 술을 마셔대니 엄마는 아버지의 눈치를 보셨고, 아버지는 우리 자매와 마주치지 않으려고 애를 쓰셨다. 엄마는 우리 자매에게 죽기 살기로 싸울 때는 웬수도 저런 웬수가 없다 싶은데, 술은 어떻게 그리도 궁합이 잘 맞는지 모르겠다며 고개를 절레절레, 쉰내가 푹푹 날 때까지 한숨을 쉬셨다.

나는 사실, 그때까지 써왔던 논문을 갈아엎었다. 전개해나가는 과정에서 뼈대가 흔들리고 있다는 걸 알면서도 억지로 밀고 간 것이 화근이었다. 나는 그걸 알면서도 밀어붙였고, 교수님은 단번에 무너뜨리신 것이다. 조금의 힘만 가해도 흔들리는데 이걸 어떻게 끝까지 지탱할 수 있다고 생각했는지 모르겠다는 말씀도 타임 폭탄으로 몇 개 올려주셨다. 마치 타임 폭탄을 제거하려고 애를 쓸수록 늪에 빠졌다. 그 늪이란 게 버둥댈수록 더 깊어지는 게 아니었던가. 교수님과 논문에 관해 이야기할 때 언니가 해준 말이 떠올랐다. '너 닭대가리나 세지 말고 논문에나 열중해! 그러다가 엎을 수도 있어!' 교수님의 말씀보다 더 눈물 나게 했던 말이다. 역시 내 언니다. 이런 일을 미리 예언했다. 나는 속으로 내 머리를 무한정 쥐어박았다. 눈물을 겨우 참고 교수님의 연구실을 나와서 복도에 깔린 그늘을 가로질러 나가는 게 무서웠다. 학교의 복도는 왜 그렇게도 어두운지. 싸늘하고 시린 바람이 그곳에는 늘 머물러 있는 것 같았다. 학과 사무실보다 교수님의 연구실 복도는 특히나 더 그랬다. 그걸, 논문을 다시 쓰라는 말을 듣고서야 실감하다니. 멍청이!

술 밭에서 겨우 빠져나온 나는 몇 번의 스물네 시간을 보냈다. 아니, 십여 개의 해를 날짜 위에 올려놓고 동쪽에서 서쪽으로 구슬치기했다. 무기력에 빠져서 손가락만 꼼지락 댄 셈이었다. 그렇게 지내다가 어느 날, 얄리, 얄라셩~ 얄리, 얄라셩~! 내가 목청껏 소리를 지르니, 수탉도 같이 꼬끼오!를 외쳤다.

해가 지고 있었다. 저쪽 자작나무 숲이 노을을 피워 올리는 것 같았다. 내 방의 창으로 그 노을을 바라봤다. 머릿속은 깜깜하고 생각은 자작나무의 껍질처럼 허옇게 일어나 말려만 갔다. 어떤 곤충이라도 좋으니 내게로 와서 자작나무 껍질같이 말린 생각들을 떨어뜨려주었으면 싶었다. 하다못해 참새라도 다가와 그것들을 쪼아주면 좋겠다고 생각했다. 닫힌 노트북처럼 마음은 닫혀서 열리지 않았다. 노트북을 만지려다 말았다. 닫힌 것을 열려면 이토록 용기가 필요하다. 이런 순간이 올 것이라곤 생각도 못했었다. 그것이 힘들어서 더 괴로웠다. 나는 방문도 닫은 채 열지 않았다. 아침 햇살이 창문을 두드렸지만 꿈쩍도 하지 않았다. 할 수가 없었다.

다시 시작해야 한다는 것에 화가 난 건 아니지만 그 말이 창문의 잠금쇠처럼 마음에 걸려 있다. 교수님의 질책과 호통에 화가 난 것도 아니다. 이미 어디에서 무너질 것인지 뻔히 알면서도 끝까지 버텨보겠다고 바동거린 내게 화가 났다. 나는 방 안에 드리워진 나무 그림자에 목을 매달았다. 방바닥에 잠시 드리웠다가 사라지는 그림자를 좇으며 매달렸다. 죽지는 않았다. 그림자에 아무리 목을 매달아도 완깅한 힘이 없는 그저 그림지일 뿐이었다. 나뭇가지의 가장 뾰족한 그림자가 내 목을 찔러도 그건 그냥 그림자였다. 그렇게 그림자에 목을 매다는 동안 눈이 내렸다. 달빛보다 더 하얀빛이 내 창을 두드리고 기대었다가 날려갔다. 눈의 순수한 빛 때문에 나는 더 어두워지고 있었다.

똑똑. 방문이 깜짝 놀라서 소리를 질렀다. 나는 대답하지 않았다. 엄마는 내가 이렇게 두문불출하고 있을 때는 방문만 두드리다 돌아서셨다. 워낙에 성질이 괴팍해서 엄마는 딱 한 번만 문을 두드리셨다. 그리고는 내가 방문을 열고 나갈 때까지 기다려주셨다. 다시 문이 똑똑하며 기침을 해댔다. 나는 여전히 대답하지 않았다. 이번에는 방문이 호들갑스럽게 뒤척였다. 똑똑똑! 소율 씨! 이제는 방문이 내 이름도 부른다. 아, 이건 꿈인가 보다. 나의 무기력은 중력을 사랑하사 하염없고, 끝없이 아래로, 아래로 떨어지고 있었다. 그때 방문이 열렸다. 나는 눈을 감고 방바닥에 누워 있었다. 엄마, 나 이렇게 며칠만 더 있을게요. 라며 몸을 돌리며 눈을 떴다. 천정에서 사람이 거꾸로 내려오고 있었다. 그의 얼굴이 점점 내 얼굴 가까이 다가왔다. 나는 가위에 눌렸다는 생각으로 벌떡 일어났다. 번쩍! 마른하늘에 번개가 있었다면, 무기력엔 박치기가 있었다!

그와 나는 열명길을 내려가고 있다. 꽃샘추위가 다녀간 흔적이 언덕마다 남아 있다. 바람은 차가웠지만, 햇살은 그만큼 따사했다. 또 그만큼 진달래의 여린 분홍 피부는 보랏빛으로 녹아내렸다. 열명길을 반쯤 걸어 내려올 때 눈이 내렸다. 하얀 나비 한 마리가 나풀나풀 춤을 추듯. 그러다가 여기저기서 하얀 나비들이 물밀듯이 빠져나왔다. 하늘에서 구름에서 나무에서 진달래의 보랏빛 표정에서.

내 방을 열어준 호섭은 내가 열지 못하는 용기를 열어주었다. 닫힌 것은 스스로 열리지 않는다. 어떤 힘이 가해져야만 안에서 열리거나 밖에서 열린다. 안에서 열기란 밖에서 열어주는 것보다 훨씬 단단한 용기가 필요하다. 하지만 안에서 스스로 열려는 용기는 밖에서 열어준 용기보다 훨씬 튼튼하고 강하다. 그가 내 방문을 열고 들어왔다가 부딪힌 머리를 긁으며 나갈 때 내 이름을 두고 나갔다. 소율 씨! 내 이름 외에 다른 공기는 없었다.

그가 다녀가고 이틀을 더 방에 머물렀다. 부끄럽고, 미안하고, 이런 감정이 아니라 나를 좀 더 냉정하게 바라볼 근거가 필요했다. 버티다가 무너지는 것이 아니라 견딜 수 있는 깡이 필요하다는 걸 알았다. 버티다가 비참하게 무너지는 건 이번 한 번이면 족하니까. 나는 그가 들어왔다 나간 방문을 한참 동안 바라봤다. 저 문을 열 것인가, 말 것인가. 열면 똑같은 공간이 나를 기다리고 있을 터였다. 나는 굳게 닫힌 노트북을 열고 논문을 프린트해서 다시 들여다봤다. 그리고 미련 없이 지웠다.

"저는 제 논문이 그렇게 잘못됐다고 생각지는 않았어요. 잘 되어

간다고만 믿고 있었는데, 어느 날 오류를 발견했어요. 하지만 그동안 쓴 게 너무 아까웠고 버릴 수가 없었어요. 설마? 어쩌면, 안 들킬 수도 있겠다는 자만에 빠진 게 문제였어요. 얼른 버렸으면 좋았을 텐데. 그랬으면 시간도 아낄 수 있었고. 하지만 그걸 버리기에는 흐름이 너무 독창적이었어요."

내가 이렇게 말문을 연 건 호프집에서 1,000cc의 맥주를 마시고 난 뒤였다. 내가 이말 저말을 하는 동안 호섭은 나의 술잔을 채우고 고개만 끄덕였다. 술잔을 기울이는 만큼 나는 정신이 멀쩡해지고 있었다.

"소율 씨는 술을 마실수록 발음이 더 정확해지네요."

2,000cc의 맥주를 막 비운 내게 호섭이 한 말이었다. 그 말 때문이었는지, 아니면 내가 하고 싶은 말을 다 한 탓인지 술을 더 이상 주문하지는 않았다. 내가 호섭의 술잔에 담긴 술을 우두커니 바라보자 그가 자신의 술잔을 건넸다.

그는 말없이 나를 바라보았다. 나는 그가 내민 술을 단숨에 비우고 말했다.

이제 시간이 되었습니다!

우리가 호프집을 나설 때는 제법 많은 눈이 쌓여 있었다. 시간을 보니 두 시간이 지났다. 호프집에서 우리 집까지는 걸어서 한 시간 정도다. 자동차로 간다면 십분 이내인 거리다. 우린 택시 승강장으로 향했다. 그러다가 호섭이 '걸어갑시다!' 하며 내 손을 덜컥 잡았다. 호섭은 간판들의 불빛이 사라진 곳에서 나를 툭 쳤다. 머리로 하늘을 가리켰다. 맑았다. 나는 말똥해져서 걸어가던 걸음을 멈추고 돌아섰다. 호섭은 왜 그러냐고 물었다. 편의점을 가리키며 딱

한 캔만 사 올게요, 하고 말했다. 나는 편의점에서 나오자마자 하이네켄을 땄다. 양쪽 주머니에 한 캔씩 넣고 손에 들린 한 캔을 딴 것이다. 목을 넘어가는 맥주가 시원했다. 미세먼지가 확 씻겨 내려가는 유리창을 바라보는 것 같았다. 숨을 크게 내쉬었다. 호섭이 나를 기다린다는 생각을 까마득히 잊었다. 혼자 맥주를 마시며 천천히 걸었다. 이 생각 저 생각에 젖어 날씨가 추운지도 길이 미끄러운지도 몰랐다. 그렇게 걷다 보니 나 혼자 열명길 입구에 도착했다. 나는 정신이 번쩍 들었다. 호섭이 기다린다는 생각이 그제야 난 탓이었다. 호섭에게 전화를 걸었다. 바로 등 뒤에서 전화벨이 울렸다, 나는 내가 전화했음에도 악! 하고 소리를 질렀다. 그 바람에 미끄러질 뻔했다.

눈이 내린 이후로 지나간 사람은 없었는지 인공의 빛이 없어서 그런지 아니면 어두운 탓인지 눈길이 너무 밝았다. 호섭과 나는 잠시 그 풍경을 바라봤다. 처음으로 내딛는 발걸음이 흔적을 남기리라. 나는 깊게 숨을 들이켠 후 내뱉었다. 그리고 아무도 밟지 않은 눈길을 걸었다. 호섭은 나보다 두어 발 뒤에서 걸어왔다. 나는 걸어가는 도중에도 맥주를 마셨다. 마실수록 나는 정신이 더 맑아지고 내 몸은 점점 더 가벼워졌다. 골짜기 초입의 민 씨 아저씨네도, 정숙 아줌마네도 불은 꺼졌고, 세상은 하얀색과 검은색으로 갈무리되었다. 불빛이 없는 곳에서는 나의 청록색 파커와 하얀 운동화도 무채색이나 마찬가지였다. 경수 아저씨네 집까지 왔을 때야 호섭이 나를 불렀다.

나는 호섭을 기다리며 그의 실루엣을 바라봤다. 하얀 눈을 밟는 사람. 뒤에서 걸어오던 호섭도 나를 이렇게 생각했을까? 누군가와 함께 걷지만, 사실은 모두가 다른 속도로 따로 걷는다는 것. 같은 길을 걷는 사람은 많아도, 걷는 목적이 다름을 우리는 인지하지 못한다. 길을 걷는 동안, 걷는 사람의 발걸음 속도에 따라 마음이 드러난다는 건 알지만 그것을 속속들이 모두 읽어내지는 못한다. 나는 그를 기다리며 내 걸음의 목적지와 목표를 생각했다.

경수 아저씨 집 앞을 십미터 지나서부터는 오르막이다. 오르막의 경사도는 모르겠으나 약간 숨이 차는 정도다. 오르막을 오르고 나면 널찍한 공터가 있다. 차가 마주치면 서로 비키기 위해 마련된 공간이다. 나는 그곳에서 잠시 호흡을 고르고 싶었다. 술을 마신 탓이기도 했을 터였다. 마른기침이 터졌다. 한밤중에 우는 고라니 울음처럼 둔탁하고 단단한 소리였다. 호섭이 껄껄 웃었다. 나도 따라 웃었다. 별 하나가 뒤척이는 것 같았다.

다음 날 아침, 식사를 마친 호섭은 자기 방으로 나를 불렀다. 쌓인 눈들이 한쪽으로 새침하게 밀려나 있었다. 아침 일찍 부모님이 일보러 나가셔야 해서 호섭과 아버지가 송풍기를 돌렸다고 했다. 그 덕분에 산길은 깨끗했다. 나와 호섭의 발자국만 남긴 채.

우리는 호섭의 방문 앞 작은 마루에 걸터앉았다. 햇살도 좋았고, 바람도 간간이 불었다. 곧 봄, 그러니까 제비꽃이 몸살을 앓다가 쓰러진 꽃샘이 물러나고 있다는 걸 알 수 있는 날씨였다. 나는 그가 내민 커피 잔을 들고 말했다.

"어제도 저 때문에 늦게 들어왔는데, 새벽부터 수고하셨네요."

"네, 애 좀 먹었습니다. 별자리가 저렇게 산길에 꼭 박혀서는 안 떨어지더라구요. 날도 밝았는데 하늘로 올라가지도 않고 말입니다. 아마, 아직도 있을 걸요?"

"무슨……?"

호섭은 내 찻잔을 뺏다시피 해서 마루에 놓더니 나를 끌고 담장 밖으로 나갔다.

"저거 보이시죠?"

길 한중간에 나란히 놓인 발자국들이었다. 나는 저게 왜요? 하고 물었다.

"저게, 그 유명한 술고래 별자리입니다."

"네? 술고래 별자리요? 그런 별자리도 있어요?"

"아, 미안합니다. 술, 점 찍고 고래, 띄우고 별자리요. 술고래는 눈 위를 걷는 별자리더라구요. 어제 첨 알았습니다."

호섭의 웃음소리가 솔가지에 쌓인 눈을 떨어뜨렸다.

죽음의 일방성

열명길에도 봄이 찾아왔다. 어디서부터 왔는지 알 수 없는 희망들이 파릇파릇 돋아나고 우리의 봄은 들뜬 모습으로 자연의 색에 젖고 있다. 매일 매일의 햇살은 마술처럼 온갖 꽃들을 피워냈다. 현호색이 먼저 발화되고, 이어서 제비꽃과 민들레 매의 발톱 꽃이 덩달아 발화되어 숲을 화끈화끈하게 만들었다. 나비들도 하나둘 무도회에 초대되었다. 흰 나비, 범나비가 먼저 출연했고, 노랑나비도 수줍게 무대를 맴돌다 숨었다. 봄바람은 이 숲 저 숲 다니며 마술을 부리느라 정신이 없었다. 자작나무를 간질이다가 버드나무에 속삭이다가 개나리의 볼을 비볐다. 나는 현기증이 일도록 피곤했다. 한 시간 전과 한 시간 후의 온도가 너무나 다른 것도 한몫했다. 더군다나 햇빛 알레르기까지 있는 나로서는 내 몸에 핀 열꽃을 달래느라 정신이 하나도 없었다.

지난겨울에는 유독 눈과 비가 많이 내렸다. 칼바람은 더할 나위 없이 매섭고 차가웠다. 길은 봄을 맞이하는 나무처럼 여기저기 할퀸 자국도 있고, 튼살처럼 쩍쩍 갈라져서 마음 한쪽이 어그러지는 것 같았다. 이 길처럼 열명길의 사람들도 하나씩의 상처를 안고 봄을 맞이하고 있었다. 각자의 현기증은 각자의 몫이었지만 따지고 보면 모두가 앓고 있는 울렁증이었다.

열명길의 사람들은 제각각의 사정 때문에 서로 인사만 겨우 나누는 시간을 가졌을 뿐 잦은 왕래는 없는 듯했다. 겨울의 매서운 바람을 담고 사람들은 스스로가 추워지는 걸 마다하지 않았다. 삶이란 게 혼자일수록 더 외롭고 쓸쓸한 것이 사실이다. 그래서였는지는 모르겠으나 백옥 아줌마의 막내동생 주옥 아줌마의 장례를 치른 다음에는 더욱 움츠러든 마음들이 꽁꽁 언 듯했다. 그렇게 언 마음들의 약한 틈을 찾아서 봄이 왔다. 이렇게 봄이 인간의 구석구석을 섬세하게 비집고 들어오는 무렵, 우리 집의 수탉도 이제 완벽한 모습으로 더 위풍당당해졌다. 윤기 흐르는 꼬리와 깃털, 부리부리한 눈매, 붉고 튼실한 벼슬에 날카로운 닭발. 그의 모습에 홀딱 반한 건 누나들이 아니라 암탉들이었다. 그녀들은 매일 알을 낳고 품기를 반복했을 뿐 아니라 수탉의 사랑도 듬뿍 받았다.

시간의 흐름대로 모든 것은 피고 지기를 반복했다. 동쪽에서 꽃이 피면 서쪽에서는 웃음이 돌고, 동쪽에서 꽃이 지면 서쪽에서는 눈물이 맺혔다. 사계절이 뚜렷한 우리나라의 계절은 그래서 더 매력적인지도 모르겠다.

꽃샘추위가 다녀가고 산으로 산책하러 나갔다. 아버지와 호섭은 내게 아직 멧돼지가 출몰하니 조심하라고 당부했다. 나는 등산대를 들어 보였다. 그렇게 시작된 짧은 일탈을 계기로 나는 다짐했다. 머뭇거리고 있을 시간은 충분했지만 내가 나를 의심하지 않기 위해 머뭇거리지 않기로.

지난 꽃샘추위에 호섭이 해준 말이 나의 확신을 확고히 했다는 걸 인정한다. 흘러가서 길이 되기로. 매달린 절벽에서 손을 떼고 뛰어내리는 걸 선택했다. 그 선택의 길이 계단일 수도, 암벽 등반의 길일 수도 있다. 아니면 끝없는 해변일지도 모른다. 하지만 걷다 보면 다리에도 힘이 생길 것이다. 그 힘으로 인생이란 긴 여정을 걸으면 된다. 길도 여러 길을 만나게 될 것이다. 징검다리가 놓인 개울, 출렁다리를 건너야 하는 계곡을 만날 수도 있다. 이 길들을 마주하며 선택하고 그 선택을 믿고 앞으로 나아가는 것.

아버지와 호섭은 나무를 자르고 있었다. 우리 집과 산 주인의 경계로 심어진 경계용 메타세쿼이아다. 우리가 이사를 오기 전, 전 주인이 심었다. 겨우내 나무들은 동면에 든 줄 알았는데, 나무 꼭대기 부분이 회색빛으로 변했다. 나무가 죽는 것이라고 했다. 엄마는 이 상황을 예사롭지 않다고 했다. 갑작스레 멀쩡하던 나무가 왜 죽어! 마치 허락도 받지 않고 죽은 메타세쿼이아에 호통 치는 듯한 말투였다.

설을 쇠고 열명길을 떠난 최 씨 아저씨는 가족들과 함께 지내게 되어 기쁘다는 연락을 보냈다. 아버지는 진심으로 잘 됐노라 하셨다. 그렇게 혼자 지내면서 마음앓이가 심했는데, 가족들이 반겨주었다니 참 다행이라고 자신을 위로하듯 말씀하셨다. 하지만 이 말도 따지고 보면 아버지의 바람이셨다. 최 씨 아저씨가 가족들과 함께 오순도순 산다고 굳게 믿었던 아버지는 어느 날 최 씨 아저씨의 비보를 접하고 말았다.

최 씨 아저씨의 비보가 전해지기 며칠 전에 열명길에도 비보가 있었다. 이 소식은 골짜기를 따라 산으로 올랐다가 다시 내려갔다. 칠민 아저씨와 정숙 아줌마네 집 중간에 살던 백옥 아줌마 집에도 죽음이 잠시 머물렀다. 일상적인 장례 절차에 따른 '잠시'의 개념이지만 남아 있는 사람에게는 죽음이 일방적이고 폭력적이므로 언제까지 죽음의 그늘이 그 집에 머물게 될지는 알 수가 없다.

백옥 아줌마는 남편과 여동생 내외와 함께 살았다. 우리가 이사 오기 전부터 살고 있었으니 언제부터인지는 자세히 모른다. 다만, 우리보다 오래 이 열명길에 터를 잡고 살았다는 정도가 우리가 가진 정보였다. 백옥 아줌마에게는 함께 사는 여동생 외에도 두 명의 여동생이 더 있었다. 막냇동생인 남동생은 서울에서 학교를 마치고 모 대기업에 취직해서 지금은 부장이 되었다고 했다. 백옥 아줌마의 막내 여동생이 지난가을에 이 골짜기에 들어와서 삼개월 동안 머물다 갔다. 막내 여동생은 유방암 4기였다. 백옥 아줌마와 함께 살던 여동생은 이름이 설옥이라 했다. 그리고 셋째 동생이 공옥이고 막내 여동생이 주옥이라고 했다. 네 자매의 이름 첫 글자만 따서 읽어보면 백설공주였다. 주옥 아줌마가 병에 걸린 건 막내 제부 때문이라고 하는데 우리는 자세히 아는 바가 없었다. 여하튼, 주옥 아줌마가 오고 난 뒤 백옥 아줌마는 더 바빴다. 설옥 아줌마도 그렇게 몸이 좋은 편은 아니었다.

설옥 아줌마가 백옥 아줌마네로 들어올 때만 해도 곧 저승으로 갈아탈 것이라는 추측이 돌았다. 무척 야위었고 늘 두통에 시달리고 있었다. 설옥 아줌마는 이유 없이 몸이 아프고 현기증에 시달려서 괴로워했다. 사람들은 무병(巫病)이라고도 했다. 하지만 그녀는 달팽이관이 문제였다. 그래서 백옥 아줌마는 동생을 위해서 살림을 합쳤다. 직장까지 그만두고 이 열명길에 정착했다.

시간이 지나면서 설옥 아줌마의 건강은 좀 회복되어갔다. 백옥 아줌마의 집에도 좋은 소식이 드나보다 싶었는데, 이제는 막내 여동생의 아픔이 쓰나미처럼 밀려왔다. 백옥 아줌마의 표정은 늘 밝은데도 검버섯이 피어난 듯 우울해보였다. 주옥 아줌마도 이 골짜기로 와서 삼개월을 머물다 돌아갔다가 다시 들어와 반년을 지냈다.

나는 가끔 산책하면서 주옥 아줌마와 인사를 나눈 적이 있다. 아줌마는 웃는 얼굴로 나를 반기셨다.

"소율아, 산책해?"

"네."

"그래, 오늘은 산책하기 정말 좋은 날이야."

"글쎄요? 오늘은 미세먼지가 많아서 걷기에는 조금 불편하긴 해요."

"아니야. 건강할 때 걸을 수 있는 오늘은 정말 산책하기 좋은 날이 분명해."

나는 그녀의 말에 뭐라고 덧붙일 말이 없었다. 아줌마는 손짓으로 나를 집으로 불렀다. 나는 머쓱하게 고개를 숙이며 그녀가 건네주는 오미자차를 한 잔 마셨다. 그녀는 내가 비운 찻잔을 받으며 말했다.

"나는 오늘보다 어제가 좀 더 건강했었어. 그래서 지금 생각하는 건데, 좀 더 건강했던 어제 나는 한 발이라도 더 땅을 밟았어야 했다는 거야. 어쨌든 나는 어제가 좀 더 건강했다는 걸 오늘의 거울 속에 있는 나를 보고 알았어."

아줌마는 나에게 도와줄 수 있느냐고 물었다. 나는 찻잔을 내려놓으며 손을 내밀었다. 아줌마는 내 손을 잡고 다리에 힘을 주고 잠시 섰다가 걸었다. 아줌마는 채 10분도 걷지 못했다. 내 손을 잡은 그녀의 손에 식은땀이 고였다. 그리고 내 손을 너무 꽉 잡아서 그녀의 손톱이 내 손바닥을 꼬집었다. 그녀는 나를 보며 싱긋 웃었지만, 표정은 더욱 어두워졌다. 어두워진 그녀의 표정을 산 능선의 그늘에 올려놓고 왔던 길을 다시 걸어 돌아왔다. 그녀의 체력은 길 위에서 소진되었다. 그녀는 분명 어제보다 건강이 더 나빠졌는지 몰라도 의지는 어제보다 더 건강해진 것 같았다. 흔들의자에 의지한 창백한 그림자가 그것을 입증했다. 환하게 웃으며 아, 좋다! 라고 한 감탄사에서 그녀의 용기가 시간을 재촉하고 있다는 걸 느꼈다.

나는 그녀에게 10분, 그 짧은 시간이 도움이 되었다는 것만으로도 내 어깨의 높이가 달라졌음을 알았다. 집으로 올라오는 시간 내내 입가의 미소를 즐겼다. 한편으로는 주옥 아줌마의 하얀 치아가 너무 하얗게 웃어서 불안했다. 나와 아줌마는 겨울에도 잠시, 정말 잠시 걸었다. 날씨가 아주 화창한 날, 본의 아니게 봄이 급하게 다녀간 그런 날. 그런 날은 자주 오지 않았고 나와 그녀의 시간은 서서히 서로 다른 궤도에 진입해 갔다.

주옥 아줌마의 장례를 치르고 난 뒤 나는 한동안 산 쪽으로 산책했다. 올라간다는 건 어쩌면 내려가기 위함일지도 모른다. 아니 내려감을 목적으로 한다. 그래야 삶의 자리로 돌아갈 수 있을 테니까. 하지만 내려간다는 것도 그런 의미에서 같다. 우리는 늘 오르고 올라서 잠시 머물다가 내려온다. 그리고 내려가고 내려가서 잠시 머물다 또 올라온다. 와서는 또 길을 따라 걷는다. 그 길이 평지인지 오르막인지 알 수는 없지만, 그 길을 따라 걷는 동안의 마음이 길에 새겨진 의미를 읽을 수 있다는 것과 그 길의 끝에서 마주하는 풍경이 삶의 종점이라는 것도 안다. 하지만 이 또한 사람마다의 형편과 환경이어서 어느 것이 옳고 그르다는 건 단정 지을 수 없다. 길에서 만나는 사람은 하나일 수도 있고 둘이 되었다가 여러 명으로 늘었다가 다시 하나가 된다는 건 모두가 안다. 그 길의 겉만 보다 보면 길의 안쪽을 놓치는 게 인생사다. 따지고 보면 인생도 혼자 걷고 뛰며 달리다가 쉬게 된다.

사람은 혼자 살 수 없는 동물이라 해도 마지막은 혼자다. 그런 면에서 나는 죽음도 길이라고 생각한다. 다만, 돌아올 수 없는 길이라는 게 문제이긴 하다. 죽음이란 게 인정머리가 있는 것도 아니고, 정말 매몰차고 차갑다. 죽음은 또 일방적이다. 상대에 대한 배려가 없으며 한 방향만 지향한다. 주옥 아줌마의 죽음으로 열명길의 사람들이 너나 할 것 없이 '건강'이라는 부적을 하나씩 품에 안고 있는 것을 보면 말이다. 최 씨 아저씨의 비보는 주옥 아줌마의 장례가 끝나고 삼일 뒤에 날아왔다. 강남 갔던 제비가 물어 온 건 흥부의 복, 박씨가 아니었다.

최 씨 아저씨의 비보는 경호 아저씨가 날랐다. 아버지는 어쩌다가? 언제? 라는 짧은 문장으로 최 씨 아저씨의 사망에 안타까움을 묻혔다.

—대구에 볼일이 있어서 갔다가 최 씨 생각이 나더라고. 철민이랑 그렇게 틀어져서 이곳을 떴잖아. 마음고생도 많았고. 나도 괜스레 마음이 안됐었이. 대구에 온 김에 얼굴이라도 봐야겠다 싶었지. 그래, 마음 내킬 때 안 하면 못한다 싶어 전화했지. 부인이 받더라고. 내가 당신 남편을 좀 만나려고 한다 했더니, 안 된다고 해. 그래, 뭔 일이라도 있냐고 물었지. 말을 또 안 하네. 그럼, 통화라도 하게 좀 바꿔 달라고 했더니 이 세상 사람이 아니라고 하더라고. 참, 어이가 없고 기가 찼어. 마음고생은 좀 하고 갔어도 건강했던 사람이 그 몇 달 새 죽었다니! 그래요? 언제, 그랬냐 물었더니 그 전날이라고 해. 그럼 장례식장은 어디요? 하고 물었지. 마침 일보는 곳이랑 가깝더라고. 나는 차를 몰고 급히 갔어. 내가 급히 간다고 이미 죽은 사람이 살아서 나를 맞이하는 것도 아닌데, 차 안에서도 얼마나 발을 움직였는지 몰라. 5분 거리였는데, 엄청나게 멀리 느껴지더라고. 장례식장에 흐르는 공기가 원래 슬픔이고 색이라곤 모두 어둡고 그렇잖어⋯⋯.

경호 아저씨는 잠시 말을 멈추고 먼데 산을 바라봤다. 잠시 허망함을 내려놓았는지 다시 말을 이었다.

—내가 최씨 영전에 절을 하고는 위로를 전했지. 그래 봐야 내

가 부인이랑 안면이 있어? 영 떨떠름한 표정을 짓기에 그냥 나올까 하다, 그래도 어떻게 저리되었나 하고 물었지. 그 부인이 참 쌀쌀맞게 말을 해. 젠장 맞을 것. 속으로 그렇게 말했어.

　—죽은 사람에겐 뭔 말이라도 미안한데요, 저이는 자기만 중요한 사람이었어요. 마누라와 자식들은 뒷전이었지요. 직장생활을 잘한 것도 아니고, 늘 벌어준 돈은 쥐꼬리만 해서 어디 갖다 붙일 데가 없었어요.

　—난데없이 한 방 맞은 기분이었어. 내가 그 얘길 듣고 싶었던 건 아니니까. 혼자 중얼거리고, 정작 궁금한 건 대답을 안 해! 내가 불편한 기색을 내비치자 최 씨를 닮은 딸이 막아섰어. 나는 그 틈에 나와 버렸어. 있어 봐야, 뭔 좋은 소릴 듣겠나 싶었지. 막 식장을 나서는데, 자신이 최 씨의 큰딸 유선이라며 나를 불렀어. 잠시 이야기할 시간이 있냐고 묻더라고. 난 급한 일은 다 본 뒤라 느긋했지. 최 씨와 술도 한잔하고 갈 심산으로 하루 더 있다 올 생각이었거든.

　엄마는 아빠에게 혼자 살아보려고 갔으면 거기서 죽든지 말든지 해야지, 왜 돌아왔냐고 했어요. 이게 싸움의 불씨였지만 아버지를 더 불안하게 만든 건 엄마의 개무시였어요.

"개무시?"

　요즘 애들 말인데요, 있는 데도 없는 듯 취급하는 거예요. 일종의 투명 인간으로 여긴다는 말이에요. 엄마는 쓸모없는 물건을 버리듯 아버지의 자존심을 쓰레기봉투에 담아버렸어요. 아버지가 아끼는 모든 물건을 못마땅해 했고, 아버지의 숨소리마저도 신경에

거슬린다고 했죠. 아버지는 오로지 가족들을 위해서 덤덤하니, 말 없이 살아오셨거든요. 엄마가 사회복지사, 요양보호사 등등 많은 자격증을 딴다고 공부할 때도 우리 뒷바라지는 아빠가 하셨어요. 엄마는 늘 밖으로 다니셨고. 지금 엄마가 누리고 있는 명예는 아빠의 후광 덕분이라는 걸 엄마는 모르죠. 엄마가 아빠를 무시하며 산건 하루 이틀의 일이 아니었지만, 그래도 아빠는 웃으며 지내셨어요. 저희 자매는 엄마보다는 아빠와 더 정이 깊었어요.

—유선이가 훌쩍이며 우리 아빠가 참 불쌍해요, 하더라고. 눈물을 줄줄 흘리는데, 나도 속이 그랬어.

아빠는 성격이 올곧아서 좀 벽창호 같은 분이셨어요. 융통성도 부족했고, 도덕적으로 문제가 있다고 생각하는 건 참지를 못하셨어요. 저희에게도 늘 그렇게 가르치셨지요. 그 때문에 직장을 여러 번 옮기셨지요. 엄마는 그게 불만이었어요. 마지막으로 취직한 곳에서 몇 년을 근무하셨어요. 아빠가 우리를 생각해서 억지로 다니신 직장이었어요. 직장에서도 아빠는 사람들에게 시달리셨고, 술을 마시는 날이 많았어요. 우리가 아무리 위로를 한다고 해도, 숲의 메아리일 뿐이었어요. 저희 자매는 직장을 그만두는 게 좋겠다고 했지요. 그렇게 몇 개월을 보내신 후 그만두셨는데, 알고 봤더니 내부고발자였어요. 퇴직하시고는 선생님이 계시는 곳으로 가신거예요. 엄마는 집으로 돌아온 아빠에게 먼지 인간이라고 했어요.
"먼지 인간?"
네, 엄마는 아빠가 무능력하다며 했던 말이에요. 엄마 휴대폰에

저장된 아빠도 먼지더라고요.

"하아!"

아버지는 도시생활도 무척 힘들어하셨는데, 거기서는 잘 지내시는 줄 알았어요. 표정도 많이 밝아지셨고 우리와 영상통화도 자주 하셨는데, 엄청 만족하시더라고요. 그래서 잘 지내시나 했더니 우리 착각이었어요. 거기서도 힘든 일을 겪으셨다고. 열명길에서 돌아오신 후로 엄마는 아빠를 더 무시했어요. 먼지 인간아! 하면서 '여보'나 '당신'보다 더 자주 불렀죠. 게다가 열명길의 집을 처분한 돈에 관해서 물어도 아빠는 진주조개처럼 입을 꾹 닫고 말을 않으셨거든요. 엄마는 아빠의 안부나 건강보다는 돈이 더 궁금했던 거예요. 처음에 왔을 때는 아빠에게 좀 살갑게 대하셨는데, 돈 문제에 봉착하니 180도 달라지시더라고요. 아빠는 무척 힘들어하셨어요. 집과 가족이 위로며 격려가 되어야 하는데, 집이 더 무서운 곳이었으니까요. 아빠는 열명길의 집을 처분한 돈으로 저희 자매 앞으로 집을 마련해주셨어요. 엄마는 몰라요.

"아빠는 좋은 분이었어. 열명길에서도 인정 많고 포근한 사람이었고. 좀 딱한 일이었지만 그것만 잘 됐어도 좋았을 것을……."

아니에요. 그분의 입장도 그럴 만했을 거예요. 아버지는 열명길 이야기하실 때 기분이 좋아 보이셨어요. 한 번 다니러 가야겠다고 하셨는데……. 우리 가족보다 더 따뜻하게 아빠를 기억해주셔서 고맙습니다. 먼 길 조심히 돌아가세요.

"아니, 유선이 엄마는 남편이 죽었는데도 어쩜 저리 평안해보여?"

"아유, 말도 마. 예전에도 그랬잖아. 자기는 남편을 먼지 보듯 한다고. 늘 그랬잖아. 자기 인생에 하나도 도움 안 된다면서."

"남편을 먼지 보듯 했다고? 자기가 누구 덕에 저렇게 광이 나는 줄도 몰라?"

"자기는 남편을 언제든 후, 불어서 날릴 수 있다고 하더라고."

"에이, 너무 심하다. 평생 자기 뒷바라지하며 산 남편인데."

"그냥, 내 추측인데, 남편이랑 등산하러 간다고 연락이 온 날 말이야. 그날은 정말 남편이 먼지처럼 날아갈 거라고 했거든. 그게 뭔 말이냐고 했더니 '아냐' 그러더라고. 근데, 남편이 그날 실족사 했잖어. 아무래도 좀 그래. 엉?"

"아이, 무서워 애! 소름 돋아. 누가 들으면 어쩌려구우…… 쉿!"

하며 두 여자가 총총 멀어졌다.

경호 아저씨의 이야기가 끝나고 난 뒤 아버지는 아저씨를 따라 시내로 나가셨다. 저녁 늦게 택시를 타고 돌아오셨는데, 목소리도 마음도 슬픔에 젖었는지 첨벙첨벙 소리가 울렸다. 최 씨 아저씨가 한 번은 다니러 가겠다고 하더니 정말 이렇게 다녀가셨다.

길가에 온갖 꽃들이 흐드러지게 피었다. 열명길로 들어왔던 비 보는 꽃 무덤이 되어 초록에 묻혔다.

허울 좋은 하눌타리

열명길의 계절은 나뭇잎의 색을 따라 변했다. 계절이 바뀔 때마다 저마다의 가슴에는 또 다른 의미들이 쌓여갔다. 누군가에게는 이별이 왔었고, 누군가에는 만남이 왔다. 또 누군가에게는 확신과 다짐이 왔다.

열명길은 계절의 변화만큼 집마다 다채로운 소식이 피었다. 경수 아저씨는 손자를 얻었고, 철민 아저씨는 펜션이 잘 되어 손님이 많았다. 그는 우리 집에 다니러 왔을 때 손님들이 '여기 펜션이 하나 더 있으면 더 많은 사람이 찾아올 것'이라고 했다며 괜히 가고 없는 최 씨 아저씨를 들먹였다. 아버지는 이미 뜬구름이 됐다며 그의 말을 무시했다. 하지만 그만큼 철민 아저씨의 마음고생은 심했다. 쓰레기 문제와 고성방가로 인한 민원이 잦았다. 조용했던 골짜기에 소곤소곤 속삭이던 목소리들이 어느 순간 거칠고 투박한 언어들로 뒤범벅이 되었으니까. 그리고 술에 전 술꾼들의 목소리가 새들의 노랫소리보다 더 잦아져 불쾌했다. 이웃들에게 민폐를 끼친다는 자책의 목소리도 바람을 따라 옮겨 다니느라 바빴다. 백옥 아줌마는 주옥 아줌마의 장례식을 치르고 난 뒤 잠시 열명길을 떠났다. 설옥 아줌마의 도시생활을 잠시 봐드리기 위해서라고 했다. 최 씨 아저씨가 살던 집에 입주한 강 씨 아저씨도 꽃씨처럼 골짜기에 터를 잡았다. 그리고 바람처럼 여기저기 소식을 전하느라 나름 분주했다. 나는 논문의 주제를 다시 잡고 책을 읽기 시작했다. 열명길에는 계절만 오는 건 아니었다. 바람이 오고 사연이 오고 희망이 와 둥지를 틀었다. 바람을 타고 온 사연은 넓게 퍼지고 퍼져 꽃이 되고 새가 되어 영역을 넓혀갔다.

호섭은 사월이 되면서 경수 아저씨네 농장으로 일을 나갔다. 둘 사이의 계약은 아버지의 중재로 진행되었다. 아무리 아는 사이라 할지라도 공은 공 사는 사, 라는 게 아버지의 지론이어서 일부러라도 계약서는 써야 한다고 하셨다. 불편한 감정을 드러낸 건 경수 아저씨였다. 하지만 아버지가 그럴 것이면 없던 일로 하자고 했다. 삐죽삐죽한 모습을 숨기지 않은 채 경수 아저씨는 계약서에 사인했다. 계약서에는 근무 시간, 시급, 시간 외 수당까지 명시되어 있었다. 호섭은 그런 경수 아저씨께 '제가 큰 힘은 못 쓰지만, 일머리는 있습니다. 누가 되지 않도록 하겠습니다.' 하고 말하자 경수 아저씨는 부러 그리는 게 아니라고 애써 변명했다. 아비지는 경수 아저씨가 댁으로 내려가는 걸 확인한 후 호섭에게 일렀다.

"혹여, 일하다가 행님이 좀 밉살스럽게 굴거든 꼭 이야기해. 아마도 나를 봐서 그렇진 않겠지만 사람 일은 알 수가 없거든."

호섭은 고개를 끄덕이며, 고맙다고 인사했다.

모종을 심기 전에 하우스 안을 재정비하는 일부터 하는 것이라 우선은 몸을 많이 움직여야 했다. 호섭은 일이 서툴렀지만, 그의 말대로 일머리는 있어서 경수 아저씨는 그가 마음에 쏙 든다며 일부러 아버지를 찾아와 칭찬했다.

봄의 햇살은 천천히 기온을 올리지 않았다. 고도를 생각하지 않는 것은 당연했다. 하우스 안의 온도는 민첩하고 치열하게 올랐고 앞서 도착한 기온과 뒤에 도착한 기온이 서로 경쟁하는 것 같았다. 바깥 온도와는 상승 속도가 달랐다. 그 기온의 속도에 지치는 건 두말할 것 없이 호섭과 경수 아저씨였다. 하지만 하우스 입구의 민들레들은 부지런히 노랗게 피어났다. 사람들의 발걸음 소리를 따라 시간을 재거나 잠이 들었다. 냉이들도 꽃망울을 터트리며 개미들의 노동에 향기로운 그늘을 드리웠다. 개미들의 노동만큼이나 산새들의 대화와 노래도 끊이지 않았다.

아무리 일머리가 있는 호섭이라도 농사일은 힘들었다. 그는 가끔 나에게 '이건, 개미지옥인데요? 해도 해도 끝이 안 보여요.' 하며 투덜거리기까지 했다. 그는 애써 제가 농사일이 처음이라 서툴긴 합니다, 라며 변명까지 했다. 엄마는 아버지께 경수 아저씨 댁에서 호섭이 일을 하도록 한 건 좀 생각해볼 문제였다고 말했다.

나는 가끔 호섭의 부탁으로 경수 아저씨네 농장으로 갔다. 하우스 안에 들어갔다가 식겁했다. 그래서 호섭을 불러내어 바깥 공기와 하우스 안의 공기와의 화합을 유도했다. 나는 그럴 때마다 호들갑스럽게 경수 아저씨에게 인사를 하고 시원한 음료수를 드렸다. 그러면 게슴츠레하게 바라보던 눈을 크게 뜨시며, 호섭에게 잠시 쉬었다 하자고 언질을 놓았다. 그래 봐야 10분을 넘기기가 어려웠지만, 호섭은 '꿀맛입니다.'라며 나의 공을 치하했다.

사월은 그나마 나은 편이었다. 하우스 온도는 옆 창을 열어두면 좀 괜찮았다. 하지만 오월의 하우스는 옆 창을 열어두어도 바람이 불지 않으면 별 차이가 없었다. 하우스 효과라는 걸 실감했다.

날씨가 점점 더워지는 것만큼이나 하루도 길어졌다. 하우스에서 일하는 호섭의 출근 시간은 빨라졌고 퇴근은 늦어졌다. 어느 날은 하루 열두 시간이나 일하고 돌아왔다. 아버지는 호섭에게 근무 시간을 잘 확인하라고 일렀다. 아는 사이일수록 돈과 관련된 건 마땅히 따져야 한다고 몇 번이나 일렀다. 호섭도 그날그날, 경수 아저씨와 확인한다고 했다. 아버지는 뭔가 석연치 않은 표정으로 다시 일렀다. 경수 아저씨가 어떤 조건을 내세우더라도 아버지와 함께 있는 자리에서 진행해야 한다고.

호섭이 하우스 일을 하면서부터 그를 볼 수 있는 시간이 많이 줄었다. 그도 많이 피곤해했다. 어느 날은 입에서 단내가 난다며 혀를 이만큼이나 내밀기도 했다. 그러고는 입을 다물어 버렸다. 그런 모습을 보며 안타까워 한 사람은 엄마였다. 당신의 아들도 아닌데 몸 상할까 봐 이것저것 챙기며 건강식까지 만들었다. 영양제를 몇 개씩 마련해서는 당신이 보는 자리에서 먹는 걸 확인해야 보냈다. 나는 질투가 났다. 나도 좀 챙겨줘요, 하고 말했다가 몽둥이로 맞을 뻔했다. 집에서 손가락이나 놀리는 주제에 그것도 노동이라며 세 끼 밥까지 차려 먹으면서 말도 많다고 하셨다. 뭐 틀린 말은 아니었지만, 솔직히 머리도 쓴다고 했더니, 엄마는 맞을래? 쫓겨날래? 하며 뒤통수 한가운데 뿔난 소리를 했다. 칫! 기껏해야 내가할 수 있는 말은 이것뿐이었고 질투는 거기까지였다.

　호섭의 얼굴이 검어지는 만큼 작물들은 무럭무럭 자랐다. 따지고 보면 농사일이라는 게 농부의 피부색이 탁하고 거무튀튀하게 짙어진 만큼 곡식과 작물이 여물어가는 것이다. 태양은 갈수록 뜨겁고 열매는 연신 초록으로 연지곤지 익어갔다.

　집이 산속이어서 좋은 점은 여름에도 그리 덥지 않다는 것이다. 낮에는 약간 덥구나 싶지만, 밤에는 한여름을 제외하고는 얇은 긴소매 옷을 걸쳐야 한다. 나는 논문에 필요한 책들을 분류해놓고 눈의 피로를 풀고 있었다. 눈언저리를 만져서 마사지하고 기지개를 길게 폈다. 창밖이 환하다는 걸 그때야 알았다. 달빛은 스치듯 속삭이듯 춤을 추듯 내게로 흘러왔다. 마치 연인의 입술이 서로 닿을 듯 말 듯 밀당을 하며 마주치는 시선처럼. 그 유혹을 빠져나갈 방법이 내겐 딱히 없었다. 기껏해야, 원두커피의 알갱이를 세는 정도였다.

무선주전자에 전원을 올리고 언니가 보내준 원두를 수동식 소형 핸드밀에 또르르 굴렸다. 나는 약간 신맛이 나는 커피를 좋아한다. 언니가 케냐산을 보냈다. 베토벤은 젤 맛있는 원두커피 알맹이의 수가 60개라고 했지만, 나는 손에 잡히는 만큼이 젤 맛있는 양이다. 원두를 핸드밀에 넣고 천천히 갈았다. 밖을 내다보니 바람한 점 없다. 그래도 선선하다. 달빛도 원두 향을 맡고 달려와 창가에 바짝 기댔다. 나는 심술궂게 창문을 조금 닫으며 달빛이 들어오는 것을 어름거리게 했다. 언니는 커피에 대한 애정이 깊은 사람이라 내가 하는 방식을 너무 불편해했다. 그렇지만 나는 언니의 영원한 복장거리인지라 늘 내 방식을 고수했다. 확실히 내 방식대로 한 것이 내 입에 딱 맞았다. 나는 사진을 찍어 언니에게 보냈다.

　—오, 사랑하는 나의 자매님! 향이 참 깊소이다. 덕분에 좋은 시간 보내는 중이요 ㅋㅋㅋㅋㅋ

　—ㅎㅎㅎㅎㅎ 물론 너 방식대로 했겠지만, 분위기는 좋아 보이네. 남자만 있다면 금상첨화인가? 거긴 시원하지?

　—남자든 여자든 뭔 상관이겠소?^^ 지금은 나 혼자여도 좋소이다. 여긴, 아직 시원해.

　—여긴, 푹푹 찐다. 난 요즘 다이어트 중. 열심히 달린다. 달리는 만큼 덥네ㅜㅜㅜㅜ

　—더운데, 고생까지 사서 하네. 권투를 비오.

　—ㅋㅋㅋㅋ, 권투? 그래, 잽 날린다. 쨉!

　—ㅎㅎㅎㅎㅎ, 오타. 네 살!

　보내고 나니, 또 오타다. 언니는 그래, 니 살 대신 내가 빼마! ㅋㅋ 라며 답장을 보내왔다. 언니와 잠시 노닥거리는 동안 원두커피

향이 온 방을 가득 채웠다. 조금 전에 닫았던 창문을 조금 더 열어 두고 찻잔에 커피를 따랐다. 침대에 걸터앉아 달빛과 커피 향을 맡으며 초여름 밤을 읽어나가니 기분이 한결 더 부드러워졌다. 나는 이참에 음악도 곁들이고 싶었다. 스마트폰을 열어 음악 앱을 열었다. 나는 음악에 대한 취향이 뚜렷하진 않다. 특별히 좋아하는 가수도 없고 특별히 좋아하는 장르도 없다. 음악을 편식하지 않는 유일한 아이라며 친구들이 좋아한다. 그렇지만 내 기분이 허락지 않으면 친구들에게 관대했던 음악취향도 물릴 수 있다. 그게 나만의 음악 분류 방식이었다. 나는 난데없이 여름 초입의 낭만을 즐겼다. 흥에 겨워 혼자 난리 블루스를 쳤다. 언니가 옆에 있었다면 깔깔대고 넘어갔을 텐데.

약간 쌀쌀한 기운이 들어 눈을 떴다. 언제 잠이 들었는지도 모르겠다. 어제 내린 원두커피가 내 눈과 마주치려고 까맣게 애를 쓰고 있었다. 나는 물을 끓이려고 전원을 올린 후, 부스스한 눈을 비비며 창으로 다가갔다. 새벽 기온이 시리다는 생각이 들었다. 창문을 닫으려고 하는데 누군가의 발걸음 소리가 들렸다. 고개를 살짝 내밀어보니 호섭이다. 시간을 확인했다. 다섯 시다. 어뜩새벽에 무슨 일로 저렇게 일찍 나서는지 궁금했다. 그를 부를까 하다 그만두었다.

아버지의 심부름으로 경수 아저씨 댁으로 갔을 때였다. 경수 아저씨네 집 대문을 막 들어서려는데 호섭의 목소리가 들렸다. 좀 상기된 목소리였다. 나는 선뜻 들어갈 수 없었다.

"아니, 사장님 말씀이 틀리시잖아요! 저번에 계약서 쓸 때도 그런 말씀 없으셨고, 지난달 급여도 착오가 있다고 말씀드렸는데, 그것도 아직 정산이 안 됐잖아요! 그럼, 처음부터 '여기서는 하루에 10시간을 기본으로 한다. 하루 일당은 8만원이다.' 하셨으면 제가 굳이 이렇게 사장님과 다툴 필요가 없지요. 그리고, 하루 일당 8만원이 말이 됩니까? 최저 시급도 안 된다니까요!"

"그건, 저 위에 정 사장이 하도 요즘 시세를 얘기하니까 못 이겨서 그랬던 거지. 자네가 이쪽 사정을 몰라서 그렇게 떼를 쓰는 거지. 나는 그래도 많이 쳐주는 거라니까 그러네."

"말 같지도 않은 소리 마세요! 정 사장님과 계약서 쓸 때도 아무런 말씀 없으셨고, 8만원을 많이 쳐주는 거라는 건 사장님 혼잣말이라는 거 다 압니다. 그리고, 8만원은 군에서 지원하는 금액이잖아요. 그건 지원금이란 말입니다. 그런데, 그걸로 제 하루 임금으로 쓴다는 건 말이 안 되잖아요. 외국인 노동자는 저보다 일당이 더 많던데요? 나보다 근무 시간도 짧고. 그리고 사장님 말씀대로 저도 소율 씨 아버님 얼굴 봐서 참았던 겁니다."

"아니, 그건 인력소를 거쳐서 오니까 외국인한테 주는 돈이 아니잖아. 인력소 사무실에 주는 거지."

"인력소 사무소를 거쳐 왔든 어쨌든 시급은 같아야지요. 외국인들 말귀 못 알아듣는다고 하면 사장님은 저더러 시키시잖아요. 그들이 땡땡이치고 노는 걸 뻔히 보고도 힘쓰는 일 말고는 안 시키시는 게 더 문제라고요! 걔들요, 우리 말 다 알아들어요. 무슨 말인지 못 알아듣는 척하면 일을 안 시키니까 못 알아듣는 체하는 거라구요. 아시잖아요."

"하여튼 난 그만큼밖에 못 주니까 그리 알아!"

"예. 그럼 저도 그만두겠습니다. 다시 말씀드리지만, 계약서대로, 임금 정산하시고, 시간 외 수당이랑 모두 일괄 정리해주세요."

대문 앞에 서 있던 나는 얼른 몸을 숨겼다. 경수 아저씨는 호섭의 뒤통수에다 대고 소리를 질렀다.

"젊은 사람이 무책임하게 그게 뭐 하는 짓이야! 이제 곧 출하할 건데, 그만둔다니?"

"그건, 제게 히실 말씀이 아니신 것 같습니다. 책임감이 어쩌고 저쩌고는 인력사무소 사장님에게나 하시고요, 저는 그만둡니다."

호섭이 대문을 나서서 집으로 올라가는 뒷모습을 바라봤다. 그의 피곤한 등위로 날씨도 장글장글하다.

저녁 식사를 마치고 나니 비가 내리기 시작했다. 예보에는 비 소식이 없었다. 추적추적 내리는 빗소리가 나쁘지만은 않았다. 마음도 덥고 날씨도 더운데 시원하게 쏟아지면 더 좋겠다.

설거지를 마친 나는 엄마에게 낮에 들었던 경수 아저씨와 호섭의 일을 말했다. 엄마는 개고 있던 옷을 놓으며,

"아이고, 사달이 났네 났어! 그 양반이 그리 박한 사람인 줄을 나중에 알았어. 좀 말이 많더라고. 농장에서 일을 해본 사람들이 아버지더러 괜한 짓을 했다고 야단이었거든, 아버지한테 전화해야겠다."

엄마는 읍내에서 경호 아저씨를 만나는 아버지께 전화했다. 사정이 이러니 당신이 나서야겠다고. 젊은 사람을 호되게 부리는 사람인줄 몰랐다는 말도 했다.

나는 창에 기대어 커피를 마셨다. 비가 너무 차분하게 내려서 걷고 싶었다. 우산을 들고 산 아래로 걸어갔다 올 생각이었다. 사람은 겉으로 보는 것과 속을 보는 것이 다르면 불편할 수밖에 없다.

아버지에게는 호섭이 일을 잘한다며 칭찬으로 코팅까지 하고선 뒤로는 임금을 깎다니!

나의 발걸음과 빗소리가 서로 감정을 주고받는지 첨벙거렸다. 걸으며 개울을 따라 흘러가는 물소리도 감상했다. 빗방울이 나뭇잎을 톡톡 두드린 후 물속으로 뛰어들었다. 급할 건 없었다. 누군가가 내 이름을 불렀다. 환청인가 생각했다. 이 산속에서, 이 시간에 나를 부를만한 사람이라곤 호섭 뿐이었다. 저녁을 먹은 그는 냉큼 자기 방으로 돌아갔었다. 말을 붙이기가 민망할 정도로 잽싼 동작이어서 나는 입술을 삐죽거렸었다.

"소율 씨!"

들고 있는 우산이 어떤 힘에 눌렸다. 호섭이었다.

"불렀는데, 안 들렸어요?"

"환청인 줄 알았죠. 어디 가세요?"

"가긴요. 그냥 산책이나 할까 하고 나왔는데, 소율 씨가 있네요."

우리는 잠시 말없이 걸었다. 비와 찻잔이 잘 어울리는 시간이었다. 하지만 우리의 발걸음도 비와 제법 잘 어울렸다. 그는 스마트폰을 만지더니 성시경의 「거리에서」 노래를 틀었다. 노래가 끝날 즈음 그에게 말을 걸었다.

"제가 낮에 심부름 갔다가 얘길 들었어요. 마음이 힘들죠?"

그는 대답 대신 나를 바라봤다.

"새벽에 일을 나가시던데. 그렇게 일찍 나가야 해요?"

그는 자신의 발걸음에 더 집중하는 듯했다. 내 말을 귓등으로도 안 듣는 건지, 나만 혼자서 말을 한다는 게 좀 마뜩잖다. 대답을 기다린다는 듯 그를 바라봤지만, 그는 앞만 보고 걸었다. 그렇게 우

리의 발걸음만 우리 대신 대화를 주고받았다. 그러다가 갑자기 그
가 말을 이었다.

"아주 전부터 다섯 시에 나갔어요. 한낮에는 너무 더우니까 하우
스 안에서는 일을 못하거든요."

"그럼, 낮에는 쉬어요?"

"이틀은 세 시간 정도 쉬었어요. 낮잠도 잤구요. 더위에 지치니
까 너무 힘들고 그래서 쉬는 시간만큼 일찍 출근하겠다고 제가 먼
저 얘기했어요. 그런데 삼일째 되는 날부터는 점심 먹고 한 시간이
지나니까 자기 집 일을 좀 도와달라고 하더라구요. 그래서 도와드
렸죠. 그런데 그게 일상이 되는 겁니다. 뙤약볕에서 일하는 건 제
가 힘들어서 못하겠다고 했지요. 그랬더니 난린 거예요. '나는 정
당하게 일하는데 사장님이 뭔가 잘못 알고 계신 것 같다. 내가 일
찍 출근하는 건 한낮에 쉬기 위해서다. 이건 권력 남용이다.' 그랬
지요. 그랬더니 또 한 이틀은 미안한 표정을 지으며 일을 안 시키
더라고. 하지만 사람 심리가 이상하지요. 분명 제가 쉬는 시간인
데도 일을 안 하는 것처럼 보인단 말예요. 하루는 30분 일찍 일 좀
도와달라고 하더니, 나중에는 점심만 먹고 나면 일을 시작하자는
거예요. 이러시면 안 된다고 따졌지요. 그랬더니 더 가관입니다. 뭘
이것저것 따져가며 일하느냐며 윽박질이었죠. 사장님은 자기 말이
프라이팬의 부침개인 줄 알아요. 열 받을 때마다 뒤집어요. 환장하
겠더라구요."

그는 길게 한숨을 쉬면서 '이 좋은 공기 마시면서 내가 뭐 하는
짓인지.' 하며 쓰고 있는 우산을 툭 쳤다. 나는 그 순간 큭! 하고 웃
음이 터졌다. 프라이팬의 부침개라는 표현 때문이었다. 그는 내 모

습을 보면서 고개를 절레절레 저었다. 나는 헛기침하면서 겨우 웃음을 멈추고, '마음고생이 심했겠어요.' 하며 길 끝자락에 우뚝 솟은 것 같은 먼 산을 바라봤다.

"최 씨 아저씨 집에 새로 이사 오신 강 씨 아저씨요. 그분이 얼마 전에 나무를 심으시면서 계곡에 손을 대셨어요. 그 일로 농장에 물을 댈 수 없게 됐다고 한바탕 난리가 났었어요. 강 씨 아저씨가 이틀 전에 미리 찾아와서 이, 삼일 정도 계곡물이 흙탕물이 될 거라고 했거든요. 그랬을 때 사장님은 이틀 정도는 괜찮다고 했어요. 10톤짜리 물탱크에 물이 늘 가득 차 있으니 염려 말라고. 미리 연락만 주면 괜찮다고 했단 말입니다. 그래 놓고선 막상 흙탕물이 내려오니 마음이 말과는 다른 곳으로 움직인 거죠. 그리고 강 씨 아저씨의 말씀처럼 이, 삼일이나 흙물이 내려온 것도 아니고 반나절쯤 내리고 말았어요. 그랬는데도, 농장에 물을 대려면 깨끗한 물을 줘야 하는데 계곡물을 다 흐려놓는 바람에 찌꺼기가 나와서 관로가 막혔다고요. 강 씨 아저씨가 미안하다고 사과했어요. 물탱크의 물은 지하수를 쓰는 건데, 억지 춘향이 짓을 한 거죠. 제가 기름을 가지러 갔다가 들었는데 백만원이면 인정상 봐주겠다고 하더라구요. 그게 백만원씩이나 받아낼 만큼의 손해도 아니구요, 제가 들어가서 기척을 하자 오십만원만 달라고 하고, 강 씨 아저씨도 그러겠다며 바로 이체하시더라고요. 참, 인정 싸나워요. 너무하다 싶어요."

그는 언젠가 아버지가 수탉을 잡을 때 썼던 말처럼 사나워서의 '사'에 강한 악센트를 주었다.

"그렇게 자기 이익을 따지는 사람이 남의 밭두렁을 마음대로 뭉개버리더군요. 물 빠짐이 나쁜 게 그 밭두렁 때문이라고 하면서.

게다가 밭주인의 허락도 없이 마음대로 나무 두 그루도 잘라버렸죠. 하우스에 그늘지게 한다구요. 제가 그랬죠. 남의 재산인데 함부로 손대지 마시고 주인에게 연락을 먼저 하라고 했죠. 그랬더니 아무 상관이 없다고 하더라고요. 그 밭주인이 연세가 많으셔서 자기 밭에 무슨 일이 일어났는지도 모를 거라고 했죠. 아주 호언장담을 하더라고요. 제가 두어 번 인사드렸는데 만만한 분이 아니겠다 싶었거든요. 그런데, 그 주인 할머니가 오셨어요. 왜 남의 밭을 이렇게 엉망으로 만들었냐고 따지니까 물 빠짐이 나빠서 그랬다고. 그래도 주인에게 먼저 양해를 구해야지. 이게 뭐 하는 짓이냐고 막 따지니까 바로 꼬리를 내리며 원상복구 하겠다고 하더군요. 그런데, 한 달이 지나도록 안 하더라구요. 저러다 일 나지 싶었는데 며칠 전에 할머니가 포크레인을 불러와서 사장님 하우스 앞에다 흙을 잔뜩 쌓아버렸어요. 저는 속으로 '내 배 다치랴.' 싶다가 호되게 당했다는 생각이 들어 고소했어요. 저와 일하면서도 말이 하도 자주 바뀌니까 내가 자꾸 헤매게 되는 겁니다. 이렇게 하면 자기는 그렇게 말한 적이 없다고 하고. 저렇게 하면 내가 언제 그렇게 하라고 했냐며 윽박지르고. 마치 내가 '허울 좋은 하눌타리'가 된 것 같아 속상해요."

"허울 좋은 하눌타리?"

"네, 겉보기에는 그럴듯한데 속은 보잘것없는 사람이란 말이죠."

"에이, 너무 확대해석이에요. 아니, 학대해석이에요. 그러지 말아요!"

내 목소리가 높아졌다. 동시에 우산이 흔들렸다. 빗방울이 우, 두두둑 떨어졌고 그의 말이 이어졌다.

"사장님은 피새나 다름없어요. 뭔 성질을 그리도 잘 내시는지, 진짜 멀쩡한 사람을 '침 맞은 지네' 꼴로 만드는 재주가 있다니깐요. 강 씨 아저씨 일도 그렇고, 저도 그렇고, 딱 침 맞은 지네 꼴이 됐어요."

그의 이야기가 끝나기 무섭게 경수 아저씨 집 앞에 도착했다. 그는 몸을 휙 돌려서 다시 길을 올랐다. 내가 있다는 걸 까만 오디처럼 잊었다가 생각났는지, 아차! 하며 내 손을 잡아끌었다. 내 손을 잡아끄는 그의 마음이 읽어졌다. 그동안 마음고생이 심했던 그의 상심이 바닥으로 와르르 쏟아지듯 빗방울이 후두둑 떨어졌다. 빗방울들이 도로 위로 또르르 흘러갔다. 아팠다.

그는 일을 그만두고 며칠 동안 산으로 산책 다녔다. 나도 가고 싶었지만, 그가 받은 상처의 내막을 내가 알고 있다 하더라도 그에게는 쉼이 필요했다. 산책을 다녀오다 나와 마주쳐도 그는 고개만 숙이고는 별채로 들어갔다. 마치 꽃가루가 떨어질까 봐 염려하는 꿀벌처럼.

호섭의 일은 내 일도 아닌데 내가 더 속상했다. 그가 말없이 몇 날 며칠이고 나와 말을 하지 않아서 그런 게 아니었다. 함께 식사하는 날이 줄었다. 어떤 날은 한 번도 얼굴을 비치지 않았고, 어떤 날은 새벽에 나가서 늦은 밤에 돌아왔다. 그리고 또 어떤 날은 방에서 꿈쩍도 하지 않고 잠만 잤다. 엄마와 나는 둘이 번갈아 가며 그가 숨쉬기를 제대로 하는지 살피기까지 했다. 그런 날들이 이어지고 엄마는 마음이 불편하다며 무얼 해서 먹이면 좋을까 하고 고민했다. 아버지는 당신이 너무 앞서 연을 잇는 바람에 호섭이 상처를 입은 것 같다며 자책의 시간을 가지기도 했다. 그러다 어젯밤, 쥐처럼 한밤중에 몰래 들어왔다가 나와 마주쳤다. 그는 특유의 낮은음으로 놀랐어요? 하고 물었지만, 나는 '놀라긴요, 애 떨어진 줄 알았다니깐요.' 하고 새침하게 받아쳤다. 그는 '함께 먹을래요?' 하며 라면 봉지를 흔들었다. '그럴까요? 나는 딱히 먹고 싶지는 않지만.'이라는 가당치 않은 추임새를 붙이며 앉았다. 그가 라면을 끓이는 뒷모습을 보며 예전에 할머니가 해주신 말씀을 떠올렸다.

식구란 게 한집에 산다고 식구가 아니라, 밥 한 끼 함께 먹으며 말과 마음을 섞는 사람이 식구라고 했다. 그게 혈육이 아니어도 밥한 끼 먹으며 연결되는 온기를 주고받는 것. 그게 식구라고. 하지만 밥 한 끼 함께 먹기가 매우 어렵다고도 하셨다.

"숟가락만 올려도 밥 한술 뜨기가 쉬울 것 같지? 아냐. 마음이 움직이지 않으면 아무리 진수성찬이라도 먹을 수가 없어. 말도 섞고 마음도 섞여서 비벼져야 식구지. 오죽하면 식구끼리 다투면 지지고 볶는다고 할까."

그때는 무슨 말씀을 하시는지 제대로 알지 못했다. 하지만 지금은 조금 알 것 같다. 식구가 된다는 게 어떤 의미인지. 그가 라면 냄비를 들고 돌아섰다. 나는 식탁에 수저를 놓으며 말했다.

"지금, 우리는 공범이자 식구가 되는 겁니다."

그가 '식구요?' 하고 물었지만 나는 대답하지 않고 '맛있게 잘 먹겠습니다.'라는 말을 그의 젓가락에 올렸다. 그의 젓가락 끝에 올라탄 '식구'란 말은 줄 타는 광대처럼 그의 입으로 아슬아슬 건너갔다.

호섭이 불편한 마음을 온 산 능선에다 표면으로 막 드러내면서 다니는 동안, 부모님은 결단을 내렸다. 장모님이 사위에게만 준다는 씨암탉을 잡기로 한 것이다.

"아니, 누가 보면 호섭 씨가 엄마 사위나 되는 줄 알겠네."

"마음은 있고?"

"뭔? 호섭 씨랑 나?"

"그래. 난 호섭이 딱 좋구만. 니가 좀 딸리긴 하니 말도 못 붙여 보겠고."

어랍쇼? 내가 어때서? 이 정도 몸매에, 이 정도 사회성에 이 정도 학벌이면 괜찮은데. 우리 오마니가 너무 얄궂게 나를 낮게 보는 경향이 있으시네?

"엄마! 나 정도면 제법 괜찮은 혼인 자리예요. 뭘 모르시구만요?"

하지만 나의 말은 메아리로도 돌아오지 않았다. 참말로! 내가 이 정도일 줄이야. 끄응. 엄마는 내가 끙끙 앓는 소리를 해도 못 들은 체하며 호섭의 이름을 흥얼거리기까지 한다. 하다하다 노래로 들린다. 게다가 엉덩이춤이라니! 아버지도 호섭의 그림자만 보여도 이름을 불러댔다. 내 이름도 그렇게 불러주시지.

유월의 저녁은 늦게 왔다. 여섯 시가 넘어도 해는 맑은 얼굴로 세상을 밝혔다. 새벽부터 움직였으면 지칠 만도 한데, 태양의 체력은 정말 대단했다. 이렇게 체력 자랑을 하다가 겨울이면 체력이 고갈되어 일찍 저물고 마는 것이리라. 여하튼 태양도 우리 집 저녁 식사에 초대받았고, 강 씨 아저씨도 오셨다. 나와 아저씨는 처음 인사를 나누는 사이였다. 아저씨는 인사치레로 이렇게 예쁜 따님이 있는 줄 몰랐다고 했다, 엄마는 이뿌기는 뭘요 라고 하셨고, 나는 입을 빼죽 내밀었다. 호섭은 그런 나를 자리에 앉히며 소율 씨가 꽤 미인인데 어머니는 늘 저러십니다, 라며 강 씨 아저씨 앞에 빈 접시를 놓았다.

엄마는 손님으로 오신 강 씨 아저씨보다 호섭의 접시에 닭다리를 먼저 놓았다. 호섭은 손을 저으며 아버님 먼저라고 했지만, 엄마는 막무가내로 놓았다. 그러고는 얼른 먹으라며 접시를 호섭의 앞으로 밀었다. 엄마의 행동을 유심히 보시던 강 씨 아저씨가 몸을 앞으로 약간 굽히며 물었다. 상대가 누군지는 정확하지 않았다.

"저기, 호섭 군과 따님이 서로……?"

하며 양손을 모았다. 그 바람에 나와 호섭의 웃음이 빵빵 터졌다.

"아니에요, 아저씨!"

우리는 한 호흡으로 말해 더 웃음이 터졌고, 그걸 본 아저씨가 말을 이었다.

"그래요? 둘이 나란히 앉아있으니 꼭 그렇게 보이는구먼. 잘 어울려요."

아저씨가 닭다리를 들고 입에 넣었다.

"그렇죠? 나는 호섭이가 맘에 드는데, 호섭이가 우리 딸을 맘에 들어 하는지 몰라서 말이에요."

엄마의 말은 마치 아저씨 입에서 나온 닭뼈 같았다. 참, 무슨 말씀이신지, 원.

"무슨 말씀이에요. 며칠 전에 비 오는 날 우산을 들고 나란히 걸어가는 걸 제가 봤거든요. 같이 걸으면서 웃고 이야기하는 사이면 보통 사이는 아닌 거죠."

우리는 서로의 얼굴을 바라볼 뿐이었다. 아저씨는 이참에 일을 진척시키고 싶었던 건지,

"아니, 둘이 대화가 잘 통하면 그것보다 더 좋은 궁합이 어딨어요? 둘이 살림 차려도 되겠구만요."

아저씨는 옆에서 묵묵하게 듣고 계신 아버지에게로 시선을 돌렸다.

"내 마음이야 꿀떡 같지. 하지만 내 맘 같을까 싶어서 말이지."

다시 아버지의 시선이 우리에게 돌아오고, 아저씨의 시선이 이등칸에 올라탔다. 엄마는 삼등칸에 올라타서는 우리를 보고 고개를 갸웃거렸다. 기차는 달릴 준비가 끝났다. 나는 오물거리던 살코기를 얼른 삼키고 일어났다. 그러자 어른들이 탄 기차가 달리기 시작했다. 호섭과 나의 인물을 뜯기 시작하더니 인성과 품행까지 뜯었다. 아니, 무슨 피라냐도 아니고. 그렇게 뜯긴 우리는 부위별로 잘 나뉘어서 당신들의 도마 위에 정갈하게 옮겨졌다. 우리 둘은 압력솥의 닭처럼 어른들의 입에서 푹푹 고아졌다. 세 분의 말씀으로는 이미 우린 신혼여행을 떠났다. 요즘은 사이판이나 필리핀에는 잘 안 간다, 유럽 여행을 다녀와야 무슨 소리냐, 내가 튀르키예에 다녀왔는데 좋더라 하시면서 티격태격하시다가 결론적으로 유럽 일주가 당첨되었다. 자그마치, 35박 36일이었다. 이야기는 어른들이 하셨는데, 입 몸살은 우리가 했다. 엄마의 웃음소리는 골짜기를 타고 한바탕 내달렸다. 우리는 어른들의 즐거움을 부엌에 남겨두고 밖으로 나왔다.

딱히 갈 곳이 없었다. 겨우 태양이 산 능선에 걸터앉은 시간이었다. 아직 본격적인 더위가 시작되지 않았지만 더운 건 사실이었다.

우리는 산 쪽으로 발길을 옮겼다. 둘 다 어른들의 장난으로 열기가 오른 탓이어서 그늘이 필요했다. 호섭은 내 옆으로 다가왔다. 어른들의 농담으로 진땀을 뺐다며 자신이 더 미안하다고 했다.

"미안해요? 왜요? 제가 진짜로 맘에 들지 않아요?"

하며 정색했더니 그가 당황해하며 손을 마구 저었다. 저러다 날겠다 싶을 만큼. 그의 모습이 덩치에 비해 귀여워서 웃음이 터졌다. 그제야 그는 내가 농담했다는 걸 알아챘다.

"아, 진짜! 너무 놀리지 말아요. 소율 씨 정도면 제가 감지덕지죠. 성격 좋죠, 학벌 좋죠, 외모도 제 스타일이구요."

"그렇죠, 벌 중에서도 제일 똑똑한 학벌이죠. 하지만 이미 기차는 떠났고 비행기는 엔진 과열로 수리 중이에요."

그가 호탕하게 웃었다. 산들산들 바람이 불었다.

"소율 씨는 무슨 색을 좋아해요?"

"저는 초록이요. 호섭 씨는요?"

"저는 파란 색을 좋아합니다."

"호섭 씨와 잘 어울리는 색이네요. 그런데 갑자기 색은 왜……?"

그는 잠시 고개를 들어 먼 곳을 바라보았다. 딱히 무언가를 찾는 것 같진 않았다.

"중세에는 초록색이 악마의 색이었다는 걸 아세요?"

"악마의 색이요? 아니, 몰랐어요."

"기독교가 전성기를 이룰 때 갑자기 나타난 마호메트, 즉 이슬람교가 급성장? 이 표현이 맞는지 모르겠지만, 발전하게 되었을 때 기독교에서는 이슬람교를 견제하기 시작했어요. 너무 빠른 속도로 이슬람교가 전파되었기 때문이지요. 이슬람교를 상징하는 색이 녹색이에요. 녹색은 사막의 오아시스를 뜻하는데, 기독교는 그것을 악마의 색으로 여겼어요. 신흥 종교가 너무나 빠른 속도로 전파된 것에 대한 두려움이 엉뚱한 방향으로 흘러간 셈이지요. 슈렉이나 헐크, 영화 「마스크」의 색깔도 모두 초록색이란 게 그걸 증명하지요. 지금은 자연의 색으로 인식되면서 오명을 벗었지만 말입니다. 초록색은 가시광선 중에서도 중간의 자리에 있지요. 빨주노초파남보."

"빨, 주, 노, 초, 파, 남, 보, 그렇네요. 딱 중간이에요!"

나는 새로운 정보를 습득한 아이처럼 무척 좋아했다. 내 발음에 바퀴가 달린 듯 신나게 숲을 달렸다.

"그래서 초록은 심리적으로 안정감을 주는 색이라고 하지요. 하지만 인공적으로 만들어진 초록은 독성이 다른 색보다 훨씬 강했다고 해요. 20세기 초반에는 초록색이 유행했었는데요, 피부염을 앓은 사람들이 많았다고 해요. 자연에서만 볼 수 있는 색이라고 여겼던 게 인공적으로 만들어지니 너나 할 것 없이 초록을 연모한 것이죠. 집안을 꾸미는 데 적극적으로 활용했어요. 벽지도 나오고, 옷감에도 사용했지요. 초록을 만들기 위해서 화학적 독성이 강한 성분을 사용했었던 게 피부염의 원인이었어요. 그 당시에는 초록이 정말 악마의 색이나 다름없었을 것 같아요. 너무나 많은 사람이 좋아했지만 너무나 많은 피해자가 발생했으니까요."

나는 고개를 끄덕이며, 그의 해박한 초록 강연을 들었다.

"초록색뿐이 아니겠지요. 많은 사람이 좋아한다고 해서 그것이 모두에게 좋은 게 아닌 것과 같은 원리네요."

호섭은 가던 길을 멈추고 나뭇잎을 유심히 바라보았다. 그는 검지로 나뭇잎의 앞면을 먼저 만졌다. 그리고는 눈을 감고 그 촉감을 느꼈다. 잠시 후 나뭇잎의 뒷면을 자세히 바라본 후 다시 검지로 만지기 시작했다. 그는 지그시 눈을 감고 자신의 모든 세포로 그 촉감을 느끼는 듯했다.

팬데믹

세계가 갑자기 우울해졌다. 지구의 운명이 달라질 것 같은 압박감에 온 세계가 몸살을 앓았고 우울증에 시달리기 시작했다. 여태껏 들어보지 못한 바이러스의 침범이었다. 아니, 이미 존재했지만, 힘이 약했을 뿐이었다. 힘이 약했던 바이러스가 아주 작은 틈을 뚫고 세상에 이름을 알리기 시작했다. 이 바이러스는 비말바이러스였다. 아주 작은 물방울들이 사람의 입과 호흡기를 통해서 전염되는 바이러스였다. 바이러스 앞에 비말이라니. 비말을 내 방식대로 해석하자면 '말이 아니다.'라는 뜻도 되고 '말 같지도 않다.'라는 뜻도 된다. 원래의 뜻과는 다른 해석이 가능했다. 이 바이러스의 발생지가 어딘지 밝히느라 세상은 어수선해졌다. 세상에 존재하는 모든 국가는 울타리를 만들기 시작했다. 제발, 우리에겐 오지 말라는 듯. 하지만 바이러스는 국경을 마음대로 옮겨 다녔다. 인간을 통해서.

바이러스의 영향으로 마스크 품귀현상이 일어났다. 모든 것이 순식간에 바뀌었다. 사람을 만날 수 없고, 얼굴을 제대로 알 수 없는 날들이 이어졌다. 정부는 정부대로, 국민은 국민대로 처음 경험하는 이 현실을 제대로 파악하지 못해 궁지로 몰리고 있었다. 마치 복싱 선수가 상대방의 공격을 제대로 방어하지 못해 링의 한쪽 코너로 몰린 모양새였다. 세계 모든 나라의 입장이 그랬다. 우리나라도 별수 없었다. 도시는 점차 마비 상태가 되었고, 모든 국가의 경계가 높아졌다.

우리나라에서는 대구가 첫 번째 타격을 받았다. 6.25전쟁보다 더 치열한 전쟁이 그곳에서 시작되었다. 모든 의료진이 그곳으로 집결했다. 사태는 더욱 악화되어갔다. 희망이 있는 걸까? 모든 사람이 절망의 한숨을 쉬는 동안 비말바이러스의 침공은 역대 최고의 전술을 자랑했다. 이길 승산이 보이지 않았다.

학교가 교문을 닫고 학생들을 거부했다. 그 바람에 학생들은 모두 집에 갇혔다. 모든 것이 수습되기 전까지는 모두가 일시정지 상태여야 했다. 그것만이 살길이라고 했다. 티브이를 켜도, 라디오를 켜도 모든 것이 바이러스와 관련된 사망자 수와 확진자에 관한 이야기뿐이었다. 각국에서 벌어지고 있는 사태는 상상을 초월하고 있었다. 그리고, 굶는 사람이 늘었다. 모두가 숨을 죽였지만 이 사실만은 국경을 넘나들었다.

날씨는 매일 우중충했다. 아니 마음이 늘 우중충했다. 사람들은 마스크를 사기 위해 줄을 섰다. 마치 1970년대 중반 오일쇼크가 일어났을 때와 흡사하다고 했다. 마스크의 가격도 별보다 더 높이 올라갔다. 업자들과 일부 사람들은 마스크를 한꺼번에 사두었다가 가격이 오르자 인터넷 사이트에 고가로 올리기도 했다. 정부는 비말바이러스 외 인간과도 전쟁을 선포할 수밖에 없었다. 정부의 개입이 이루어질 수밖에 없는 현실이 무척 무겁고 거칠었다. 게다가 마스크의 해외 유출도 막았다. 전 세계는 마스크 전쟁을 하는 것과 마찬가지였다. 한국도 어수선하고 막막하기는 마찬가지였다. 마스크를 사기 위해 줄을 서는 것뿐만이 아니라 사들이는 날짜도 나라가 정해줬다. 자신이 태어난 연도의 숫자와 달력의 숫자가 일치해야 했다.

이 모든 상황을 정부가 주도했다. 사람들은 항의하기 시작했다. 마스크마저 마음먹은 대로 살 수 없는 현실에 대한 인식이 점점 지하 동굴 기온보다 더 차가워졌다. 모두가 이상했다. 아니, 이상해야 했다. 마스크 품귀현상은 웃지 못할 촌극을 만들었다. 해외에서 유입되는 사람 중에는 생리대를 마스크 대신 착용하고 입국 심사받는 일도 있었다. 또는 브래지어를 잘라 마스크 대신 쓰고 다니기도 했다. 참 아이러니한 현실을 마주하며 헛웃음이 났다. 여자들의 맨살보다 더 여린 치명적인 속살을 밖으로 드러내는 저 비현실적인 추태가 전쟁과 다른 게 없구나 싶었다. 전쟁이 일어나도 여자가 제일 먼저 피해를 본다더니, 바이러스와 전쟁이 다를 바 없음이 증명되었다. 여성을 성폭행하는 방법은 사회의식과 상관없이 다양하게 나타난다는 점을 또 목격하고 말았다. 우발사건이라고 넘어 치기엔 너무 슬픈 그림이었다. 마스크의 품귀현상이 조금 가라앉으면서부터 마스크는 패션으로 부상했다. 화장 대신 마스크가 얼굴을 표현하는 가치를 획득한 것이다. 우스개로 마스크 미인이라는 말도 생겼다. 덕분에 마스크와 관련한 부속 액세서리의 가치 또한 급상승했다.

모든 생필품은 택배로 배달시켜야 했다. 비대면의 필수사항이 된 것이다. 마트를 이용하다 혹여나 코로나19 확진자와 동선이 겹치면 자가 격리와 일정이 추적당했다. 그러니 마트보다는 인터넷 쇼핑이 훨씬 안전한 것이었다. 그 덕분에 무인 밀키트 가게가 급성장했다. 사람들은 자신도 택배처럼 포장될까 봐 두렵기도 했지만, 또한 그만큼 긴장감을 놓치지 않으려고 애를 썼다. 정말 아차! 하는 순간에 추락하는 시간의 연속이었으므로.

한국은 다른 나라들에 비해 사망자 수가 급격하게 늘지는 않았다. 정부가 잘 제어한 덕분이기도 했지만, 우리나라 사람들의 근성이 위기에 강하기 때문일지도 몰랐다.

어떤 사람들은 코로나19는 감기와 같은 증상일 뿐이라고도 했다. 하지만 이러한 낙관적인 생각은 사태가 점점 길어지면서 잠잠해졌다. 감기와 비슷한 증상이라면 온 국민이 마스크를 써야 하고 전 세계가 국경을 폐쇄하는 일은 벌어지지 않았을 것이다.

모든 일상이 바뀔 수밖에 없었다. 기침 예절, 손 씻는 방법, 체온 체크, 손소독제 사용 의무, 마스크 올바르게 쓰는 법, 가는 곳마다 출입 기록을 남기는 건 필수사항이었다. 회식이 사라지고 각종 모임, 특히 가족 모임이 줄어들었다. 사람과의 접촉이 줄면서 문제가 발생했다. 그중에서도 아이들이 문제였다. 부모가 맞벌이면 아이들을 맡길 곳이 없었다. 재택근무를 추진하는 기업이 생겼다. 접촉과 대면보다는 비접촉과 비대면을 통한 업무를 선호하기 시작했다. 건물이 통째로 폐쇄되는 것보다는 그것이 더 효율적이라는 게 이유였다. 아이들은 밖으로 나갈 수 없어서 힘들었다. 특히 공동주택에 사는 아이들은 층간소음으로 인해 더욱 힘들었다. 하지만 코로나19가 점점 길어지기 시작하자 층간소음 분쟁은 표면상 가라앉는 듯했다.

우리 집뿐만 아니라 열명길에도 코로나19 사태는 심각해졌다. 서울에 일을 보러 가셨던 경수 아저씨가 확진 판정받았다. 아버지는 경수 아저씨와 함께 병원에 다녀오는 바람에 선별검사소에서 검사받으셨다. 다행히 확진은 아니었다. 2주간 자가 격리해야 한다는 조건만 있었다. 호섭을 제외한 나와 엄마도 선별검사소에서 검사받았다. 그즈음 엄마는 감기에 걸렸는데 혹여나 하는 마음에 더 긴장되는 날이었다. 우리 가족은 각자의 방에서 전화로 경로가 겹치지 않도록 조율해야 했다. 나는 2층에 화장실이 있어서 다행이었지만 부모님은 서로가 각자의 방에서 전화한 후 움직여야 했다. 아버지는 뭘 그렇게까지 유난을 떠느냐고 말했다. 하지만 엄마는 조심해서 나쁠 건 없다며 아버지를 오빠 방으로 유배 아닌 유배를 보내셨다. 언니와 삼촌은 하루에도 여러 번 전화했다. 괜찮으냐 묻는 것이 기본이었지만 마음은 더 따뜻해졌다.

언니는 화상회의를 하자고 제의했다. 나야 괜찮지만, 부모님이 사용할 수 있을지 의문이었다. 무료 줌(zoom) 화상회의 채널을 열고 사용하기로 했다. 일반 가정에서 30분이면 긴 시간이다. 문제는 부모님이었는데, 다행히 내겐 새 노트북이 있었고 낡았지만 착실한 노트북도 하나 있었다. 부모님이 화상회의에 참여하게 할 방법을 알려드리는 것이 힘든 과제였다. 이 과제를 해결하기 위해서는 친절한 메모가 필요했다. 나는 생각보다 성격이 급해서 버퍼링에 걸리기 일쑤다. 이 급한 성격을 믿을 수 없는 언니는 호섭에게 부탁하라고 했다. 일목요연하게 정리한 메모가 전달되었지만, 우리 부모님도 버퍼링에 걸렸다. 우리는 매일 정해진 시간에 모여 회의를 시작했다. 회의라고 해봐야 건강하게 잘 지내야 한다는 주제에서 벗어나지 않았다. 오빠는 제시간에 입장하긴 했으나 불편해했다. 딱히 할 말도 없는 데다 화면에 자기 얼굴이 비치는 것마저 수줍어했다. 참, 오빠도! 거리두기를 꼭 실천하라는 언니의 당부와 함께 우리는 학생처럼 한 옥타브 높은 목소리로 네, 하고 대답하며 회의를 마쳤다.

언니는 임용고시에 합격하고 첫 발령 받자마자 코로나19를 맞이한 초보 교사다. 발령받은 지 6개월 만에 전 세계가 혼란에 빠졌으니 학생들과 제대로 인사도 못하고 실업자 같은 교사의 업무를 보고 있었다. 언니는 언니대로 힘들고, 아이들은 아이들대로 힘들었다.

우리가 가족이 만나지 못할 이유가 명백한 사회에서 살아보기는 처음이기에 더 당황하는 건 어쩔 수 없었다. 그 누가 예상이나 했으리.

하긴, 우리는 제사라서 모이고, 생일이라 모이고, 결혼식이라 모이는 행사의 민족이었다. 일방적으로 이렇게 단절이 확실하게 될 것이라고는 누구도 상상하지 못했다. 이참에 가족이라는 구조 때문에 골머리를 앓는 주부들이 해방되면 좋겠다고 생각했다. 초반에는 마스크의 중요성을 인지하지 못한 상태라 모임에 다녀오기만 하면 확진자가 급증했다. 그런 상황이 거듭될수록 서로 조심하는 것이 서로에게 민폐를 끼치지 않는 기본예절이라는 인식이 팽배해졌다. 누군가가 재채기만 해도 거리를 자연스럽게 두는 것도 당연한 일이었다. 그러니 서로 만나지 않는 것이 기본예절을 지키는 것이었다.

열명길에도 이러한 현상은 현실이었다. 열명길의 사람들조차 길에서 우연히 마주치면 서로 멀찍이 떨어져서 얼굴을 가리고 안부를 물었다. 혹여나 침이라도 튀어 서로에게 민폐를 끼칠까 염려해서였다. 그렇다고는 하나 마치 하룻밤 사이에 '안녕하시지요?'라고 물어보는 인사말 자체를 기이하게 받아들이는 어른들도 계셨다. 그런데도 사실 뾰족한 수가 없어서 어쩔 수 없이 받아들여야 했다. 이것이 변화였다. 이 변화를 받아들이면 자기의 생각과 행동이 먼지 변해야 한다는 전제를 깔고 있다는 증표였다. 자신이 변히지 않으면 모든 것은 무너지고 마는 것이다. 우리는 점차 변해 가고 있었다. 모든 미디어가 그렇게 만들어갔고 우리는 정해진 길잡이대로 변해 가고 있었으며 그것만이 현실을 현실적으로 살아갈 수 있는 길이기도 했다. 변하지 않으면 죽음이었다.

집이 집다워진 건 아이러니하게도 바이러스의 유행 때문이었다. 하숙집이거나 모텔 정도의 의미뿐이었다고 해도 과언이 아닌 집이었다. 집은 늘 장식적이고 텅 비어 있었으며, 사람들을 채우기보다는 밖으로 밀어내는 공간이었다. 재우기는 하되 꿀잠을 제공하지 않았고, 열려는 있으되 알람이 울려야 출입할 수 있었다. 집의 주체는 사람이 아니라 집이었다. 그래서 집은 늘 고요했으나 서늘하고 근엄했다. 집주인이라고 서명한 사람은 늘 밖에서 분주했다. 은행의 담보물은 집이 아니라 사람이었다. 내 생각이 짧았든 아니면 한쪽으로 치우쳤든 집은 덩치 큰 애물단지였다. 없으면 분하고 있으면 숨 막히는 그런.

집이 집다워진 후로 집은 따뜻해졌다. 함께 밥을 먹고 함께 숨쉬고 함께 지지고 볶아댔다. 결코 혼자서는 할 수 없는 끈끈함, 포근함이라는 명사형으로 마음이 재생되고 치유되는 어떤 심리적 위안이랄까 그런 건 분명 생겼다. 늘 동사형의 움직임이 있었다면 이젠 명사형의 안식이 필요한 시기가 온 것이다. 하지만 호사다마라고 했다. 집돌이 증후군은 이혼도 마다하지 않았다. 각 가정의 속사정을 모르고 살았던 우리에게 가정 폭력도 수면 위로 올라섰다. 사회는 정말 난장판이었다. 그런데도 세상은 또 고름을 짜내면서 돌아갔다. 변하는 건 사람과 시스템이었다.

또 하나 달라진 게 있다면 사람들은 트로트에 열광하기 시작했다. 지상파 3사뿐만 아니라 케이블 방송사에서도 트로트를 최전선에 앞세웠다. 케이블 티브이가 먼저 트로트를 겨냥해서 방송을 진행했다. 이에 질세라 지상파들도 합류했다. 접촉 제한과 거리두기를 이행하려면 비대면이 적격이었다. 티브이는 온통 트로트 열풍을 만드느라 분주했고 통신은 트로트 가수의 번호를 입력하느라 날이 새는 줄을 몰랐다. 여하튼 우리 국민이 노래를 좋아하고 흥이 많은 것임을 재조명하게 되는 계기가 되었다는 점에서는 뜻깊은 방송이었다. 허나, 뭔지 모를 아쉬움은 왜 또 후유증처럼 남는 것인지. 아마도 급격하게 흘러가는 리프팅의 곡예처럼 아슬아슬한 현실이 민감하게 드러나고 이 민감함이 피로감을 주는 것이라는 점이 큰 이유라면 이유였다. 게다가 티브이는 마치, 트로트 외에는 아무것도 할 수 없는 것처럼 무기력한 모습을 계속 재생 반복해서 송출했다. 트로트는 많은 이야기를 남겼다. 위로와 감사와 안부를 전하는 중간 역할도 했고, 감동과 희망을 이야기하며 앞으로의 상황이 나아질 것이라는 희망찬 미래를 우리 곁으로 당겨준 역할을 톡톡히 했다. 하지만 개그 프로그램은 없었다. 웃음은 봉인되었다.

모 방송사의 트로트 열전이 끝나갈 즈음, 우리는 엄마의 생신을 앞두고 있었다. 엄마는 이 시국에 뭔 생일이냐며 그냥 넘어가자고 했지만 우리는 또 달랐다. 사실, 엄마의 회갑이기도 했고 그냥 넘어가기에는 뭔가 핑계거리가 부족했다. 언니와 나는 전화로 이야기를 주고받으며 생신상은 간단하게 내가 차리고 떡은 주문하기로 했다. 생신 떡이라고 거창하게 이름을 붙였지만 사실 무지개떡이었다. 무지개떡은 우리 자매가 '보기 좋은 음식은 먹기도 좋다.'는 뜻을 앞으로 세운 것이다. 요즘 같은 세상에 좀 환하고 밝은 색으로 음식을 장만해보는 것도 좋을 것이라는 나의 웅변이 통했다. 그렇게 언니와 일정을 잡고 엄마 생신 당일 저녁에 화상회의에서 만나기로 약속했다.

엄마의 생신 당일 나는 내 생애 제일 큰일을 진행하고 있었다. 나는 우리의 삶에서 먹고 자고 싸는 일이 중요하다고 생각한다. 그럼에도 불구하고, 먹는 일의 기초를 잘 이해하지 못하는 사람이기도 했다. 내가 잡채를 한다고 재료들을 준비할 때였다. 마스크를 낀 호섭이 다가와 아침 댓바람부터 부엌에서 바쁘게 움직이는 게 수상하다며 그가 물었다.

"오늘 무슨 날이에요?"

"네."

나는 그의 얼굴을 힐끔거리듯 보고는 도마 위의 당근을 썰며 대답했다. 그가 내 칼질을 유심히 보다가 식탁에 올려둔 재료들을 훑어보며 말했다.

"이거, 오늘 만들 음식 재료들이에요?"

"네."

나는 짧게 대답하고 당근에 집중했다. 그가 다시 내 칼질을 바라보며 물었다.

"음식은 몇 가지나 하시게요?"

"닭볶음탕, 잡채, 나물 다섯 가지, 미역국, 불고기요."

그는 스마트폰을 꺼내 시간을 보더니 벌써 열한 신데 몇 시까지 할 생각이냐고 물었다.

"다섯 시 삼십 분이요."

그가 무선주전자에 물을 부으며 물었다.

"도와드려요?"

"아니요. 괜찮아요."

그가 커피 잔을 내밀며 말했다.

"당근 채만 벌써 십분젠 데, 잡채는 두 시나 돼야 할 수 있겠는데요?"

나는 도마 위의 당근 조각들을 바라봤다. 나란히, 나란히, 나란히~ 동요를 부르듯 말끔하게 줄 서서 나를 뚫어져라 보고 있었다. 그들은 모두 못난이 인형처럼 울상이었다. 나는 뭘 해도 어설프다고 주변 사람들이 말했다. 특히 칼질은 그렇게도 위험해 보인다며 엄마는 내게 칼 곁에는 절대 가지 말라고까지 이르셨다. 나는 듬성듬성 툭툭 치는 듯한 칼질은 잘한다. 모양을 내거나 섬세한 칼질을 못할 뿐이다. 시간만 많이 들이고. 엄마의 염려는 충분히 이해가 간다. 나는 그제야 호섭이 왜 부엌에서 나가지 않고 뜸을 들였는지 알 것 같았다.

나는 그가 내민 커피를 마시고 다시 집중해보았다. 하지만 좀처럼 진도가 나가지 않았다. 그의 홀짝이는 속도가 빨라지더니 싱크대 물 내려가는 소리가 들렸다. 그는 커피잔을 씻어놓고 내게 다가와 손을 내밀었다.

"이리 내요. 이러다 오늘 안에 완성되는 음식이 하나도 없겠어요. 우선 미역을 불리세요."

그는 오늘이 무슨 날인지는 미역만 봐도 알겠다며 누구 생신인지는 모르겠지만 소율 씨한테 밥 얻어먹기는 글렀다고 했다. 그가 내민 큰 대야에 미역을 불렸다, 그는 내가 할 것이라고 말한 요리들의 재료들을 하나씩 장만하여 일목요연하게 정리했다. 잡채는 밑간만 해서 반찬통에 담았고, 불고기는 갖은 양념해서 재워 놓았다. 닭볶음탕은 절여서 시간을 알람 해두었다. 나물들은 깔끔하게 반찬통으로 들어가 자신의 색감을 잘 살리며 밥상을 기다렸다. 그렇게 후다닥 후다닥 하고나니 오후 세 시가 좀 넘었다. 후다닥 후다닥, 이 말은 나를 수탉에 쫓기는 암탉으로 만들었다. 내가 만약 암탉이라면 분명 후다닥이 내 이름일 것이다. 미역국은 한 번 끓여서 식힌 다음에 다시 끓여야 맛있다고 그가 말했다. 나는 그의 옆에서 보조 아닌 보조를 했을 뿐인데 내가 다 장만한 듯 뿌듯했다. 너저분하게 어질러진 그릇들을 정리하고 그가 커피를 한 잔씩 들고 잠시 산책이나 하자고 했다. 요즘 떠오르는 수많은 신생어 중에서 호섭은 나의 기준으로 '요섹남'이었다. 그는 생각보다 요리에 대한 해박한 지식과 계량컵과는 다른 계량법이 있었다. 그 덕분에 간도 잘 맞는 맛있는 음식이 마련되었다. 그리고 엄마는 매우 흡족한 표정을 지으며

"그래, 내 눈썰미가 틀린 적이 없지. 당신도 맘에 들지요?"

부모님은 서로 고개를 끄덕이며 호섭을 칭찬했다.

팬데믹의 봄바람은 차가웠다. 하긴, 현실의 바람도 차가운 건 마찬가지였다. 우리들의 마음이 더 차가워져서 그럴지도 모른다. 그는 나지막하게 노래를 불렀다. 늘 느끼는 것이지만 그의 목소리는 바람 소리 같다. 아니, 나뭇잎에 바람이 소리를 맡겼다가 되돌려받아서 내는 소리였다. 하늘에는 바람 너머로 구름이 밀려다니고 있었다. 그의 노래는 슬프지만 잔잔한 따스함이 있었다. 울컥 눈물이 쏟아질 것 같으면서도 움찔하게 했다. 그의 목소리가 숲으로 천천히 걸어갔다.

나는 예전보다 조금 더 거리를 둔 그에게 물었다.

"언제쯤이면 우리가 예전으로 돌아가게 될까요?"

"우리가 어떻게 변하면 될까요?"

그의 되물음이 많은 생각을 하게 했다. 멀리서 고라니 울음이 들려오고 바람은 좀체 따스해지지 않았다.

열명길의 골짜기에는 변화의 속도가 길처럼 굽이쳤다. 평생을 울타리 외에는 경계를 쳐 본 적이 없는 사람들이 마스크로 인해 울타리보다 더 굵고 촘촘한 방어망을 형성해 갔다. 풍족하진 않아도 서로 나누며 지내던 사람들이 자기의 얼굴을 숨기고 살았다. 이미 알고 있지만 아는 체하는 것마저도 미안할 따름이었다. 이 미안함은 먼 그림자만 봐도 아는 사람에게 스마트폰을 가깝게 했다. 스마트폰이 서로의 안부를 전하느라 분주한 일상이었다. 그것이 없었다면 어땠을까, 하는 질문도 생겼다. 열명길의 사람들도 어쩔 수 없이 만나지 않고 말하지 않고 가렸다. 얼굴을 가리면 모든 게 가려졌다. 말하고 먹고 숨 쉬는 구멍이 다 막혔다. 견디기 힘든 건 자신의 입 냄새뿐이었다. 하긴, 제일 기본인 얼굴만 가려도 1차 방어는 성공이었다. 세계 복싱 챔피언처럼 챔피언 벨트를 방어하는 게 아니지만, 우린 무척 진지했다.

열명길의 소식이 뜸해지듯 코로나19도 속도가 느려지고 가팔라지기를 반복했다. 이런 상황이 벌써 일년을 넘겼다. 마스크의 품귀현상은 사라졌고, 몰상식한 촌극도 사라진 것 같았다. 하지만 정부에서 발표하는 확진자 수는 늘어났다. 세계 각국의 사정도 마찬가지였다. 정부에서는 백신을 장려했다. 하지만 강제성을 띠지 않았다. 어디까지나 권고사항이었다. 최우선 접종자는 의료진이었고 그 다음이 국민이었다. 우선순위를 문제 삼는 부류도 있었지만 우리는 백신에 대한 농담을 하얀 고무신처럼 했다. 다들 백신에 대한 신뢰도가 낮다는 것이 일반적이었다. 백신vaccine은 하얀 고무신에 늘 밀렸다. 그런데도 우리는 농담 반 진담 반의 출렁다리, 아니 철렁다리를 건넜다. 정부의 권고사항을 받아들였고 백신 접종률도 높아졌다.

나는 열명길의 골짜기를 더욱 자주 걸었다. 사람들과 부딪힐 일이 없는 것이 더 안심되었다. 나는 시내로 나갈 일이 있는 것도, 학교에 다녀와야 할 일도 없었다. 무료함은 무료함으로 달래는 것이 현명할지도 모른다. 얼마 전 호섭과 함께 열명길을 걸으며 나눈 이야기의 주제가 이것이었다. 무료함은 무료함으로 다스린다. 무슨 뜻이냐고 물었다. 그러나 그는 뜻이 없다고 했다. 말이 가진 액면가 그대로라고 했다. 나는 그의 옆얼굴을 바라봤다. 고개를 숙인 그의 머리카락이 바람에 나부꼈다. 머리카락 사이사이로 비치는 햇살이 감고 가는 빛의 속도만큼이나 바람의 속도도 빨랐다. 무엇이든 그의 목소리를 타고 나오면 심오해지는 말과 단어들, 나는 그의 진짜 모습은 어떤 것일까 궁금했다. 그는 나를 바라본 뒤 고개를 돌리고 말했다.

"우리는 인생에서 무료하다고 할 만큼 무료하지 않을지도 몰라요. 늘 바쁘잖아요. 어른들이 우리 어릴 때 해주던 말씀 중에 '십대는 10킬로미터로 달리고, 이십대는 20킬로미터, 삼십대는 30킬로미터'의 속도로 인생의 속도가 다르다고 하신 것을 생각하면 무료함이란 게 얼마나 대단한 용기인가 싶기도 해요. 십대 때는 10킬로미터의 속도라고 하잖아요. 우리가 그 나이를 지나는 동안에는 그 속도가 무척이나 느리고 더뎠는지 모르지만, 우리가 진정으로 무료함을 느끼기에는 적당한 속도였지요. 서른 이라는 나이를 넘기고 보니 '무료하다'라는 말이 얼마나 깊은 의미를 가진 것인지 조금 느껴져요. 고민하고 갈등하고. 인생의 목표를 보물찾기하듯 여기저기 쑤셔보기도 하고 파헤쳐보기에 정말 적당한 시절이 무료한 십대였다는 생각이 들거든요. 하지만 우리의 십대 때에도, 지금의 십대들도 무료할 시간이 없었고, 없어요. 너무 바쁘거든요. 그래서 제가 생각한 건 지금이 무료하기 딱 좋은 시간이다 싶어요. 좀 더 거리를 두고 살피기, 마음은 가까워지고. 뭐, 공익광고에도 이런 말 많이 하는 걸 보니까 맞는 것 같아요."

호섭과 내가 산 정상을 다녀온 날이었다. 그날은 바람이 많이 불었고, 햇볕도 따사로웠다. 기상청에서는 계속 안전 문자를 우표 없이 날렸다. 건조주의보가 발령되었다거나 건조경보가 발령되었다는 문자였다. 입산 시 주의사항도 알려왔다. 이렇게 안전 문자를 확인하며 중얼거릴 때였다. 읍에 다녀오신 엄마가 한숨을 푹 쉬시며 '사는 게 쉬운 일은 아니지만, 죽는 것은 순식간이라.' 하며 남은 한숨이라도 있는 듯 다시 호흡을 길게 내쉬셨다.

"시내에서 곱창집 하는 아저씨 기억나? 키가 좀 작고 통통한 데 체격이 다부지고 친절한, 그 이름이 뭐더라…… 모르겠고 성이 조가였나 그랬지."

엄마는 나의 대답을 신속 정확하게 듣고자 한 건 아니었는지 다음 말을 이었다.

"그 아저씨가 돌아가셨다네. 그분 정정하셨는데, 어찌 이리 갑자기 돌아가셨는지. 어제 요기 뒷산에 다니러 오셨거든. 운동 삼아 다니러 오셨다고 하며 우리 집에서 차도 드셨단 말이야. 근데 한밤 중에 갑자기 아프다고 해서 병원에 갔는데, 심장마비로 저세상으로 주소를 옮겼다네. 참, 이리 허망한 삶을 어찌 그리 부여잡고 사셨는지. 그 많은 재산을 두고 갈 거면 살아 계시는 동안 좀 잘 쓰시고 가시지, 너무 아끼다 똥 됐어 똥!"

엄마의 슬픔 뒤에 갑자기 나타난 '너무 아끼다 똥 됐어 똥!'이라는 말에 내 입술을 빠져나온 건 풋! 이었다. 영어로 해석하자면? 발일 테고 우리말로 재해석하자면 흔적일 테다. 나는 웃음을 애써 입술 안으로 밀어 넣으며 말했다.

"아니, 무슨 말이 그래요? 슬프다고 시작했으면 슬픔으로 끝나야지, 갑자기 웬 반전이래요? 코미디도 아니고."

"세상 살아봐라. 어디 개그맨들만 개그 하는 줄 아니? 세상 속속들이 들여다봐라. 어디 코미디 아닌 게 있나! 이 골짜기 이름이 열명길이라는 건 알지? 이 열명길이 어디 죽은 사람만 다니냐? 산 사람도 다니잖어. 옛날에는 죽은 사람을 묻으러 이 길을 걷고 걸었겠지만 장례를 치른 후 산 사람도 집으로 되돌아올 때 걷던 길이 이 길이야. 그러니, 산 사람이나 죽은 사람이나 걷는 길은 같은 거여. 그러니 코미디지. 산으로 갈 땐 울면서 가고, 내려올 땐 웃으면서 내려오는 길이니까."

엄마는 말씀을 꼬리처럼 달고 방으로 들어가시더니 곧바로 나오셨다. 신속 정확한 엄마의 손은 장례식장 복장으로 환복 시켰다.

"그래서 나는 기왕이면 이 길이 꽃길이면 좋겠어. 열명길이라는 이름보다는 꽃길, 어때? 길 따라 꽃도 피고 지고, 사람도 피고 지고, 딱 좋잖아? 꽃도 물처럼 흐르듯 피고 지고, 사람도 계곡물처럼 흐르듯 피고 지고. 그래! 이 골짜기에는 꽃도 있고 내도 있으니 꽃내길이 좋겠다."

엄마는 마치 화두 하나를 깨달은 도인처럼 무릎을 딱 치며 일어섰다. 그리고 산길을 내려가셨다.

엄마의 뒷모습을 보며 생각에 잠겼다. 같은 말을 반복하면서 찾은 좋은 말이면서 슬픔이 가득 담긴 말, 꽃내길. 하긴, 옛날에는 이 길을 꽃상여가 다녔을 것이다. 망자가 저승으로 가는 길이기도 하지만, 이승에 남은 사람은 돌아와야 하는 길. 이승에서 꽃처럼 살지 못했어도 저승에서라도 꽃처럼 살라는 기원을 담은 꽃상여. '당신, 이승에서 꽃처럼 불타오르며 잘 살았다.'라고 산 사람이 망자에게 주는 제일 아름다운 꽃가마. 신분의 귀천에 상관없이 꽃이 나부끼던 꽃상여. 꽃상여와 꽃내길이 더 잘 어울리는 것 같다.

누군가의 생이 막을 내리고 또 누군가의 생은 막을 올린다. 나의 이십대가 고지에 오르고 있다. 이제 한 시대도 시간의 언덕을 넘어간다. 나는 창을 닦았다. 서쪽으로 넘어가는 해는 산 능선에서 이제 막 떠오른 조각달을 당기고 있다.

≋ 가족관계유지계약서

1

    김 여사에겐 네 남매가 있다. 딸 둘 아들 둘. 딸 하나 아들 하나 는 결혼했지만 외국에 나가 살고, 딸 하나 아들 하나는 아직 결혼 하지 않았다. 결혼 안 한 두 사람 나이를 합치면 김 여사와 동갑이 다. 자식도 아들딸 구분 없이 둘씩 낳았는데, 어쩌면 결혼도 아들 딸 구분 없이 하나씩만 했을까. 신기하다.

    김 여사는 십여 년 전에 남편을 사별하고 결혼 안 한 자녀들과 함께 살고 있다. 작은딸과 작은아들은 직장생활을 하긴 하는데 작 은딸은 고정된 직장을 다니는 것 같지는 않다. 작은아들은 집에서 가까운 조선소에 다니고 작은딸은 아이들을 가르친다는 말도 있 고 글을 쓴다는 말도 있는데 김 여사는 그녀가 정확히 무엇을 하는 지는 모른다. 동네 사람들은 이 집에서 어떤 일이 일어나는지 정말 궁금해 했다. 그렇다고 남의 집 일에 감 놔라 배 놔라하기 힘든데, 이 동네 사람들은 그런 말도 잘했다. 그 말에 즉각적으로 반응하는 사람은 물론 김 여사였다.

    김 여사에게는 배가 한 척 있다. 그 배는 김 여사가 아이들을 키우는 데 공을 세운 배였다. 자식들이 자랄 때는 남편이 있어서 배를 애지중지했다. 아마 모르긴 몰라도 어촌에 있는 사람들에게 있어 배는 자식보다 우선순위였다. 먹고사는 일이 제일인 그들에게 배는 곧 목숨이나 마찬가지였다. 어떤 사람에겐 자신의 목숨보다 더 우선인 경우도 있었다.

바다에서 끼니를 구하던 시절을 지나온 김 여사에게 남편이 남겨 놓은 배는 귀하디귀한 유품이었다. 그뿐이랴, 외국에 나가 사는 큰아들과 큰딸은 부부가 만든 걸작이 아니던가. 배는 잘난 아들과 딸을 끝까지 뒷바라지하게 해준 공신 중의 공신이었다. 그러므로 그 배를 함부로 한다는 것은 김 여사에겐 있을 수 없는 일이었다. 하지만 외국에 사는 큰아들과 큰딸은 가뭄에 콩 나듯이 한 번씩 전화했고 찾아오는 일은 없었다. 그런데도 자신과 함께 사는 아들딸에겐 그들보다 못한 자식으로 취급했다. 좋은 나무는 장사치에 팔려가고 산을 지키는 건 못난 나무들이 지킨다고 했다. 그 말이 김 여사에게 딱 맞아떨어질 줄은 몰랐다. 그런데도 김 여사는 인정하지 않았다.

남편이 남겨 둔 배 한 척, 그것도 크기나 하면 말을 말 텐데, 조그만 에프아르피 연안 통발이다. 3.9톤짜리. 덤으로 낚싯배 목선 두 척도 있다. 어촌에서는 일명 뗏마라고 하는 것이다. 바다 위에 떠 있는 배들은 움직이지 않으면 쩍*이 그렇게 붙는다. 사람이 거처하지 않는 집에 거미줄이 많고 먼지가 많듯 배도 마찬가지다. 그래서 배는 집을 청소하듯 기계를 돌리듯 늘 관심을 가지고 돌봐줘

---

* 어선의 아래쪽 바깥에 따개비, 굴, 거북손, 홍합 등이 붙어서 자라는 것.

야 하는 것이다. 평생을 바다에서 얻어먹고 살아 온 김 여사에게 이것은 아주 중요한 일이었다.

　김 여사는 남편이 살아 있는 동안 군소리도 많이 들었다. 연안을 한다고 하는, 그러니까 배를 뭍으로 올려서 쩍을 긁어내고 페인트 칠도 하고 수리도 하는 일을 통틀어서 그렇게 불렀다. 연안을 하는 날이면, 남편의 비위를 잘 맞추지 못했다. 시키는 일을 열심히 하는데도 남편의 눈높이를 맞추기는 역부족이었다. 그렇다고 김 여사가 게으름을 피우는 것도 아니다. 그랬음에도 그녀의 손은 늘 늦었다. 그러니 남편의 군소리가 김 여사의 뒤를 강아지처럼 졸졸 따라다니는 것은 당연했다. 김 여사는 그것이 싫어서 짜증을 부리면 남편의 군소리는 으르렁대는 호랑이가 되기 일쑤였다.

　그랬던 김 여사가 작은아들을 잡기 시작했다. 동네 사람들이 연안을 한다고 하면 작은아들을 닦달했다. '우리도 해야 한다. 남들 할 때 안 하면 큰일 난다. 저 위에 사는 작은아버지가 도와준다고 할 때 어서 해야 한다. 배에 대해서 모르면 아는 사람한테 배워서 해야지 혼자 하려다가는 일만 망친다.' 등등.

　회사에 다니는 작은아들 처지에서 보자면 그건 정말 김 여사의 말일 뿐이었다. 회사 마치고 집에 와서 언제 그 일을 하느냐 말이다. 그래서 알겠노라, 이번 주말에 하겠노라고 하면 김 여사의 목청이 높아졌다. 그때가 언젠데? 그녀가 이미 알고 있듯 그때는 주말이다. 하지만 김 여사는 주말을 기다릴 수가 없는 것이다. 왜냐하면 동네 사람들이 모두 연안을 하고 있기 때문이다. 작은아들의 입장을 전혀 고려하지 않는 김 여사의 행동 때문에 작은딸이 덤터기를 쓰기가 일쑤였다.

"엄마, 작은오빠도 회사생활 하는 사람인데 그걸 이해해야지, 오빠한테 억지 부린다고 되는 일이 아니잖아. 그러니 주말에 한다고 하니 기다려요."

이 말에 김 여사 노발대발하며 작은딸을 잡기 시작한다.

"니가 알면 얼마나 안다꼬 니가 날 갈칠라 캐? 모르모 가마이 있어라이, 씨부리지 말고. 내가 하라카모 하모 되지 오데서 지랄이고 어이?"

지랄이라니? 딸에게 이런 말을 한다는 건 거의 남이다. 남에게도 이런 말은 잘못한다. 큰 싸움이 나거나 상대를 제압할 때 쓰는 말이지, 자식에게 이런 말을 날리는 것은 예상 밖이다. 다음 말이 더 가관이다.

"너그가 너그 아부지 죽고 나서 어데, 나를 사람 취급이나 했나? 시키모 한 번을 안 지고 대들고, 이래 하라 카모 안 된다카고, 저래 해라 캐도 안 한다 카고 내 보고 우짜라 카노? 그라모 저 배를 우짤 낀데? 확 불살라 삐까?"

이러한 김 여사를 당할 재간이 없는 작은아들은 담배를 피워 물고 밖으로 나간다. 그리고는 회사 반장에게 전화를 걸어 월차를 냈다. 예전에는 이러한 김 여사가 아니었다. 삶에 찌들고 가난에 부대끼며 살아도 자식들에게 험한 말을 하지 않던 그녀였다. 하지만 남편을 잃고 큰아들과 큰딸의 왕래가 줄어들면서 그녀의 입은 험한 말들로 축대 벽을 쌓았다. 그 축대 벽을 넘어서려 할수록 한집에 사는 작은아들과 작은딸은 거의 초주검을 각오해야 했다. 김 여사가 저렇게 난리를 칠 때 들어주지 않으면 몇날 며칠이고 들들 볶였다. 멸치가 볶이는 건 맛이라도 있지, 사람이 볶인 맛은 정말이지 죽을 맞이다.

잘난 큰아들은 외국계 기업에 취직해서 외국으로만 떠돌다 외국에서 만난 잘난 여자와 결혼해서 외국에서 살고, 또 잘난 큰딸은 외국어를 좀 하더니 외국 남자와 만나서 결혼했다며 어느 날 찾아왔다. 그러니 어중이떠중이라고 몰매 맞던 작은아들과 작은딸이 오롯이 남아서 김 여사를 보필하고 있는 형세다. 그런데도 김 여사는 작은아들과 작은딸을 그리도 구박했다. 뭘 해도 마음에 드는 구석이 없다는 것이 그녀의 말이었지만 동네 사람들은 남은 자식들이 고생한다는 걸 알고 있었다. 하지만 그들도 나이를 먹고 외로워지기 시작했는지 남은 자식들이 웬수라고 하는 김 여사의 말에 장구를 쳤다. 남편 죽고 십여 년이 지났는데도 남은 새끼들 밥 해주느라 고생하는 사람이 김 여사 자신이라고 말한다. 그 말에 처음에는 고개를 젓던 동네 노인들도 다들 장구를 치는데 그 장단이 정말 제 맘대로 장단이었다. 코에 걸면 코걸이요 귀에 걸면 귀걸이라는 말은 근처에도 못 갔다. 어느 날엔 장단이 맞아서 에헤야 디야, 하다가도 어느 날엔 자기들끼리 다툼이 일어나선 며칠이고 말을 안 하기도 했다.

언제부턴가 동네는 여자들만 남기고 환갑이 넘은 남자들을 보내버렸다. 젊은 부부들을 싫어하는지 그들은 밀물에 떠밀려 가는 빈 조가비처럼 동네에 정착하지 못하고 떠밀려나갔다. 젊은 사람들은 그들과 같이 떠밀려가선 돌아오지 않았다. 그래서 동네에 남아 있는 남자들은 아직 어린, 환갑이 안 된 남자들은 이 집에서 부르면 달려가고 저 집에서 부르면 날아가다시피 했다. 그런 탓이었는지 어떤지는 모르겠으나 남자들은 늘 기운이 없었다. 늘 피로감에 지쳐 있었고 얼굴이 새까맣게 타들어 갔다. 바닷사람 얼굴이 까만 게 이상하지는 않지만, 햇볕에 탄 것과 사람에 탄 것은 분명 다르다.

동네도 이런 이상기류를 간파하는지 우울증에 시달렸다. 세상의 모든 것이 음양의 조화가 아니던가. 옛말에 여자들이 많으면 양의 기운을 보충하기 위해서 남근을 닮은 기둥을 세운다는 말이 있지 않던가. 여하튼 동네가 우울한 건 분명했다.

그 동네에 사는 김 여사도 마찬가지였다. 남편이 죽고 나니 이놈의 자식들이 자식이 아니고 웬수다. 웬수도 이런 웬수가 없다. 어릴 때는 나중에 성공하면 어머니 잘 모시고 살겠다던 잘난 큰아들과 큰딸은 코가 어디에 붙었는지도 모르겠고, 못났다고 늘 구박했던 작은 아들과 작은딸은 코딱지처럼 붙어서 밥 해먹이고 빨래해서 바쳐야 하니 웬수도 이런, 아니 상전도 이런 상전이 따로 없다. 아무리 생각해도 뭔가 잘못됐다. 아무려면 그 잘난 아들과 딸이 자신을 버린 것도 아닌데 왜 이렇게도 허전하고 뭔가 뻥 뚫린 것 같은지. 먹어도 먹어도 배가 고프고, 채워도 채워도 채워지지 않는 이 허기가 도대체 뭐란 말인가. 밥을 먹는데 밥이 밥인지 모랜지 알 수도 없고, 입 안에서 돌고 도는 것이 밥알인지 말인지도 모르겠다. 시간이 지날수록 짜증이 늘어난다. 늘어난 짜증을 어디 불쏘시개라도 쓰고 싶지만 젠장, 아궁이도 없다.

세상이 변해서 아궁이 없는 집에 살고 싶다고 했던 시절도 있었건만, 세상이 변해서 다시 아궁이가 그리워질 줄은 꿈에도 몰랐다.

이 집은 또 왜 이리 크고 휑하고 추운가 말이다. 이 터에서 집은 두 번이나 새로 지어졌고 이보다 더 좁은 집에서 자식 넷을 키웠는데 그때도 그 집은 컸다. 하지만 지금 누워 있는 이 집은 그때보다 훨씬 넓고 커졌고 춥다 못해 얼어 죽을 것 같다. 매미가 줄기차게 울고 있는 이 한여름에도 얼어 죽을 것 같은 이 느낌은 도대체 뭐란 말인가.

자식들이 자라서 하나둘 떠날 때는 이제 좀 넓게 살겠다 싶었었는데 막상 떠나고 나니 이 집은 커도 너무 크다. 남아 있는 두 자식이 있어도 저것들이 온종일 집에 있는 것도 아니고 여기가 어디 하숙집인가, 아침에 나가서 저녁에 돌아오면 잠만 잔다. 엄마, 나왔어. 이 말 한마디만 하고 나면 티브이가 김 여사와 대화한다. 티브이가 없었다면 이 적적하고 외롭고 허전한 마음은 어쨌을까 싶다. 저것들 어릴 때 지저귀던 소리가 아득하다 못해 까마득하다. 밥상을 두고 옹기종기 모여앉아 반찬 싸움하던 것들이 다 자라서 제 밥벌이한다고 나가서는 짝도 찾고 가정도 이뤘다. 물론 아직 짝을 못 찾은 것들이 있긴 해도 절반은 성공한 셈이니 불만은 없다. 솔직히 아들들은 장가를 가면 좋겠고 딸들은 시집을 안 가도 상관없다고 생각했다. 이놈의 나라는 어찌 된 게 여자들만 시집살이를 해대는지, 쩝. 이제 세상이 변했으니 뭐가 아쉬워서 남편 뒷바라지에 시댁 눈치 보며 살겠는가 말이다. 그래서 그런지 며느리 보고 싶은 마음은 굴뚝이었다. 진심으로. 그랬더니 김 여사에게는 며느리가 상전이 되는 세상이 되고 말았다. 이런 젠장! 뭔 세상이 이래? 김 여사는 아무래도 시대를 잘못 탔나보다고 생각하며 구시렁거렸다. 이건 너무 억울한 일이다.

밤은 자꾸 짧아지고 낮은 더 길어진다. 눈을 감고 있는 시간보다 눈 떠 있는 시간이 더 기니, 하루가 스물네 시간인지 마흔여덟 시간인지 모르겠다. 나이를 먹으면 잠이 없다고 하더니 정말이다. 젊고 예쁠 때는 그렇게도 잠이 많았다. 김 여사도 쉰을 넘길 때까지는 쏟아지는 잠을 어찌할 수가 없었다. 자도 자도 잠이 부족했다. 이놈의 잠 때문에 남편에게 얼마나 혼이 났는지, 바다에서 그물 직업을 하는 중에 졸다가 물에 빠질 뻔도 했다. 그 바람에 남편에게 안 죽을 만치 맞았다. 그래도 잠이 쏟아졌다. 지금 생각하면 억울하기도 하지만 그 영감탱이 없는 빈자리가 너무 크다. 옛날 어른들 말씀 하나도 틀리지 않다. 나이 먹어봐라, 자식 아무 소용없다. 제 짝 찾아서 떠나면 그뿐이다. 기러기 날아가듯 날아가는 것이 자식이다. 지지고 볶고 살아도 내 짝이 있을 때가 좋은 거다. 아이고, 엄니!

2

어릴 때는 허구한 날 엄마, 엄마 부르던 저 새끼들이 이젠 컸다고 내 캉은 말도 안 섞는다. 세대 차이라 카나 뭐라 카노. 세대가 아이라 네 대라도 말을 해야 알제. 저것들이 내 배 속에서 나와 가내 젖 먹고 내가 해주는 밥 먹고 저만치 큰 것들이, 인자는 뭐라 카더노? 내 인생은 내 끼다 카더나 뭐라 카더노. 아이고야, 저거가 내 덕 안 보고 산 줄 알제? 말 같지도 않은 소리 하지도 말라 캐라. 내 덕에, 아니 우리 영감이랑 내 덕에 니 인생이 니끼 된 기다. 뭘 알고 지껄여야지. 새벽 동이 튼다. 새들의 지저귐이 어찌 저리 맑고 청아 하노? 나도 한때는 목청이 좋았었는데. 노래나 한 곡 뽑아볼까 싶다가도 돈 몇 푼 벌어오는 작은아들 밥상 차릴 시간이다. 이런 염병할!

도대체 밥은 왜 평생을 먹어도 먹어도 안 없어지는가 말이다. 슬프면 슬퍼서 들어가고, 기쁘면 기뻐서 들어가는 것이 밥이네. 이놈의 입을 꿰맨들 살아있는 손이 못 풀 리도 없고. 아이고, 이 년의 팔자. 쑤시는 팔다리를 설렁설렁 끼워 넣고 아들 밥을 차렸더니 이놈의 자식이 서너 숟가락 먹다가 놓으며 하는 말, 입맛이 없어. 아이고, 참 귀가 막히고 코가 막혀서 똥구녕이 막힐 소리 하고 자빠졌네. 그래도 어째? 아침 댓바람부터 군소리할 수도 없고. 저녁에는 반찬을 더 신경 쓰겠노라 일러두고는 홍삼 한 봉지 뜯어서 건넸다. 입맛 없다더니 홍삼 맛은 좋은갑다. 얼른 마시고 후다닥 나간다.

인물로 치자면 제 형 열 명은 거뜬히 넘길 위인인데, 학교 때는 어찌나 공부를 안 하고 쌈박질을 해대던지. 저놈 뒷구녕으로 밀어넣은 돈만 모았어도 집을 서너 채는 샀을 것이다. 아들 뒤통수에다 대고 잘 다녀오라고 하는 이 말은 어찌 그리도 늦는지, 자동차 시동 거는 소리보다 늦다. 아들 발걸음이 빠른 것인지, 김 여사의 입이 느린 것인지 감을 못 잡겠다. 시간이 지날수록 아들의 신발은 걸음보다 빨리 걷고 김 여사의 입술은 주름만큼 깊어서 말도 느리게 한다. 발음이 새서 그런지 김 여사도 자신이 무슨 말을 했는지 모를 때가 있다.

강남에서 돌아온 제비는 저리도 음색이 좋다. 작년보다 더 잘 재잘거린다. 우리 아이들 자랄 때도 저렇게 재잘댔었는데, 이제는 그 재잘거림이 새삼 그립다. 말을 하지 않는 만큼 외롭다는 것을 느 낀다. 어쩌다 드라마를 보다가 흥분해서 대꾸하는 걸 본 작은딸이 김 여사에게 드라마에 푹 빠졌다가 못 빠져나오면 어쩌려고 그러 냐고 핀잔을 주기도 했다. 하긴, 노인당에 가서 여자들끼리 모여서 드라마 이야기하다 보면 나중에 괜히 싸움이 일기도 했다. 꼭 자 기 일처럼 여기고 싸우는 것 보면 쪼맨한 아들 게임 한다고 뭐라고 할 일이 절대 아니다. 김 여사는 드라마 속 여자들의 이름도 잘 못 외우는데 동네 할마이들은 기억도 좋다 싶어서 심통이 나기도 했 다. 노인당에 모인 여자들 대부분은 남편을 잃었고 자식들은 도시 로 나가 산다. 그러다가 무슨 날이다, 하면 수시로 집을 다녀간다. 그녀들이나 김 여사나 타지에 사는 자식들 이야기하다가는 자식들 코가 얼마나 큰지 기억하는 건 이제 까마득해서 자신들의 코만 만 지다 헤어진다. 누가 노인당 밖에서 '엄마'하고 부르는 소리만 나 도 모두가 고개를 문 쪽으로 돌리는 걸 보면 목소리도 내 새끼 것 인지 남의 새끼 것인지도 헷갈린다는 말이겠다. 사는 게 어찌 이리 허점투성인가 싶다가도 지는 해를 바라보면 또 끼니 걱정이 앞선 다. 새끼들 먹일 밥 하러 가야 한다. 그래, 늘 하던 밥이라 하고 늘 먹던 밥이라 먹는데 김 여사는 요즘 도통 입맛이 없다. 똥도 언제 누었는지 기억도 안 난다. 할마이들은 '이거 묵어라, 저기 좋다 카 더라, 병원에는 가 봤나?' 하다못해 배까지 주물러 준다. 하지만 어 쩐지 더부룩하고 소화가 잘 안 되는 것이 영 불쾌하다. 김 여사가 노인당 문을 열고 나오는 뒤통수에 대고 누군가가 말했다.

"밥만 묵지 말고 우리들캉 말도 하모 좋을 낀데, 저거는 맨날 입을 꾹 다물고 있더라. 그래 놓이 자꾸 소화가 안 되는 거 아이가?"

평소 같으면 뭐라도 한소리 하고 나올 김 여사였다. 하지만 김 여사는 왠지 그 말이 맞는 것도 같아서 분명 그녀는 농담했다고 믿었다.

3

은재는 엄마가 해주는 반찬이 맘에 들지 않는다. 어느 날은 짜고 어느 날은 싱거워서 먹지를 못하겠다. 그렇다고 엄마한테 다 큰 딸년이 반찬 투정을 할 수 있는 것도 아니고 해서 오랜만에 마트에 갔다. 시장에서 젓갈 세 종류를 사고 마트에서 장을 봐 갈 생각이다. 평소 먹고 싶던 피자를 샀다. 냉동이라 프랜차이즈 매장보다 맛은 좀 떨어져도 낱개 포장이라 밤참이 생각날 때는 괜찮은 간식거리이다. 먹기도 편하고. 작은딸은 엄마에게 전화했다.

"엄마, 마트데 살 거 있나?"

"없다. 오뎅이나 사 오든가."

"그럼……."

김 여사는 은재의 말을 더 이상 듣지 않고 전화를 끊었다. 늘 이렇다. 마트에 왔다고 전화하면 늘 살 것 없다고 한다. 그래 놓고 집에 가면 마트에 갔으면 대충 알아서 사 왔어야지, 하고 잔소리한다. 어떻게 대충 사냐고 대들었다간 낼 모래면 마흔이나 되는 년이 그런 눈치도 없냐고 성화다. 그 말에는 장단도 없다. 장단 없는 말에 장단 맞추려 하다간 자신이 삐걱댄다는 걸 잘 아는 은재다. 그래서 엄마가 말한 어묵부터 하나 담았다. 그리고 작은오빠한테 전화를 걸었다.

"어, 오빠. 나 지금 마트. 뭐 먹고 싶은 거 없어?"

오빠의 대답도 시원찮다. 그럼, 우리 저녁에 소주나 한잔할까? 은재의 그 말에 못 이기는 척 안줏거리는 내가 주문할게, 하고 순재가 대답했다. 아마도 작은오빠는 안주로 족발을 시킬 것이다. 그는 한 번도 족발 외에 다른 것을 시킨 적이 없다. 그것은 김 여사를 배려해서 그렇다. 김 여사는 뭐든 맛이 없다고 했는데 작은오빠가 사 오는 족발만큼은 맛있다고 했다. 그래서 집에서 술을 마실 때는 늘 족발이었다. 하지만 김 여사는 핀잔을 줬다. 세상에 먹을 게 얼마나 많은 데 허구한 날 족발만 먹느냐는 것이었다. 그래서 순재가 술을 마시는 중간에 나가서 다른 것이라도 사 오면 김 여사는 내 입맛에는 안 맞네, 라며 밀쳐내기 일쑤였다.

김 여사가 족발을 좋아하는 데는 이유가 있다. 성재가 한국에 출장으로 오면서 집에 들른 적이 있다. 두 아들은 오랜만에 술을 한잔했었다. 그날 먹은 안주가 족발이었다. 김 여사는 맛을 알고 그러는 것이 아니라 그리운 큰아들이 먹었던 음식이라서 족발이 좋은 것이다. 순재도 그걸 알고 있다. 하지만 내색은 하지 않는다. 김 여사에게 작은아들인 자신은 늘 부족하고 부끄러운 아들이라는 생각 때문이었다. 은재는 그런 마음을 가지면 불편해서 어떻게 사느냐 그러지 말라고 했지만, 순재는 그뿐이었다. 그나마 자신이 사 온 음식 중에서 큰 군말 없이 드시는 게 족발이라며 그것이면 족하다 했다. 으이구, 등신!

은재는 마흔이 가까워져 가면서 외롭다는 생각이 들기 시작했다. 가끔 친구들을 만나 수다를 떨 때도 그렇고 일을 마치고 퇴근할 때도 그랬다. '작은오빠는 어때?' 하고 물었더니 별생각이 없단다. 그 말이 더 외롭게 들려서 생맥줏집에서 혼자 술을 마신 적도 여러 번 있다. 하지만 그렇다고 달라질 건 없다. 여전히 결혼에 대해서는 생각이 없다. 세상이 아무리 공평하다 해도 한국에서 여자란 아직은 상대적으로 차별받는 존재다. 그렇다고 페미니즘을 지향하거나 페미니스트는 아니다. 한국에서 여성으로 살다 보면 기본적으로 이 정도의 생각은 키워지게 마련이다.

은재는 차를 몰면서 생각했다. 온종일 밖에서 입술이 닳도록 말을 하는데 막상 집에 가면 말을 하는 게 싫다. 엄마가 밥 먹으라고 부르는 소리에 대답하는 것조차 싫어졌다. 생각해보니 엄마와 말을 섞어 본 지가 언제인지 가물거린다. 말하는 재미가 얼마나 좋은지는 친구들을 만나면 알 수 있다. 하지만 근래에 들어 친구들을 만나도 다들 휴대전화만 쳐다볼 뿐이다. 얼굴을 맞대고 목소리로 이야기하는 건 신상이 떴거나 연예계 핫 이슈가 떴을 때뿐이다. 실제로 입이 하는 일이라곤 먹고 마시고 욕할 때 빼곤 의미가 점점 줄어드는 것 같다. 하긴, 엄마만 보아도 그렇잖은가? 아버지가 돌아가시고 나서부터 그녀의 입이 점점 거칠어졌고 급기야 작은 오빠는 엄마와 말도 섞지 않으려고 했다.

우리가 아주 어릴 때 엄마는 자상한 엄마였다. 그녀가 뭔 말을 해도 네 남매는 제비 새끼들처럼 엄마 입에서 나오는 말들을 주워 먹었다. 말에서 향이 나고 단맛이 난다는 걸 그때 알았다. 우리 엄마는 특별한 사람인 줄 알았다. 말을 할 때마다 욕이나 남을 비방하는 말보다, "이쁜 것들, 어찌 이리 예쁜 것들이 내 뱃속에서 다 나왔노?"

물론 그녀가 유독 더 예뻐한 자식은 큰딸과 큰아들이었지만 그래도 엄마는 공평하게 대하려고 노력했다. 늘 그랬지만 은재는 차별이 보였다. 엄마가 늘 입버릇처럼 했던 말이 있다. 말이 씨가 된다. 어떤 말을 하느냐에 따라 내 인생이 달라지는 말이라고 했다. 그 말은 내 인생을 더 이상 비참하게 만드는 일을 하지 말라는 말이었다. 조금 더 자라서는 내가 뱉은 말이 꽃이 되기도 하지만 남을 죽이는 독초가 되기도 한다고 했다. 사람이 자라면 많은 사람을 상대하는데 어떤 상황에서 뱉은 말은 상대방에게 옮겨 가 독초가 되고 어떤 상대방에겐 꽃이 된다고 했다. 그러므로 남들이 화가 나서 하는 말을 넙죽넙죽 받아먹으면 안 된다고 했다. 사춘기에 들어서는 엄마의 그런 말들을 들을 때마다 귀신 씨 나락 까먹는 소리 하다 목구멍에 거미줄 치는 소리 하느냐고 비아냥거린 적도 있었다. 하지만 엄마의 절대적 절규에 가까웠던 말은 절대 상대방에게 험한 말을 하지 말라는 것이었다. 그랬던 엄마의 입에서 욕이 매일 매일 진화한다.

그랬다. 은재가 생각해 봐도 엄마 김 여사와 조용히 앉아 그녀가 들려주는 짠맛, 단맛, 신맛, 매운맛을 귀로 맛본 적이 최근 들어 없다. 한때 엄마는 시간이 날 때마다 돌아가신 아버지 욕을 하거나 할머니 욕을 하면서 인생의 매운맛을 다 뱉어냈었다. 사람살이에서 느낀 그 모멸감으로 치를 떨던 시절을 들으며 그녀의 짠맛도 보았다. 하지만 몇 년의 시간이 흐르는 동안 자식들은 자기 밥그릇

챙기느라 바쁘고 엄마는 그런 자식들 밥그릇 챙기느라 바쁘기만 했다. 엄마가 자식들의 밥그릇을 챙기는 동안 말을 할 수 있는 시간이 점점 줄어든 것이다. 은재는 '어쩌면 엄마는 우리 남매의 말을 먹고 싶은 게 아닐까?' 하는 생각을 잠시 했다.

김 여사는 어느 날 갑자기 네 명의 자식들의 가장이 된 건 아니다. 김 여사의 남편, 그러니까 그들의 아버지는 몇 년을 앓았다. 식도암으로 고생했다. 그 바람에 김 여사와 남아 있는 자식들이 고생을 함께 했다. 이것저것 챙겨야 할 것도 많았고, 수발해야 할 일도 많았다. 외국에 사는 큰오빠나 언니는 마음이야 굴뚝같았겠지만 쉽게 날아오고 날아갈 수 있는 형편이 아니었다. 그 마음은 충분히 이해되면서도 이해하고 싶지 않았다. 순재와 은재의 기준에서 보자면 그들은 부모님의 온갖 사랑을 다 받은 몸들이 아니신가 말이다. 어쩌다 전화하면 '내가 못가니까 돈 좀 보낼게, 병원비에 보태.' 그러고는 금방 끊어버렸다. 아버지는 어떠시냐?, 엄마는 괜찮으시냐? 이런 말은 압축 파일처럼 '얼마의 돈' 안에 모두 포함되어 버렸다. 그러면 모든 것은 다시 부모님과 남아 있는 은재와 순재의 일상에서 돌고 돌았다. 그렇게 돌고 돌던 일상이 드라마 속의 비극처럼 자신들의 거실에 툭 떨어진 건 십년 전이었다.

병원에 입원한 지 석 달 만에 아버지는 집에 가고 싶다고 말씀하셔서 외출을 받아 온 날 저녁이었다. 의사 선생님은 병원에 있는 것이 좋겠다고 했지만, 아버지의 강력한 요구로 집으로 오게 된 것이었다.

사실, 며칠 전부터 의사 선생님은 준비하는 게 좋겠다고 했다.

다른 가족들에게 미리 알려서 주변을 정리하는 걸 돕는 게 좋을 것
이라고 말했다. 은재는 김 여사에게도 일러두었고 작은오빠는 큰
오빠와 언니에게도 연락을 취했다. 그들은 똑같이 아버지가 집에
다니러 가야겠다고 하는 날 오후에 전화했다. 큰오빠는 중국 출장
중이라 이틀 뒤에 출발할 수 있다고 했고, 언니는 이것저것 준비해
서 출발해도 이틀 뒤에 도착한다고 했다. 그때까지만 해도 아버지
는 고르고 편안하게 숨을 쉬고 계셨다. 그들이 그렇게 도착하기로
한 그날은 아버지의 주검이 불 속에서 활활 타고 있었다. 그들의
기억 속 아버지는 십대의 끝자락에 있던 얼굴이었다. 아버지의 시
신은 이미 불타버렸고 남아 있는 영정사진을 보면서 펑펑 울던 언
니의 말이 그랬다. 우리 아버지 많이 늙은 줄도 몰랐다고. 큰오빠
는 별다른 말이 없었다. 예전부터 차가워서 웬만한 일로는 울지도
않았었다. 그래도 아버지가 돌아가셨는데 눈물이 나지 않을까 했
지만 역시 큰 오빠였다.

아버지의 장례식이 끝나고 엄마는 큰아들과 큰딸을 보내기가 힘
들어서 펑펑 울었다. 은재가 볼 때 그들은 이미 외국 사람이었다.
아니, 외쿡 사람이었다. 장례식이 거의 끝날 때 왔던 그들이 돌아
가서 쉬어야 할 곳은, 한국에 있는, 엄마가 사는 집이 아니라 그들
이 사는 그 땅의 집이었다. 그들의 가족들이 있는 집, 그들의 손때
가 묻은 침대에서 이불을 덮고 자는 집, 그들이 원하는 것은 그것
이었다. 큰오빠와 언니는 엄마 혼자 두지 말고 함께 살아야 한다는
당부를 남동생과 막내여동생에게 하고 떠났다. 그러고는 다시 외
쿡 사람이 되었다. 사실 큰 오빠는 외국이라도 홍콩에 살고 있어서
마음만 먹는다면 일년에 서너 번은 올 수 있다. 게다가 본사가 서

울에 있어서 한국으로 발령을 받을 수도 있는데 일부러 그러지 않는 것 같았다. 사실, 아이 키우기는 홍콩이 더 나을 수도 있으니까. 친구들 모임에서 종종 듣는 얘기들이 그런 것이었다. 형편만 된다면 아이들 자랄 때까지 외국에서 살다 왔으면 좋겠다는 말이었다.

큰오빠가 홍콩으로 발령받은 직후에 가족들 모두 여행 삼아 간 적이 있다. 진짜 여행객이었다. 큰오빠 집에서 일주일 동안 있었는데 집에서 식사를 한 건 가는 첫날과 오는 마지막 날 점심이 전부였다. 엄마와 아버지는 피곤해 했지만, 아들 내외가 마련한 관광을 거부할 힘이 없었고, 작은오빠와 막냇동생인 은재는 잘난 형제 덕분에 해외여행을 하는 중이니 할 말을 참아야 했다. 큰오빠 집에서 돌아온 후 엄마와 아버지는 사흘 동안 병원에 입원했었다. 그 뒤 큰오빠가 두 번 더 초대했으나 은재와 순재는 바쁘다는 이유로 가지 않았다. 부모님은 배가 걱정이라 못 간다고 했지만, 사실은 먹는 것과 이미 외국말을 쓰기 시작한 손자들과의 대화가 불편해서 못 가는 것이었다.

큰오빠와 언니가 자신들의 삶터로 돌아가고 난 뒤 엄마는 더욱 폭군이 되었다. 동네 사람들의 말에 뭐든 수긍하고 따르려고 했다. 작은아들 순재와 은재의 말은 수시로 무시되었다.

"엄마, 뙤약볕에 나가서 밭일하는 건 위험하니 해가 넘어갈 때 잠시만 하고 돌아와. 응?"

"밭에 가더라도 전화기를 꼭 가져가고, 물도 챙기고 뭐든 먹고 가야 해. 알았제?"

순재와 은재의 말은 항상 하얀 눈 속의 백지였다. 아무런 효과가 없었다.

어느 날이었다. 한여름이었고 작은오빠는 일주일간의 여름휴가를 받았다. 친구들과 동해로 가나 어디로 가나하고 머리를 맞대고 즐겼다. 그렇게 해서 제주도로 휴가 계획을 잡았었다. 작은오빠가 유일하게 만나는 친구들이 고등학교 동창생 다섯 명이 꾸려나가는 계모임 하나다. 여름휴가를 손꼽아 기다렸던 그가 휴가를 못 가게 되었다. 바로 엄마 때문이었다. 친구들에게 미안하다고 말하고 십만원을 찬조로 보내고 예매했던 비행기 표를 취소하고 야단법석을 떨었다. 엄마가 여행을 반대한 이유는 간단했다. 밭에 물 줘야 한다는 것이었다. 밭에 물을 대는 일이 온종일 하는 일도 아니고, 밭에 이미 갖다 놓은 물통에 물은 가득했다. 작은오빠는 휴가를 가기 위해 물도 채워 놓았고, 비도 사흘 동안 내렸다. 밭에 물을 댄다는 말은 이유가 될 수 없었다. 하지만 엄마는 막무가내였다. 휴가를 받았으면 부모를 먼저 챙겨야지, 친구들과 놀러 갈 생각만 하는 게 맞느냐? 이것이 주된 이유였다. 한 마디로 아들이 자신을 먼저 챙겨주지 않아서 기분이 나빠서 그런 것이었다.

작은오빠의 처지에서 보자면 일주일 동안 열심히 일하고 쉬는 주말마다 약속 하나 못 잡고 뱃일이며 밭일을 도와주었다. 어쩌다 저녁에 약속을 잡아 나가는 것이 그가 유일하게 집 밖으로 나가는 방법이었다. 그리고 여름휴가는 두 달 전부터 친구들과 제주도에 가기로 했다고 말을 했었다. 은재의 조언을 얻어서 수시로, 정말 귀에 딱지가 붙어서 화석이 될 정도로 엄마에게 말했다. 그때마다 엄마는 그랬다.

"그래, 너도 고생하는데 휴가는 다녀 와야지."

작은오빠는 솔직히 의아해 하면서도 내심 좋아하고 있었다. 그랬었는데 휴가 가기 삼일 전부터 휴가는 무슨 휴가냐, 돈도 없는 놈이 호사란 호사는 다 부리고 살다가 언제 돈 모아서 장가를 가느냐고 핀잔을 주기 시작하더니 아침저녁으로 그 말을 리드미컬하게 했다. 탱탱하던 고무줄도 잡아당기는 힘에 어쩔 수 없이 긴장감을 놓아 버리듯 작은오빠는 휴가를 포기했다. 더 기가 막힌 건, 아버지 돌아가시고 큰아들 큰딸도 없는 이 집의 빈자리를 어쩌라고 그러냐는 것이었다. 그건 작은오빠의 잘못이 아니었다. 게다가 다른 집사람들은 자식들이 모두 휴가라고 와서는 뱃일이며 밭일 거들어 준다더라. 그런데 집구석에서 밥 얻어먹고 다니는 놈이 그런 것도 안 보고 안 듣고 다니느냐며 짜증을 부렸다. 그때부터 작은 오빠는 집에서 말을 아꼈다. 엄마와 밥을 먹는 일도 줄었고 얼굴을 마주 보는 것도 싫어졌으며, 엄마의 짜증 섞인 목소리를 들으면 호흡 곤란을 일으킬 정도였다.

은재도 마찬가지였다. 어쩌다 큰오빠와 언니의 소식이 뜸하면 엄마는 은재에게 화를 내고 짜증을 부렸다. 툭하면 아파서 곧 죽겠다고 말했다. 밥상을 차려줘도 입맛이 없어서 못 먹겠다는 둥, 늙으면 죽어야지 살아서 뭐 하느냐는 둥 갖은 악담을 했다. 자기에게 가하는 악담은 결과적으로 은재와 작은오빠에게 날아오는 비수였다. 솔직히 멀리 있는 자식들이 이런 사정을 알 리는 없다. 은재가 큰오빠와 언니에게 연락해서 귀띔을 해줘서 연락이 오거나 은재가 대신 연락해서 통화가 된 날이면 괜찮았다. 하지만 그게 여의찮아

통화가 안 된 날은 더욱 신경질을 부렸다. 은재가 출근해서 일하는 동안 십분이 멀다고 전화를 해댔다. 집에 가면 지난번에 언니가 사다주고 간 옷이 안 보인다는 것이었다. 그걸 입고 어디 갈 거냐고 물으면 갈 데도 없단다. 그냥 안 보여서 찾아달라고 한 것이란다. 퇴근해서 찾아도 되는 일로 왜 그렇게 사람을 들들 볶아서 일을 못하게 하느냐고 짜증을 부리면 엄마의 입술에서 험한 말이 자동으로 생산되었다. 은재는 엄마의 이런 성향 때문에 프리랜서로 전향했다.

윤재는 직업을 가지고 있고 아이들이 어려서 이것저것 챙길 것이 많다. 윤재의 입장에서도 보자면 엄마가 걱정되는 게 당연하다. 그렇다고 자신이 그곳의 생활을 다 접고 올 수 있는 것도 아닌 데다, 친정이란 것이 편안해야 하는데 그렇지 않다는 것도 은재는 잘 안다. 이미 그녀와 큰오빠는 아버지 돌아가시고 첫 기일을 보내러 집에 왔을 때 엄마의 다른 면을 보고 말았다. 입은 험해져서 말끝마다 욕을 달고 있었다. 젊었을 때는 자주 웃던 사람이 이제는 인상을 찡그리고 순재와 은재를 함부로 대하는 걸 보았다. 엄마의 행동은 상식을 넘어섰다.

밥을 먹을 때 밥그릇을 바닥에 내려놓고 먹거나 국을 뜨고 남은 냄비에다 밥과 반찬을 섞어서 먹었다. 큰오빠와 언니가 왔던 그때도 바닥에 놓고 먹었다. 걸레로 바닥을 훔치고 그 걸레로 자기의 입을 닦는 것을 보고 윤재는 기겁했다. 성재가 화를 내고 소리를 지른 것도 당연했다. 엄마의 그런 행동으로 인해 피해를 본 건 당연히 순재와 은재였다. 이미 반은 외국인이 된 성재와 윤재는 번갈아 가며 엄마의 행동에 대한 책임을 둘에게 물었다. 엄마의 저러한 행동들은 두 사람의 세심한 배려가 없어서 그렇다는 말로 결론을 끌어갔지만, 순재와 은재는 억울했다. 그것이 어째서 그 둘만의 잘못이며 그 책임을 그 둘이 다 져야 한단 말인가! 그날 네 남매는 서로 할 소리 못할 소리 다해가며 싸웠다. 물론 엄마는 울고불고 난리였다. 그 뒤로 성재와 윤재는 엄마와의 통화뿐 아니라 동생들의 전화도 꺼렸다.

4

김 여사는 남편을 잃고 난 뒤부터 거의 말할 상대가 없어졌다. 동네 할마이들은 가까이 사는 딸이나 아들 내외가 찾아와서 노인당에 못 오는 일이 허다했다. 김 여사는 만날 뭐 하러 오노? 저거 어마이 주머니 털러 오나? 이런 심보로 말하는 다른 할마이들 장단 맞추는 재미도 이젠 지겨워졌다. 그래도 부러운 건 사실이었다. 김 여사의 자식들이 어릴 때는 온 동네의 자랑이었다. 자식 잘 둔 덕에 한나절이 멀다 하고 인사를 받느라 고개가 아플 지경이었다. 누구는 개천에서 용 난다고 했지만 진짜 큰 용은 바다에서 난다는 농담이 돌 정도였다. 그런 으쓱함이 사라진 지 이미 오래다. 어느 날인가는 '자식 잘 나모 뭐 하노? 얼굴 보기가 장마철 하늘의 별보다 더 못하는데.' 하는 말에 욱해서 싸움이 날 뻔했다. 김 여사는 괜히 자기 말인 줄 알고 욱했던 것인데, 사실 그 말은 드라마 속 주인공의 엄마가 한 말을 그대로 따라 한 말이었다. 그것도 모르고 애

먼 자기 자식들 나무라는 줄로 오해했다.

하긴, 생각해보면 노인당에서 그 할마이가 혼자 되새긴 말이 꼭 틀린 말은 아니다. 잘난 놈들은 모두 제 살길 찾아서 멀리 떠나고 못난 놈들은 집에서 가까운 데 있다. 젊을 때는 잘 난 자식이 무척 좋았다. 지금도 그렇다. 하지만 이렇게 못 보고 살줄은 몰랐다. 일년 삼백예순다섯 날 중에서 엄마 볼 시간이 한 달은 되지 않겠나 생각했다가 큰코다친 셈이다. 힌 달은 무슨 한 딜, 하루도 감사할 일이다. 그러다 보니 곁에서 챙겨주는 자식들한테 자꾸 험한 말을 한다. 처음에는 남편 잃고 혼자 된 엄마 위로한다고 좋은 곳에 가자며 자주 밖으로도 나갔다. 소풍? 그 머시라 카더라…… 그래, 캠핑. 그것도 몇 번 갔었다. 하지만 그때마다 죽은 영감 생각이 나고 외국에 나간 자식들이 보고 싶어서 짜증이 났다. 2박 3일 여정으로 갔다가 하루 만에 돌아온 적도 있고, 제주도에 일주일 있을 거라고 갔다가 배 핑계를 대고 겨우 3일을 보내고 온 적도 있다. 든 자리는 몰라도 난 자리는 안다고, 영감하나 없는 게 어찌나 큰지. 살아있을 때는 말도 섞기 싫던 영감, 그림자만 봐도 짜증이 나고 목소리만 들어도 속에 불화가 치밀어서 냉수라도 마시지 않으면 숨넘어갈 듯했던 영감이다. 화가 나면 '나는 당신보다 오래, 오래 살끼다. 그래서 나 혼자서도 잘 먹고 잘 살끼다. 이 영감탱이야!' 그렇게 소리를 지르며 영감에게 대들었었다. 그가 죽고 나면 속이 후련할 줄 알았다. 숨도 잘 쉬고 자고 싶은 잠도 편히 잘 줄 알았다. 영감이 죽고 난 뒤 몇 년은 영감 흉보느라고 세월 가는 줄 몰랐다. 이제 내 세상이다 싶으니 그토록 밉고 밉던 영감이 보고 싶다. 시간이 지날수록 영감이 그립다. 성질부리고 언성을 높이며 고래

고래 소리 질렀어도 말 걸어주고 어깨 주물러주던 사람이 그 영감 탱이 아니었나.

저것들은 모를 것이다. 말을 걸어준다는 게 얼마나 큰일인지. 생각해보니 김 여사는 자신이 그 유행하는 왕따 같다는 생각이 들었다. 아무리 말을 걸어도 말을 받아주지 않는 자식들이 둘이나 있다. 옛날에는 저것들이 엄마! 하고 불렀을 때 '응' 하고 대답 안 하면 신경질을 부렸었다. 대답이 늦으면 늦다고 신경질이요, 큰 소리로 대답하면 큰 소리 낸다고 신경질이요, 못 들어서 대답을 못하면 자신들에게 관심이 없어서 그렇다고 신경질을 냈다. 이제는 김 여사가 그 일을 한다. 그래도 작은아들과 작은딸은 귓등으로 밀어내고 하품으로 불어버린다. 이렇게 몰려드는 공허함을 남기고 일찍 죽은 영감이 무척 얄밉다. 정말 옆에 있으면 때려죽이고 싶다.

5

은재는 잔소리가 부쩍 늘어난 엄마에게 '나이가 들수록 입은 닫고 지갑은 열라고 했어.'라고 훈수를 놓다가 도리어 욕바가지에 빠지곤 했다. 욕바가지에는 욕만 있는 게 아니었다. 상처도 있고 눈물도 있고 원망도 있었다. 그걸 씻어 내리는 건 작은 오빠 몫이었다. 성격이 좋은 건지 생각이 없어서 그런 건지 알 수는 없었지만, 은재는 그런 작은오빠가 고마웠다. 늘 큰오빠와 비교 대상이 되었지만 지금 엄마 옆에 있는 사람은 당연히 작은오빠니까 더 잘난 아들이라고 엄마에게 말했다가 본전도 못 찾기가 일쑤였다. 그렇지만 은재는 늘 작은오빠 편을 들고 있다.

엄마는 어느 날 갑자기 가장이 된 것은 아니었지만 막강한 권력을 지니게 된 것은 사실이다. 시집오기 전에는 할아버지의 권력 아래에 있었고, 결혼해서는 남편과 시어머니의 양대 권력에 짓눌려 살았다. 이 권력이 조용하면 저 권력이 으르렁거렸고, 저 권력이 순한 날이면 이 권력이 용심을 부렸다. 어느 권력에 장단을 맞춰야 수명이 길어질까를 고민해야 하는 것이 시댁이 있는 여자의 운명이었다. 게다가 잘난 아들과 딸이 하나씩 있었지 않은가! 그 둘의 비위를 맞추는 것도 양대 권력만큼이나 치열하고 복잡한 것이었다. 그 틈바구니에서 살아남기 위해 어쩔 수 없이 간신이 되어야 했던 그녀가 어느 날, 애들 말로 우주최강 막강 파워 아이언맨이 된 것이다. 쥐구멍에도 볕 들 날이 있다고 했지만, 엄마의 인생에 이런 횡재가 있을 줄은 상상도 못했던 것이었다. 반전도 이런 반전이 없다. 잘난 아들과 딸은 외국에 나가 살고, 이제 눈치 볼 사람이 어디 있냐 말이다. 중국의 진시황이 부러우랴, 로마의 네로가 부러우랴! 곁에 있어봤자 맹물인 작은아들과 작은딸뿐이지 않은가. 이보다 더 좋을 순 없다! 엄마의 처지에선 그랬지만 순재와 은재의 입장에서는 그게 지옥문과 같았다. 그들에겐 달라진 게 하나도 없다. 다만 최강 권력을 자랑하던 아버지에서 서태후에 버금가는 엄마로 바뀌었다는 것뿐이었다. 엄마에게 권력이란 아이에게 쥐여준 검과 같은 것이었다. 비록 집 안에서만 유효한 것이긴 했지만 걸리면 가차 없이 욕바가지에 맹렬한 비난과 모욕을 덤터기로 씌우기에는 아주 유용했다. 엄마의 처지에서 작은아들을 후려치기는 남편이 남겨준 배가 안성맞춤이었고, 작은딸을 잡기에는 언니라는 그물망이 적격이었다. 둘은 그렇게 엄마의 통치를 받게 되었다.

하지만 이러한 김 여사의 통치 방법이 늘 효과를 나타낸 건 아니었다. 작은딸은 눈치가 백단이라서 언니라는 그물망을 잘 빠져나갔다. 그래서 김 여사는 은재가 무방비 상태일 때 언니라는 촘촘한 그물을 다시 던져야 효과를 톡톡히 볼 수 있었다. 예를 들면 자고 있을 때, 프리랜선가 뭔가 한다고 글 쓰고 있을 때, 인터뷰한다면서 사진 찍으러 가기 이틀 전에는 그야말로 작은딸이라는 대어를 낚기에 아주 좋은 조건이었다. 이런 날은 백전백승이었다. 그럴 때는 인심 쓰듯 김 여사가 언니라는 그물을 걷어주었다. 그러면 은재는 온순해져서 김 여사의 권력에 무릎을 꿇었다.

그런 생활을 몇 년 해보니 이것도 재미없다. 권력이라는 게 힘만으로도 되는 게 아니다. 동네 할마이들이 하는 거로 봐서는 김 여사만 한 권력자가 없다. 그런데도 김 여사는 영 심드렁하니 재미가 없는 것이다. 요즘은 작은아들도 김 여사의 말을 잘 듣지 않는다. 회사 일이 바빠서 집에도 자주 못 온다. 이건 좋은 일이 분명하다. 다른 집 자식들은 일자리를 잃었네, 좀 있으면 감원 한다 어쩐다고 하면서 윗사람들 눈치 본다고 하는데, 그나마 김 여사의 작은아들은 낫지 않은가 말이다.

"굼벵이도 구르는 재주가 있다 카더니 너그 작은오래비 말 인갑다."

하고 말했다가 고막 터지는 줄 알았다. 작은딸이 어찌나 '엄마!'를 크게 불렀는지. 왜 작은 오빠를 그렇게 무시하냐고 고래고래 소리를 질렀다. 고래 싸움에 새우 등 터진다는 말은 들어봤어도 새우호통에 고래 등 터지는 소리는 못 들어봤는데 저년이 그럴 모양이다.

"옴마야, 지 오래비 편을 다 든다. 얄궂어라. 너그가 언제부터 그리 친했더노?"

작은딸은 눈을 있는 대로 흘기더니 방문을 쾅 닫고 나가버린다.

"저 가시나가 밥을 두 그릇이나 처 묵더마는 힘이 뻗치는 갑네!"

말을 그렇게 하고 보니 좀 미안하기는 하다. 솔직히 작은아들과 작은딸은 동병상련이라고 어릴 때부터 살갑게 잘 지냈다. 둘이는 요즘도 잘 지낸다. 김 여사와 말을 잘 안 해서 밉상이라 그렇지, 둘이 하는 말 들어보면 마음이 따뜻하다. 잘난 형과 언니 때문에 무릎을 접는 줄만 알았지 펴는 줄을 몰랐던 그들이다. 그런 아들과 딸이 늘 안쓰러운데 김 여사의 말은 험하기 이를 데가 없다.

어버이날은 어버이날이라고 용돈 주고, 생일 때는 생일이라고 상 차려주고, 김 여사 형제들 계모임 한다면 용돈을 주는 자식들은 작은아들과 작은딸이다. 잘난 큰아들과 큰딸은 외국에 산다고 일년에 한두 번 찾아오면 다행이다. 한 번은 김 여사가 하도 투덜거리니 작은아들이 저 형한테 전화를 해주었다. 국제전화하면 전화세 많이 나온다고 했더니 카카오톡인가 뭔가가 있단다. 그걸로 하면 공짜라 했다. 이런 것도 있는 좋은 세상에 사는데 어째서 전화 한 통 없냐고 큰아들에게 투덜거렸다가 바쁘다는 말만 듣고 말았다. 작은아들은 몇 번이고 신신당부하면서 한 번 더 연결해줬다. 그 덕에 욕은 작은아들이 바지게로 듣고 김 여사는 큰아들 목소리를 들어서 기분이 좋았다. 욕을 바지게로 들은 작은아들은 배알도 좋다. 형이 원래 그런 사람이 아닌데 요새 아주 바빠서 그런 것 같다고, 엄마가 이해하라며 다독인다. 마음 씀씀이로 따지자면 작은

아들이 큰아들보다 훨씬 낫다. 어릴 때부터 그랬다. 이런 작은아들도 장가만 가면 되는데, 연애할 생각도 없다. 왜 그러냐고 물어도 그냥 웃는다.

한 번은 너무 속이 상해서 작은딸에게 물었더니, 오래 연애한 여자가 있었는데 큰오빠 결혼하는 해에 세상을 달리했다고 했다. 7년을 만났었는데 가족들과 여행을 갔다가 교통사고를 당했다고 했다. 작은딸이 여러 사람을 소개해줬는데도 마다했다고 했다. 그런 면에서 작은아들을 많이 알지 못한다는 사실과 작은아들이 품은 상처가 뭔지 궁금하지도 않았던 자신이 미안했다. 하지만 김 여사는 그래도 자랑스러운 큰아들이 더 좋았다. 지금도 그렇다.

국제전화를 해도 전화세가 안 나오는 방법이 있다고 하니까 큰딸과도 통화를 하고 싶었다. 작은딸에게 말해서 한 번 연결해달라고 했다. 저쪽은 우리와 계절이 다르다나 뭐라나, 하면서 시간을 보고 해야 한다고 했다. 어찌어찌하여 연락했더니 큰 딸년 하는 말이 '엄마, 별일 없지? 용돈 보내드릴게.' 요라고 끊는다. 미친년. 내가 용돈 바라고 전화했을까 봐? 안부나 묻자고 전화했다가 기분이 상한 김 여사를 다독이며 비위를 제대로 맞춰주는 건 작은딸이다. 그래도 이 작은 딸은 자기가 미안한 일도 아닐 텐데 그날 저녁 외식도 하고 원피스도 한 벌 사주며 영화도 보여줬다. 요렇듯 인정이 많은 작은 딸은 시집만 가면 좋은데 시집을 안 가겠단다. 늙어봐라, 이것아! 혼자 사는 게 얼마나 외로운 줄 네가 몰라서 그렇지. 이 말은 작은딸에게만 하는 소리가 아니었다.

김 여사는 시간이 지날수록 티브이를 보는 시간이 길어졌다. 그리고 혼자 있는 시간도 덩달아 길어졌다. 노인당에 가봐야 만날 보는 할마이들뿐이고, 자식 자랑하느라 바쁜 그이들 얼굴 쳐다보고 웃어주는 것도 지겹다. 요즘은 작은딸도 일이 많아져서 바쁘다고 늦다. 어떤 날은 출장 간다면서 옷을 바리바리 싸들고 가더니 보름이나 지나서 왔다. 얼굴은 푸석하니 볼꼴이 사나운데 엄마 주려고 샀다면서 스카프를 내밀었다. 다음에 이모들 만나면 이거하고 가라고 하면서.

"돈이 처 남아도나? 이런 거 없으모 어데 너그 이모들 못 만나나?"

이렇게 소리를 질러도 작은딸은

"엄마가 예뻐 보이면 좋지 뭐."

할 뿐이다. 작은딸이 자기 방으로 돌아가고 난 뒤 스카프를 목에 매어보니 제법 잘 어울린다. 그냥 고맙다고 하면 그만인 것을 꼭 잔소리했다. 이놈의 입이 매를 번다, 하면서 자기의 입을 때렸다. 작은딸이 섭섭할 텐데 싶다가도 에라 모르겠다, 하고 김 여사는 방에 벌렁 누웠다. 김 여사는 전화기를 들고 시내에 사는 작은 동생에게 전화했다. 우리 작은딸이 스카프를 사왔다. 언니야, 그거 자랑할라고 이 늦은 시간에 전화를 다 했나? 김 여사는 그 말에 냉큼 웃음으로 보답하며 전화를 끊는다. 이런 김 여사의 목소리를 들으면서 작은딸은 고개를 절레절레 저었다. 역시, 우리의 김 여사!

6

어느 무더운 날 은재는 원고를 만지다가 이웃집 태준이 엄마와 엄마가 이야기하는 소리를 들었다. 조금 열어둔 창문으로 그녀들의 이야기가 들려왔다. 처음엔 그냥 들었지만, 나중에는 녹화했다. 태준이네 집과 그들의 집은 골목 하나 차이였지만 두 사람이 그늘진 곳이라며 골목에 나와서 이야기를 나누고 있었다.

"성재야, 니는 작은딸이랑 작은아들이 같이 살아서 좋제?"

"좋기는 뭐가 좋노? 만날 천 날 밥 해다 바친다고 디 죽겠다."

"아이고, 그래 싸도 혼자 있는 것보다는 낫다. 내 봐라. 혼자 있으모 죽는지 사는지도 모른다. 그래도 자식이 옆에 있으모 방문은 열어 본다 아이가?"

"말 같지도 않은 소리 마라. 자식이 같이 살모 뭐 하노. 말을 섞어야 식구제. 온종일 밖에 나가서 일하고 오는 아들이 저녁에 집에서 말이나 하는 줄 아나? 밥 차려주모 '잘 묵었게요.' 다 묵고 나모 '잘 묵었어요.' 이 말이 전부다."

"하기는 그렇다 그쟈? 저거도 저거 입에 풀칠하기 바빠서 입에서 단내가 날 때까지 밖에서 떠들고 올 낀데 집에 오모 말이나 하고 싶겠나?"

"하모. 그렇긴 하지. 그래도 아들 어릴 때가 좋았다. 아들이 재잘재잘 대던 시절에는 나도 살아있는 것 같았고, 몬 살아도 집이 뜨시고 배부르고 그랬다 아이가? 요새는 먹을 기 천지빼까린데도 우째 이래 입맛도 없고 먹을 기 하나도 없는 고 모르겠다."

"그래. 나이가 들모 말할 사람이 없어서 더 외롭지. 안 그렇나? 자식들이 용돈 보내주는 것도 고맙지만은 그래도 얼굴 보고 이야기해주는 기 더 고맙더라 아이가?"

"태준아, 니만 독거노인이 아이다. 아들하고 말 한마디 안 하고 보내는 날이 많은 나도 독거노인이다. 독거노인 독거노인 해싸도 혼자만 산다고 독거노인이 아이다 이 말이다, 내 말이."

"맞다. 니 말이 맞다. 나이 들었다꼬 말도 안 붙이는 새끼들이 집 지키는 강새이 보고는 웃는다. 입도 맞추고. 우리가 집 지키는 강세이보다 못하다는 생각도 들고……."

그 말에 엄마가 신경질을 부렸지만 태준 엄마의 말에 동의하는 듯했다.

"아이고 문딩아! 아무라모, 우리가 집 지키는 강새이 보다 못 하겠나? 그래도 저거 에민데! 우리가 반찬을 만들어도 한 가지만 해서 되더나? 따지고 보모 사람 사는 거나 밥상 차리는 거나 같다. 섞일 건 섞이고 주무를 건 주물러야 맛이 생기는 기라."

태준이 엄마도 그런 생각인지 고개를 끄덕였다. 김 여사가 잠시 발치에 핀 괭이밥을 바라보다 말했다.

"있제, 태준아. 거 머시라카노? 와 가족이라는 걸 증명할라카모 동사무소서 떼야 하는 거 있다 아이가. 아이다. 우리가 방을 얻으모 계약서를 쓴다 아이가. 그거 맨치로 우리도 새끼들하고 가족계약서를 써야 하는 거 아인가 몰라."

"니 말은 우리가 가족인께로 서로가 이래이래 노력 할꺼마 하고 계약서를 쓴다 이 말이가?"

"그렇지. '가족관계유지계약서'라고 제목을 정해가, 1. 한 달에 한 번은 얼굴 보게 해준다. 2. 몬해도 일주일에 한 번은 전화해서 안부를 묻는다. 머, 요래 쓰모 안 되겠나?"

"성재야, 니 제법 머리 쓴다. 문딩아. 그래도 한 달에 한 번을 우째 오노 바쁜 아들이 와 지나?"

"오기는 멀 오노? 요새 전화로도 얼굴 볼 수 있더마는."

"하기는 그렇다 그제?"

은재는 곰곰이 생각해봤다. 정말 독거노인이 혼자 사는 사람만 독거노인인가 하는 것에 대해서. 얼마 전에 시어머니와 함께 사는 경숙 언니를 우연히 만났다. 시내 커피숍에서 인터뷰를 마치고 나가는 길이었다. 경숙 언니와 이런저런 이야기를 나누다 들었던 말이 생각났다.

"언니는 시어머니와 사는 게 불편하지 않으세요?"

"불편하지."

"뭐가 젤 불편하세요?"

"지나간 이야기하실 때. 당신 젊은 날 고생하신 얘기. 그거 남자가 군대 다녀온 얘기 하는 것과 같은 거야. 옆에 앉아 있으면 한 얘기 또 하고 또 하고. 그래서 애들이 할머니랑 같이 티브이 보기 싫다고 해."

"언니도 일하시잖아요. 그럼 낮에는 할머니 혼자 계시겠네?"

"그렇지. 늘 혼자 계시지. 집안일을 거들어주시니까 나는 편한데, 아이들은 좀 불편하겠지. 그래도 우리 작은딸이 붙임성이 좋아서 우리 어머니 말벗은 잘해줘. 그 애 아니면 우리 식구들 다 귀마개하고 다녀야 할 걸?"

하면서 웃었다.

"낮에 말할 사람이 없어서 그러신가 보다. 온종일 사람이 없다가 오니까 반가워서 그러신 거 아닌가 싶네요."

그녀는 고개를 끄덕이긴 했지만, 대답은 생각 밖이었다.

"그렇긴 한데, 우리랑 사는 것만으로도 어머닌 고맙게 생각하셔야지. 어떻게 말벗까지 바라서? 나도 어머니랑 얘기하기 싫어서 저녁에는 운동 다녀. 시어머니 시시콜콜한 이야기 듣는 것보단 그게 더 낫지 뭐. 함께 사는 것도 불편한데 어떻게 그 많은 이야기에 박자 맞추고 장단 맞추니? 그냥 서로 편하게, 편하게 간섭 안 하고 사는 거지 뭐."

그 말이 떠올랐다. 그럴 수도 있겠다. 엄마도 짜증을 자주 부리는 게 제발 말 좀 섞어가면서 살자는 말일 수도 있겠다. 옛날처럼 밖에만 나갔다 오면 미주알고주알 일러주던 아이들이었다. 그랬던 아이들이 자라서 이제는 고개만 끄덕하고 입을 닫아버리니 집의 고요와 적막함이 그대로 엄마에게 남을 터였다. 며느리도 아니고, 아니 며느리라 하더라도 말벗까지를 바라는 게 염치없는 일이 되어서는 안 된다는 생각이 들었다. 어쨌든 우리도 늙지 않는가 말이다. 늙는다는 건 물리적으로도 어찌 할 수 있는 일이 아닌 건 분명하니까.

은재는 시간이 날 때마다 엄마의 모습을 휴대전화로 찍어서 단톡방에 올렸다. 이 단톡방에는 엄마만 못 들어온다. 스마트폰을 사줬더니 쓰기 불편하다며 알뜰폰으로 바꿔 달라고 해서 바꿨다. 알뜰폰으로도 카톡은 할 수 있지만 알려줘도 매번 잊어버려서 그냥 일반전화처럼 사용한다. 처음엔 시간이 남아도느냐는 윤재와 성재의 반응이 나중에는 은근히 기다리는 눈치였다. 한 번은 엄마가 김치를 담그는 모습을 동영상으로 찍었다. 엄마는 솔직히 음식을 잘하지는 못한다. 맛도 맛이지만 들어가는 재료도 늘 바뀐다. 무슨 맛인지는 모르겠지만 얼마나 열심히 하는지. 열심히 하는 모습과 색으로만 봤을 땐 명인의 작품과 다를 바 없다. 하지만 늘 맛이 없었다. 변함이 없는 엄마의 손맛은 이미 돌아가신 아버지도 인정하신 맛이다. 그 영상을 단톡방에 올리면 큰오빠와 언니의 반응이 놀라웠다. 외국에서 살면 보통은 '엄마가 해주는 밥 좀 먹었으면 좋겠다.'라는 반응을 보이는 게 당연할 테다. 하지만 이 둘은 'ㅜㅜ'를 보내왔다. 더 이상 말 시키지 말라는 말이다. 은재가 웃음 이모티콘을 날리며 답을 보냈다. 이런 영상 자주 받기 싫으면 엄마한테 전화 자주 해. 얼마 뒤 둘은 'OK'라는 손 모양 이모티콘을 보내왔다. 참, 이런 인정머리 없는 것들. 은재는 한숨을 쉬며 고개를 흔들지만, 자신도 엄마가 해주는 반찬은 생각만 해도 입맛이 떨어지는 건 어쩔 수 없었다. 그런 엄마도 잘하는 게 하나 있는데 갯장어국이다. 갯장어국만큼은 아무도 못 따라온다. 어디 가서도 그런 맛을 본 적이 없다. 그것 하나만큼은 인정한다. 그러면서 엄마가 말할 상대가 없어서 외로워하는 것 같다고 말했다. 태준이 엄마와 나누던 대화의 동영상을 올렸다. 한동안 댓글이 없었다.

7

한여름 더위가 한창일 때 엄마는 은재에게 갯장어를 사오라고 했다. 무슨 일인가 했다. 엄마가 갯장어를 사오라고 하는 날은 큰오빠 생일이거나 엄마 형제들 계모임일 때뿐이었다. 은재가 어쩐 일이냐고 물었더니 요즘 날씨도 덥고 하니 한번 해 먹자는 게 엄마의 말이었다. 큰오빠 생일은 한 달 전에 지났고 그때도 갯장어국을 끓여 먹었다. 이번 달 엄마의 계모임은 아직 일주일이나 남아 있다. 작은오빠와 이미 이야기가 된 터라 소주 몇 병과 족발을 샀다. 엄마가 갯장어를 손질하는 동안 은재는 텃밭에서 고추와 상추를 조금 뜯었다. 그리고 국에 들어갈 채소도 다듬었다. 분위기가 좋았다. 엄마의 손놀림이 속도를 자랑하고 잘 손질된 장어들은 뼈와 살이 나눠져서 온갖 채소와 함께 자기들이 가진 온갖 이로운 물질들을 분출하고 있었다. 국의 간을 맞추고 양념으로 국물의 색이 아름다워지고 있었다. 냄새도 고소하니 장어들의 영혼이 온 집안을 건강하게 만드는 느낌이 들었다. 이미 엄마의 몸은 세종문화회관 대강당에서 공연하는 무용수였다. 온몸에서 즐거움과 행복함이 가득 발산되고 있었다. 사랑이 철철 넘치다 못해 질퍽거릴 정도다. 작은오빠는 엄마가 남겨 놓은 장어 몇 마리를 손질했다. 국이 끓는 동안 세 식구가 먹을 횟감을 마련하는 중이었다. 작은오빠는 엄마에게 물었다. '엄마는 어떻게 드실래? 뼈를 발라낼까? 고마 뼈째 하까?' 엄마는 듣는지 마는지 엉덩이를 흔들어가며 신이 났다. 아무래도 작은딸은 살살 걱정되었다. 이렇게 기분이 좋은 이유를 알지 못하면 분명 사건이 나도 나지 싶었다. 아무래도 엄마는 작은오빠의 말을 못 들은 것 같다. 은재는 엄마에게 다가가 다시 물었다.

"엄마, 장어 우째 할꼬? 뼈 발라 내까?"

그제야 엄마는 '그래라.' 하고 대답했다. 순재는 뼈를 발라내고 길게 회를 쳤다. 아무래도 뼈를 발라내면 이가 시원찮은 엄마가 먹기는 편할 것이다. 하지만 고소한 맛으로 먹으려면 뼈가 있어야 했다. 순재는 잠시 고민했다. 그래도 한두 마리는 뼈째 썰어야 하지 않을까 하고. 그러다가 그는 우선은 썰지 말고 남겨 두기로 했다. 갯장어의 껍질을 벗겨서 마른행주로 잘 싸두고 냉장고에 넣어두었다. 그리고 나머지로는 뼈를 발라 회를 쳤다.

그날은 바람도 선선하니 불었다. 꼭 비 오기 전날의 날씨다. 어촌에 살면 바람이 습기를 얼마나 머금고 있나 정도는 감각으로 알게 된다. 물론 사람마다 차이는 있다. 나이 드신 어른들의 몸은 습도와 기압의 영향을 많이 받는다고 하지 않는가. 그런 면에서 순재와 은재도 어부의 자식으로서 감각이 살아있는 편이라며 서로 으쓱해댔다. 내일, 비 오려나 봐.

순재와 은재는 회심의 미소를 지으며 엄마를 불렀다. '엄마 어서 오소. 국 끓는 동안 회부터 먹읍시다.' 그런데 김 여사의 반응이 없다. 은재가 갔더니 엄마가 배를 만지며 인상을 찌푸렸다.

"엄마, 괜찮수?"

엄마는 대답 대신 고개를 끄덕이며 먼저 먹으라고 했다. 은재는 고개를 갸웃하다 그냥 돌아와 쌈을 싸서 입 안에 넣고 우걱우걱 씹었다. 역시. 은재는 순재에게 엄지를 척 들어 올렸다. 그때 엄마가 환한 얼굴로 부엌에서 나왔다. 셋은 오랜만에 얼굴을 맞대고 저녁을 먹었다. 엄마가 쌈을 크게 싸서 한 입 넣고는 발음을 상추로 싼 듯 흘려가며 말했다. 이기 얼매 만이고? 맛도 좋다. 셋은 합창하듯 말했다.

오랜만이지, 정말로!

오랜만에 얼굴인지 함박꽃인지 모를 정도로 세 명의 얼굴에 웃음이 피었다. 김 여사는 어쩐 일인지 작은아들을 칭찬했다. 니가 회는 잘 떴다. 뼈도 잘 발랐고. 그러더니 쌈도 크게 싸서 작은아들의 입에 밀어 넣어준다. 순재는 '아이고, 우리 엄마가 어짠 일이고?' 하면서 넙죽 받아먹었다. 이건 정말 세상이 뒤집힌 일이었다. 이보다 더 좋은 날이 작은오빠에게 계속 있었으면 좋겠다고 은재는 생각했다. 순재와 김 여사는 술도 한 잔씩 마셨다. 은재는 두 사람이 그렇게 웃는 모습을 너무 오랜만에 본 터라 그걸 감상하기 바빴다. 은재는 두 사람의 모습을 동영상으로 찍어 단톡방에 올렸다. 반응은 5기가보다 더 빠르게 왔다. 이기 무신 일이고? 언니의 반응이었다.

"오마나! 아가씨, 도련님이랑 어머니랑 사이가 좋네요,"

이건 홍콩 언니의 말이었다. 큰오빠는 여하튼 오래 살고 볼 일이라고 보내왔다. 그리고 다들 덧붙였다. '우리도 장어회 먹고 싶다.' 큰아들, 며느리, 큰딸이 보내온 문자를 읽어주니 김 여사 입꼬리가 귀에 걸리다 못해 천정까지 넝쿨 뻗듯 뻗어간다. 급기야는 노래까지 부른다. 은재는 이것도 동영상으로 찍어 단톡방에 올리고 상 정리를 한 다음 시내로 나갔다. 다음 일정을 잡기 위한 미팅이 있었다.

호사다마라 했던가. 새벽 두 시였다. 순재의 전화였다. 그 시간까지 은재는 아직 시내에 있었다. 순재는 엄마가 매우 아픈데 자신은 취기가 있어 운전할 수 없다고 했다. 은재도 일행들과 술을 마신 터라 갈 수가 없다고 했다. 둘은 병원에서 만나기로 약속하고 전화를 끊었다. 응급실은 아픈 사람들을 남녀노소를 가리지 않고 눕혀 놓고 있었다.

"어머니, 오늘 대변 보셨어요?"

"한 삼일은 못 봤어,"

"그럼, 어머니, 늘 삼일마다 대변을 보신 거예요?"

"아이라, 한 일주일씩도 못 보고 했어요."

"그럼, 어제저녁에는 뭐 드셨어요?"

"장어회 먹었어요."

이 대답은 순재가 했다.

"우선 엑스레이 찍어 보구요, 의사 선생님 진단받고 처치해드릴게요. 보호자 분이 엑스레이실 앞까지 좀 모시고 가세요."

엄마가 엑스레이 찍으러 가는 동안 은재는 수납창구로 갔다. 엑스레이는 김 여사의 배에 가득 찬 가스를 숨김없이 보여주었다. 김 여사는 의사의 진단에 따라 침대에 누워 링거를 맞기로 했다. 김 여사에게 링거를 꽂아주는 간호사가 입을 가리고 하품했다. 많이 피곤한가 보다고 말했더니 간호사가 넋두리했다. 오늘따라 환자가 너무 많아서 좀 힘들어요. 그녀들끼리 하는 말을 듣자니

"환자들 공통점이 뭔 줄 알아? 회를 먹었대."

"요즘 날씨가 갑자기 더워져서 그런가 봐. 그래도 난 회 먹고 싶다. 요즘 장어가 맛있다는데."

"나는 어제 먹었지. 오늘 근무가 나이트라 남친이랑 저녁을 장어회로 먹었어. 진짜 맛있더라."

"여름엔 장어가 최고지."

"군소리들 말고 얼른 환자들이나 체크해."

그럼, 여름엔 갯장어가 인기 있지. 우리야 늘 잡히는 대로 먹던 입들이라 어느 철에 어떤 회가 맛있는지 알지만, 시내에 사는 사람들은 알기가 어렵지. 아무리 바다랑 가까운 데 산다고 해도. 여하

튼, 은재의 엄마도 갯장어 때문에 몸살을 앓는 중이다. '그나저나 엄마가 변비가 있었나? 삼일씩이나 변을 못 봤다니?'

순재와 은재는 김 여사가 링거를 맞는 동안 밖에서 술도 깰 겸 해서 커피를 마시고 있었다. 순재는 이제 정신이 좀 든다며 안심하는 모습이었다.

"작은오빠는 알고 있었어? 엄마 변비 있는 거?"

"아니, 나도 몰랐어. 넌?"

"나라고 다를 바 없지 뭐."

그렇게 얼마의 시간이 지났을 때 간호사가 보호자를 찾았다.

"지금 입원 순서 밟으시고 내일 정밀 검사를 받아보시는 게 좋겠어요."

"무슨……?"

"연세도 있고 해서 혹시나 하고 권해드리는 거니까 큰 염려는 마시구요. 약간 의심되는 게 있는데 전문의를 만나서 확인해보시는 게 좋겠습니다. 병원에 오신 김에."

8

김 여사가 병원에서 퇴원한 지 삼주가 지났다. 수술도 잘 되었다. 정말 다행한 일이었다. 김 여사의 수술에 대해서는 큰딸과 큰아들에게는 함구하라는 김 여사의 명령에 따라 퇴원하고 어느 정도 생활이 될 때 연락했다. 둘은 즉각 날아왔다.

"아니, 니들은 엄마랑 같은 집에 살면서 엄마 몸이 저럴 때까지 뭐 했어?"

"수술하면 미리 연락을 해줘야지 다 하고 나서 하면 어떻게 해? 니들이 우리를 물로 보는 거야, 뭐야?"

"그런 말이 어딨어? 우리가 뭘 누나랑 형을 물로 봐?"

"그렇지 않고서야, 왜 이제 연락해?!"

김 여사는 네 남매가 자신 때문에 싸우는 것이 영 성가셨다. 마시고 있던 컵을 던졌다. 와장창! 열 개의 눈동자가 바닥에서 깨어지는 소리였다. 김 여사는 얼른 일어나 끓여놓은 장어국을 싱크대에 부어버렸다. 큰아들과 큰딸이 온다고 김 여사가 성하지도 않은 몸을 움직여서 만든 국이었다. 김 여사의 목소리는 아주 차분했다.

"니들, 쟈들 뭐라 카지 마라. 그래 싸도 쟈들 없었으모 내가 병원이라도 갔겠나?!"

"엄마는 지금 쟤들 두둔하는 거야? 우리도 알았어야지."

"니들이 알았으모?"

김 여사의 눈에서 눈물이 쏟아졌다.

"내가 자슥들 잘 두가, 남들한테 좋은 소리 마이 듣긴 들었다. 하지만 너그도 생각을 해봐라. 쟈들 둘 속이 뭉그러진 거는 안 보이나? 잘난 너그들 그림자도 못 밟고 여태까지 살다가 인자는 지들 구박하던 저그 엄마까지 옆에 끼고 사는 아들아이가!"

그 말에 작은딸은 고개를 돌렸다. 부모가 아프면 잘난 자식은 잘난 대로 할 말이 있고 못난 자식은 못난 대로 할 말이 있는 법이다. 하지만 지금은 김 여사가 할 말이 많은 당사자다. 김 여사가 천천히, 그러나 똑똑한 발음으로 말을 이었다.

"너그가 내한테 잘하는 거 안다. 그란데 이상하게 자꾸 입에서 욕이 나온다. 나이를 무모 그랬는가 우짜는가. 옛날에 우리 어릴 때도 동네 할매들이 그래 욕을 마이 하더라. 우째 저라노 싶었거든. 세상에 좋은 말이 얼마나 많은데 할매들은 말을 해도 우째 저래 세상 들어보지도 못한 욕을 하노 싶었단 말이다. 그래서 나는 너그들 키움시로 절대 안 그래야지 카고 살았다. 말도 조심하고. 우리 때는 시어머이, 남편 눈치 봐 감서 살았다 아이가? 그래도 순한 너그들 낳고 니는 동네에서 인사 받꼬 목에 힘 좀 주고 살았지. 그 덕에 내가 남한테 험한 말 안 하고 살았던 것도 있고. 그랬는데 너그 아버지 죽고 나이 고마, 내가 자꾸 모지란 거 같더란 말이다. 너그 아버지가 내한테 손찌검도 하고 욕도 하고 그랬어도 너그들 공부한다꼬 객지에 있을 때, 그래도 내가 아프모 죽 끓이고 얼굴 씻기주고 하던 인간이 그 인간 밖에 없더라꼬. 젊을 때는 꼭 미버서 죽겠더만은 말이다, 그때는 또 억수로 고맙더라. 그때 너그 아버지가 한 말이 있는데…….”

김 여사는 잠시 창밖을 보더니 손차양했다. 너그 아버지는 저게 우에서 잘 사는지 모르겠다. 혼잣말인지 자식들에게 하는 말인지 헷갈렸다.

“너그 아버지 말이, 알라들 어릴 때는 피곤한 몸에 쏟아 붓는 새끼들 재잘거리고 웃는 소리가 세상에서 제일가는 보약인 줄 몰랐단다. 이것들이 어찌나 시끄럽던지 자다가도 일어나서 몽둥이 들고 쫓아내기 바빴다 캤다. 너그들 그럴 때가 몇 번 안 있었나 와. 그란데 성재가 외국에 나가고 윤재 저것도 외국에 나가고 하나둘 자식들이 빠지는데, 이기 굶어서 배고픈 것보다 더 허기가 지더라 카데. 뭔 말 인고 카이, 사람은 사람 목소리로 살아가는 긴데 너그 어릴 때 재잘거리고 할 때 들어주고 맞장구쳐주고 했으므 참 좋았을 낀데 그걸 몬해서 허기지고. 또 하나는 인자 살 만한데 너그캉 말을 비빌 시간이 없어서 허기가 진다 카데. 내가 그 말을 듣고 이놈의 영감이 노망이 났나? 와 이라노? 하고 말았는데 나도 그렇더라. 그때 너그 아버지가 그라더라. 너그들 일하고 오모 밥상만 열심히 차리라 캤다. 그라모 말을 비비 묵을 시간이 쪼매는 있을 끼라꼬."

김 여사는 애써 자식들을 돌아보진 않았었다. 말 좀 섞어보자는 게 그녀가 그토록 밥상을 차리는 이유였음을 알아주면 다행이라 생각했다.

큰아들은 못마땅한지 밖으로 나가버렸다. 큰딸은 작은딸 방에 들어가서 나오지도 않았다. 집 안의 공기는 그 누구에게도 느슨한 틈을 주지 않으려는 듯 팽팽하게 긴장하고 있었다. 그래도 날은 밝았고 김 여사와 네 남매는 밥상을 둘러싸고 앉았다. 숟가락이 밥을 먹는지 젓가락이 눈치를 보는지 표정들이 모두 어두웠다. 침묵을 깬 건 막내였다.

"엄마, 어제 장어국 다 버린 거 아니었어?"

"미쳤나, 그 아까운 걸 우째 다 버리노? 작은 솥에 덜어낸 거 버렸지."

그 말에 웃음이 터졌다.

"역시, 우리 엄마."

작은딸이 엄지를 척 세우더니

"큰오빠 많이 먹어. 우리 엄마에게는 아직까진 큰오빠다."

"뭉디 가시나. 썰데없는 소리 고만하고 밥이나 처무라!"

큰딸이 김 여사 흉내를 내며 말했다.

"야, 야야야! 말이나 처 비비 묵어."

≋　밤낚시

우리는 배를 타고 이십여 분을 달렸다. 밤바다는 까맣게 밀려온 어둠을 파도로 씻으며 길을 내어주었다. 어둡고 긴 터널 속을 달리는 것과 같았다. 육지의 터널과 다른 점이 있다면 바다의 터널은 나아가면 나아갈수록 어둠이 더욱 짙어진다는 것이었다. 멀리 보이는 것들은 환상이 만든 어떤 표식 같기도 했다. 그곳은 가깝다고 느끼는 순간 더 멀리 떨어지고 있다는 착각에 가두기도 했다. 멀리 있는 것은 더 반짝이고 크게 와 닿으며 무서움과 공포와 두려움 사이에 호기심을 들여놓는 배려심도 잊지 않았다. 어쩌면 동굴이 더 확실하게 다가오는 명사일지도 몰랐다. 갇히거나 빠져나온다는 의미에서. 입구가 하나이기 때문일 것이다.

우리의 배는 마을에서 점점 멀어지면서 어둠과 가까워졌고 어둠은 섬을 보석처럼 반짝이게 했다. 작은 섬과 작은 섬 사이를 지나고 제법 큰 섬 가까이 도착해서 닻을 내렸다. 불빛이 바닷물에 뛰어들자 물고기들이 떼를 지어 수면 가까이 몰려왔다. 불빛들이 물고기들을 배 가까이 데리고 왔다는 표현이 더 잘 어울렸다. 유월의 밤에는 장어가 많이 잡힌다고 동생은 몇 번의 경험으로 얻은 지식을 알려줬다. 내가 고기들이 몰린 곳으로 손을 담그자 동생이 말했다. '그 괴기는 절대 못 잡는다. 안 잡힌다.' 뜰채로 걷어 올려도 될 만큼 가까웠지만, 동생은 서너 번 계속 말했다. 물고기가 뱃머리 쪽으로 바짝 붙자 나도 모르게 몸이 바다 쪽으로 스륵 밀렸다. 남편과 동생은 낚시채비를 했다.

"누부야, 자꾸 바닷물 쳐다보지 마라. 니도 모르게 몸이 빨려간다."

동생은 나에게 당부했다.

"갱문이 열리모 죽는다이."

동생의 끝맺는 말이 '죽는다이'다. '다이'는 영어로 die가 아닌가. 핵심 포인트인가? 죽다와 die가 두 번씩이나 있는 우리말이란, 대충 새겨서는 안 된다는 뜻이다. 죽을 수도 있다는 말에 나도 모르게 몸에 힘이 잔뜩 들어갔다. 하지만 나는 물고기들의 그 아름답고 위험한 유혹을 쉽게 놓지 못했다.

우리 동네에서는 바다를 갱문이라고 했다. 바닷가도, 바닷물도. 갱문은 바다 전체를 일컫는 말이었다. 죽은 자들의 영혼이 숨을 쉬기 위해 문을 열 때가 있다고 했다. 빛이 되거나 안개가 되지 못한 영혼들은 수면 가까이 올라온 물고기의 비늘에 앉는다고 했다. 그런 때를 갱문이 열린다고 했다. 밤에 물에 빠져 죽은 사람들, 그들의 빛은 짙은 불빛을 받으면 노란빛이 더해져 몽롱한 초록빛을 발산한다고 했다. 초록빛의 바닷물을 계속 바라보면 물고기들이 사람을 유혹하여 기운을 뺏는다고 했다.

스르륵……스륵 스륵…….

터널의 입구가 그랬다. 오래된 터널을 지날 때의 그 어둡고 칙칙함이 감각의 제일 약한 부분에 와 닿으면 닭살이 올랐다. 지나가고 있는 터널에 대한 정보가 없을 때는 더욱 그러하였고, 터널과 관련한 어떤 사고에 대한 정보가 흐릿하게 떠오르면 더욱 오싹했던 경험이 있다.

육지에서 깊은 땅속으로 들어가 석탄이나 금은보화를 캐듯. 바다에서도 그와 같은 값의 어종을 잡는다는 의미에서는 같은 말이겠다. 바다의 깊은 곳은 땅의 깊은 곳과 다를 바 없다. 어둠은 깊을수록 작은 불빛에도 반응하기 마련이다. 깊은 바다일수록 어둠에 적응하며 살아가는 물고기와 플랑크톤이 있다. 상상 밖의 모양과 빛을 가진. 갱문은 신비함과 두려움을 함께 경험하게 하는 신비한 문임이 틀림없다. 살아 돌아오면 신비한 곳이고 그 반대일 때 죽음을 의미하는.

그러니 갱문은 그런 의미에서 바다의 어둠과 동떨어진 말은 아니라는 생각이 들었다. 특히나 어둠은 죽음과 아주 가까운 단어가 아닌가. 어둠과 죽음. 죽음과 빛. 멀리서 반짝이는 불빛은 희망이기도 하며 단절이기도 하며 불안과 조바심을 아무 걸림돌 없이 연결하는 매개가 아닌가. 그래서 갯가 사람들은 바다를 갱문이라고 일컬었는지도 모른다.

내 몸이 조금 더 바닷물에 젖을 때, 정확히 내 손이 바닷물을 만질 때 물고기들은 비늘에 불빛을 담아 인간의 세계에 더 가까이 왔는지도 몰랐다. 바닷물이 내 손을 타고 소금기를 머금은 공기를 마시러 오는 듯도 했다. 그 흐름을 타고 물고기들은 점점 나의 시야에 뚜렷하게 나타났다. 헤엄치는 모습은 카메라로 촬영한 화면을 보는 듯했다. 짧은 시간이었음에도 또렷하고 비늘의 섬세한 조직도와 지느러미의 움직임이 커다랗게 보였다. 어쩌면 물고기들의 비늘은 새로운 세계를 향해 지느러미를 세웠는지도 몰랐다. 그들의 비늘이 찬란하게 두드러졌을 때 그들 중 가장 어린 비늘이 살짝 내 손을 잡았다가 놓았다. 아! 짧은 감탄사와 함께 몸은 점점 바닷물을 빨아들이고 있었다. 잡힐 듯하다가도 잡히지 않는 짜릿한 안타까움이 전율을 일으켰다. 물고기들의 크기는 점점 커지는 것 같았다. 놓친 물고기가 더 컸다는 말처럼 손끝을 스쳐 간 물고기는 더 크고 더 신기하게 느껴졌다. 게다가 물고기의 체온이라는 것을 느꼈다. 물고기에도 체온이 있었나? 순간, 놀라움과 함께 손을 물밖으로 뺐다. 내 손이 바닷물에서 빠져나오자마자 물고기들은 신기하게도 한 마리도 남지 않고 사라졌다. 무슨, 도깨비장난 같기도 했다.

동생은 낚시채비를 하면서 또 일렀다.

"누부야, 자꾸 물속 들여다보지 말고 갑판 쪽으로 들어온나!"

어? 어! 나는 짧게 대답하고 다시 물속을 들여다봤다. 안타깝게도 물고기들은 다시 보이지 않았다. 나는 허전함과 아쉬움과 미묘한 감정에 갇혀 동생과 남편을 잠시 바라봤다. 바람도 많이 불지 않는 바다. 그 안에서 두 남자는 낚시채비를 하고 물고기에 대해 모르는 남편의 얼굴은 좀 들뜬 모습이었다. 동생에게 이것저것 물어보는 말투에서도 들뜸이라는 감성이 툭툭 떨어져 마치 물고기의 비늘처럼 보였다. 입감을 매다는 그의 손에서도 불쑥불쑥 튀어나온 들뜸이 불빛에 반짝였다.

둘의 모습을 잠시 바라보다 다시 물속을 들여다보았다. 흐릿하게 물고기가 보였다. 나는 둘의 눈치를 살피며 배 난간에 몸을 기대었다. 점점 뚜렷해지는 물고기들의 움직임이 더 현란하게 느껴졌다. 춤을 추는 듯도 하고 날갯짓을 하는 듯도 하다. 그 광경을 몇 분 동안 들여다보다 말고 고개를 들어 하늘을 올려다봤다. 마을과 멀어진 배에서 하늘을 바라보는 건 처음이었다. 밤바다에서 하늘을 바라보는 건 나만이 아니었나 보았다. 잠시 배의 전등이 꺼졌다. 삼십초쯤 되었을까? 어둠만 있고 빛이라곤 우리의 눈동자가 모두인 그 짧은 시간. 하늘에는 별들이 내뿜는 제각각의 빛이 나의 감성에 씨를 뿌리고 있었다. 다시 배는 불을 밝혔지만 나는 한참을 그렇게 있었다. 유월의 바람은 텁텁했지만, 밤하늘은 청량했다. 맑은 약수를 마신 것처럼 마음이 개운해졌고 뻑뻑한 눈에 인공눈물을 넣은 것처럼 눈이 개운해졌다. 동굴 속에서 반딧불을 바라보는 듯. 신비롭고 찌릿하면서 떨림이 있는 미묘한 분위기가 감성을 끌어올렸다. 내 몸은 물속으로 풍덩 뛰어든 듯했고, 내 마음은 밤하늘의 공기 속에 붕붕 떠올랐다.

물에 담근 손에 또다시 찌릿한 촉감이 느껴졌다. 어쩌면 바다 속을 뛰어다니는 물고기들을 우리는 헤엄친다고 하는지도 모른다. 지느러미가 등에 달린 날개일지도 모르지만 우리는 애써 지느러미라고 확정지었다. 다시 그들이 몰려왔다. 어둠을 뚫고, 어둠에다 두려움과 용기를 섞어 불쑥 내 손등에 걸쳐놓고 사라졌다. 그러고는 아가들이 까꿍 하듯 다시 모습을 드러내었다. 아, 이런 것이 무서움이구나 생각했다. 무서움은 공포로 가기 직전에 변형되는 아픔을 가지고 있는 게 분명했다. 손가락 사이가 아팠다. 물살에 베인 것 같았다.

파도가 높은 날, 바다로 나가지 않는 배들은 서로의 몸살과 무용

담을 안주 삼아 파도를 마시고 바람과 구름을 뱉어냈다. 마치 목에 걸린 가시를 뱉어내듯. 투박하고 우렁찬 소리를 쿠르릉거린다. 바람의 세기는 배가 들이마신 파도의 시간만큼 셌다. 파란 하늘에 펼쳐놓은 갈매기를 불러들여 고독한 사내들의 어깨와 허리와 발목에 대해 알려주었다. 여자들의 바람 같은, 황금 무더기를 안겨주는 물고기는 잡을 수 없지만, 처자식 먹여 살리는 것만큼은 진실로 수행하고 있음을.

하긴 바다 사내들의 여자가 어디 앉아서 밥 얻어먹는 처지도 아니니. 그녀들의 허리와 손목도 사내들과 다를 바 없다는 것도. 그녀들의 머리카락은 갯바위에 붙은 미역처럼 헝클어지고 풀어져 있었다. 하지만 억척으로, 악착같이 하루하루를 기름지게 사는 일이 다반사인 그녀들에게 사내들은 황금 무더기같이 금 좋은 물고기를 안겨주고 싶을 것이었다.

말해서 무엇하랴만 사내의 고단함 속에 숨어 있는 보석이란 것은 생존본능을 위한 거침이라는 것이다. 거칠고 억세지만 깊은 바다 속을 달래고 어르는 일은 사내가 가진 소주 한 병의 한 잔 술이면 족했다. 그러나 바다에서 객기는 금물이다.

술은 위로이기도 했지만, 뭐든 넘치면 못 쓰는 법이다. 바다에서 술을 마실 땐 아픔과 고단함을 잊으려는 것이 대부분이지만 때때로 바다의 꼬임에 넘어가는 사람들은 술에 취했다기보다는 바다의 분위기에 취해 객기를 부린다. 그러면 어김없이 갱문이 열린다. 열린 갱문은 꼭 사람의 목숨을 만져야 닫힌다. 그렇다고 사람의 주검이 떠올라야 사람의 목숨을 만진 것은 아니다. 바다에 빠졌다가 구사일생으로 살아난 사람도 갱문에 갇혔다고 보는 것이 옳다. 그 피

폐한 공기의 흐름 속에서 삶이라는 구체적인 시간을 돌려받기까지의 시간은 차라리 죽음과 가깝기 때문이다.

　동생은 남편과 나를 불러서 유월이라도 밤이슬이 내린 갑판은 미끄러우니 조심해야 한다고 일렀다. 남편은 여전히 들뜬 모습을 가라앉히지 못했고 나는 그를 바라보며 유월의 어느 밤을 눈빛으로 기록하였다. 내가 다시 바다로 눈길을 돌렸을 때 몸길이가 긴 물고기가 수면 가까이서 지나갔다. 순간 놀랍기도 하고 무섭기도 한, 그래서 두려움이라고 표현해야 하는 감정이 잠깐 스쳤다. 갈치거나 갈치였겠다. 어쩌면 용?

　바다 사내가 흘린 땀은 용의 비늘이다. 웅장하고 숭고한 한 마리의 용으로 살고 싶던 사내는 땀이라 불리는 비늘을 한없이 흘리는 것이다. 본디, 용은 물에서 솟아오르지 않는가. 그러니 사내는 한 마리의 용. 그가 뭍에 다다랐을 때 온몸에 붙은 물고기 비늘은 용이 흘린 땀방울들이다. 용으로 살지 못할 바엔 숨겨둔 용 비늘을 모두 분출해야 하는 운명으로 살아야 한다. 햇빛을 받거나 달빛을 받아 마르면 물고기 비늘로 보인다. 어쩌면 사내들의 여인은 그런 환상에 갇혀 사는 것인지도 모를 일이다. 그러지 않고서야 사납고 거친 사내들의 숨결에서 사랑을 뽑아내는 누에고치가 될 수 있을까.

　동생은 자꾸 나를 불렀다.
　"누부야, 그라고 있지 말고 얼른 낚시채비나 해라!"
　남편도 내게 감상에 젖어 있지 말라며 짜증 섞인 어투를 던졌다.

그러나 나는 물고기처럼 덥석 물지는 않았다. 그 순간 내게 중요한 것은 물속의 물고기들이 계속 내게 말을 걸고 있다는 느낌, 그것이었다. 다시 바닷물에 담근 내 손에 그들의 지느러미가 스치며 새긴 그 짧고 강렬한 촉각을 계속 느끼고 싶었다. 몸이 조금 더 물과 가까워지고 물 냄새가 코끝에 오래 머무를 생각으로 튕겨 올라 코에 묻었다. 날개를 가졌든 다리를 가졌든, 아니면 피부를 가졌든 비늘을 가졌든, 그 순간만큼은 방해받고 싶지 않았다.

어쩌면 바람 세게 불고 파도 높은 날이 승천하기 좋은 날이라고 생각한 사람들이 있을지도 모른다. 그러나 그런 날은 승천하는 날이 아니라 갱문이 열리는 날이다. 갱문은 죽은 영혼들이 바다에서 자신의 업보를 치르고 하늘로 오르는 빛을 타기 위하여 기도하는 날이다. 죽은 영혼이 사람이든 짐승이든 물고기든 해초류이든 영역을 나누지 않는다. 살았던 것들, 아니 이름을 가진 것들은 모두 영혼이 있었으니까. 그러므로 이런 날 섣불리 바다로 나가면 갱문에 갇힌다. 운이 좋아 용케 그 갱문을 빠져나와도 한동안은 바다를 쳐다보는 일조차 쉽지 않을 것이다. 물에 한 번이라도 빠져 본 사람들은 갱문의 문턱에 발이 닿았다는 착각에 휩싸여 두문불출하고 방 안에서 바다를 걸러내는 몸살을 앓았다.

바다에 빠진다는 의미는 두 가지를 가진다. 하나는 내가 직접 바다에 빠져 바다와 교감하는 것이고, 다른 하나는 바다에 의해 내가 바다에 빠지는 것이다. 이것은 교감과는 상당한 차이가 있고 거리상에도 엄청난 고립과 간극이 있다. 빠진다는 의미는 내가 정하기도 하고 바다에 의해 정해지기도 한다. 그러므로 어떤 상황에 의해 나 자신의 의지가 반영되지 않는다면 그것이 곧 갱문이 되는 것이었다. 그래서 갱문은 그 스스로가 열리고 닫히기도 하지만 상황에 따라 나타났다가 사라지기도 하는 것이었다.

스륵 스륵 스르르.

약간의 바닷물이 싸늘하게 찬 기운을 움켜쥐고 배 위로 뛰어올라 내 발 위에 슬쩍 올려놓고 다시 내려갔다. 유월의 밤바다가 가진 냉랭함은 겨울과는 또 다르다. 날씨의 영향에 따라, 또는 기온의 영향에 따라 물의 온도가 바뀐다고 하지만 그것은 과학적인 설명에 따른 것이다. 찬 기운은 유월이든 팔월이든 변함이 없다. 다만 물의 기온을 느낄 때 당사자의 체온이 그것을 빨리 흡수하는가 하는 능력에 따라 달라진다. 유월의 밤바다는 그리 만만하지 않음을 말하는 것이다. 을씨년스러워 남동생과 남편을 바라봤지만 둘은 낚시채비를 끝내고 바다에 낚싯대를 막 던지려고 하는 중이었다. 풍덩. 남동생의 낚싯대가 먼저 뛰어들고 그다음에 남편의 낚싯대가 슬그머니 들어갔다.

스륵 스륵 스르륵.

배는 계속 바다와 이야기 중인지 끽끽 대었다. 배와 바다의 이야기는 인간의 언어로 해석하기 어렵지만, 바다 사내들은 그걸 육감적으로 또는 본능적으로 이해하기도 했다. 그것은 구름의 움직임이나 파도의 높이, 또는 바람의 방향에 따라 해석의 범위가 달라지기도 하는 것이어서 가끔 오류가 발생하기도 했다. 하지만 바다 사내들은 당찬 결단력을 발휘했다. 팔할의 승부가 보인다면 그들은 도전하거나 후퇴했다.

바다 사내들은 한 마리의 용처럼 용감했지만, 여자에게 있어서는 포악했다. 용감함의 나쁜 변태 모형이었다. 파도만큼 높고 거센 발길질과 주먹질로 여자들은 늘 파도를 몸과 마음에 담고 살았다. 그래서였을까. 여자들의 울음은 높은 파도처럼 꺼렁 꺼르렁 울렸고 거센 파도 위의 배만큼 거세게 흔들렸으며 갯바위만큼 단단하게 붙박여 살았다. 사내들의 몸부림이 강하면 강할수록 힘든 삶은 진득했고 때로는 그곳이 도박장이었다.

삶이란 것도 도박의 연속이지 않은가. 알몸으로 태어나 이름을 부여받는 순간부터 하나씩 얻게 되는 것들. 그것들 안에 부모와 형제라는 가족과 사랑과 미움이라는 감정과 허무와 낭패라는 실리의 운을 얻게 되니까. 그러한 낭패들 안에서도 행복과 희망은 존재했고 미래가 보였다. 그것이 삶의 도박이었다. 모 아니면 도가 아니라 한 번은 윷이 나올 수도 있다는 불확실한 확률에 대한 생활의 이음이었다. 하지만 용이 되지 못한 사내들의 변명치고는 폭력은 가혹한 불행이었고 아픔이었고 가치가 떨어지는 폭격이었다. 더군다나 아이들에게 있어서 지옥이었다는 것은 용서받을 수 없는 일이었다.

그런 면에서 여자들은 사내가 기대거나 숨을 수 있는 은닉처였다. 여자들은 갯바위처럼 단단해야 했고 거세게 몰아치는 파도에 덤덤해야 했다. 여자라는 명제 아래 숱한 가지를 치는 의무를 버리지 않았다. 그것이 죽음이든 삶이든 상관없었다. 그래서 여자들은 스스로 바다 속의 동굴이 되었고 한 마리의 용으로 살고 싶었던 사내와의 운명적인 결혼생활을 이어갈 수 있었으니까.

아버지는 폭군이었다. 동네에서 이름난 폭군이었고 아주 거칠었다. 그의 거침은 술과 밀접했고, 술은 그의 약점이기도 했다. 아버지가 술을 마시는 날에는 우리는 전쟁의 최전방에서 몸을 떨어야 했다. 평소의 부드러운 인상과 인자한 웃음은 찾을 수 없었다. 그가 가진 트라우마는 늘 술에 의해 깨워졌고, 폭력에 의해 잠잠해졌다.

그의 트라우마는 한 가지였다. 북방한계선을 넘었다는 이유로 사회로 나갈 모든 출구가 막혔다는 것. 북방한계선을 넘은 이유는, 파도 때문이었다는 건 파도만 안다. 나라는 나라가 세운 북방한계선이 바다에서는 무용지물인 건 염두에 두지 않았다. 그 덕분에 뱃일로 목구멍에 풀칠하던 모든 어부는 북방한계선 근처에 가는 것 자체를 꺼렸다. 하지만 모든 어종은 그곳에서 많이 잡혔다. 그 유혹을 견디지 못하면 북방한계선은 출렁였고, 나라는 그들을 빨갱이라 불렀다. 아버지는 결과적으로 나라의 빨갱이였다.

우리는 가족이라는 이름으로 한 지붕을 받치고 살았지만 늘 이방인이었다. 그와 동시에 동네에서도 빨갱이였고 동네의 이방인이었다. 아버지의 술과 폭력 앞에서는 누구도 빨갱이라는 말을 하지는 않았다. 아버지의 폭력에는 자식도, 아내도 없었다. 그의 분노는 어디에서 발화되어 어디에서 가라앉는지 제대로 파악되지도 않았다. 늘 분주하게 발화되었고, 억척스럽게 끈질겼다. 그 때문에 우리의 잠은 잠시도 편안하지 않았다. 그의 말은 거칠고 억세었고 가시가 돋아있었다. 세상에 대한 모든 원망이 그의 혀끝에서 나왔다. 하지만 아무도 그 원망을 들어줄 수 없었다. 그런 이유로 그는 술을 멀리했지만, 술의 유혹을 피하지 못했다. 그 덕분에 유리집 사장님은 돈을 벌었다.

엄마는 아이들 앞에서 술주정하지 말라고 했다가 뺨을 맞았다.

뺨에서 시작된 매질은 머리로 등으로 다리로, 급기야는 온몸으로
번졌다가 심장에서 멎었다. 그랬음에도 엄마의 목소리에는 초등학
교에 입학하는 아이들이 보고 배우는 게 술주정이어서는 안 된다
는 절박함이 묻어 있었다. 하지만 아버지는 아랑곳없이 폭력과 술
주정으로 온 집안을 멍들게 했다. 하다못해 그런 날은 쥐새끼 한
마리도 얼씬하지 않았다. 쥐새끼가 뭔가! 별마저도 반짝이지 않았
다. 공포란 그렇게 내려왔다가 소멸했다.

아버지는 술을 마시고 집으로 돌아오면 제일 먼저 유리창을 깨
부수었다. 와장창! 우리의 마음과 눈물이 깨어지고 목소리가 하늘
로 쩌렁쩌렁 올라갔다. 온 동네의 눈과 귀가 우리 집으로 몰려왔
다. 아버지의 목청은 더 높아서 백두산이 고개를 낮추었을지도 모
른다.

해수면의 높이가 올라간 것도 어쩌면 아버지의 노여움과 분함
과 원망이 뜨거워서 북극의 얼음이 녹아서 그럴지도 모른다고 시
간이 지난 뒤 생각해본 적이 있다. 지구의 온난화와 아버지의 폭력
은 비례관계였을지도 모른다. 아버지가 원하지 않았지만 넘게 된
북방한계선을 백두산까지 끌어올리고 싶었을 것이다. 해수면을 올
려서라도. 어찌 되었든 아버지의 일방적인 폭력이 있는 날 다음날
에는 어김없이 새벽같이 울리는 소리가 있었다.

"깨어진 유리를 갈아드립니다. 찬장 유리, 거울 유리, 집 안의 모
든 깨어진 유리를 갈아드립니다."

우리의 선잠은 그렇게 깨었다가 까무룩 넘어갔다. 우리가 푹 잠,
또는 숙면한 뒤에는 깨어진 모든 유리가 말끔하게 개어 있었다. 신
기했다. 요즘에야 콜센터가 있기도 하지만, 그 당시에는 어쩌면 그

렇게 신속 정확한 배달이 있었는지 몰랐다. 어딘가에 씨씨티브이가 있었거나 우리 집만 감시하는 눈이 있었는지도 몰랐다. 너무 신기했다. 누군가 우리 집 유리창이 깨어지는 소리를 듣고 바로 유리집 사장에게 전화했을지도 몰랐다. 예약제가 그 당시에도 있었는지도 모른다. 지금에서야 웃으며 하는 이야기지만 그때는 유리집 사장님의 얼굴을 보는 것 자체가 무섭고 부끄러웠다.

"오늘은 몇 장입니꺼?"

그가 묻는 목소리가 바윗돌처럼 무거워서 더 일찍 깨어나지 못한 것도 있다. 마음은 일어났지만, 몸이 더 이상 움직이지 못했다. 일어나면 부끄러운 건 아버지가 아니라 우리라는 것을 우리는 선천적으로 알았기 때문이다.

"아저씨 예, 요, 깨진 거를 다 갈아 주모 됩니더."

익숙한 엄마의 목소리에서 유리처럼 얇은 눈물과 아픔과 부끄러움이 반짝이는 걸 느꼈다. 어쩌면 우리는 아버지의 분노 때문에 세상을 살아가야 하는 존재가 아닌가 싶었다. 엄마는 내가 아침형 인간이라는 걸 알았다. 하지만 유리집 사장에게 꼭 이렇게 말했다.

"우리 딸내미가 잠귀가 밝아예. 일어나기 전에 퍼뜩 해주고 가이소. 아들 아버지도 아직 잡니더. 아들 보기 안 부끄럽구로 퍼뜩예!"

칫! 엄마, 나는 이미 다 들었어. 우리 남매들도 모두 알고 있어. 아버지가 일어나기 전에 유리창이 모두 말간 얼굴로 반짝일 때마다 우리끼리 속닥속닥 상처를 만져줘.

아버지는 우리보다 늦게 일어나셨지만, 우리는 알았다. 아버지가 자신이 너무 큰 잘못을 저질렀다며 당신의 가슴에 주먹을 쥐고 누워 있는 이유를. 부끄러웠지만 늘 당당했던, 염치없는 아버지가 그래도 지키고 싶었던 것이 가족이었고 가정이었음도 우린 알았다. 하지만 그 울타리는 늘 엄마의 몫이었다. 만약 '와장창'이라는 소리를 꿰매는 바늘과 실이 있다면 그건 분명 엄마의 배려일 것이다. 그것만이 가정과 가족을 지킬 수 있는 유일한 방패일 것이다. 아버지의 아픔과 인생을 따스하게 엮어주는. 절대 흩어지면 안 되는 마음마저.

스륵 스륵 스르륵.

바닷물은 다시 한 번 배 위로 뛰어올랐다, 마치 배 위에서 제일 약해 보이는 나를 향해 예비공격을 하듯 집적거렸다. 내가 움찔하며 일어서려다 휘청했다. 다행히 앉은 자세보다 약간 높은 자세라 엉덩방아 수준이었지만 간이 철렁했다. 마침 남동생이 그런 나를 보고 낚싯대를 받으라고 했다. 내가 다가가자 내게 자신의 낚싯대를 넘겨주고 동생은 남편의 엉킨 낚싯대를 봐주었다.

밤바다에는 우리 배 이외에도 몇 척이 더 있었다. 환하게 불을 밝히고 그들은 무엇을 얻으려는 것일까. 우리와 마찬가지로 물고기를 얻으려는 것일까? 육지 출신인 남편을 위해서 밤바다가 가진 외로움과 두려움과 신비함과 도전적인 모습을 보여주려고 나온 우리와 저 배들은 단순한 차이를 가진 것은 아닐 것이다. 마치 도굴꾼들처럼 움직임도 잘 보여주지 않으면서 배의 무게가 무거워지는 것을 보여주었다. 밤바다에서 배가 무거워졌는지 아닌지는 제대로 알 수 없다. 아니 환한 대낮이어도 알 수 없다. 바다가 그리 쉽게 무게의 아찔한 경계를 드러낼 리는 만무하니까.

섬 가까이에는 누군가의 그물이 놓여 있을 것이고 어느 마을의 양식장이 있게 마련이다. 바다의 눈물 같은 부표가 보이면 그것은 누군가의 삶이 매달려 있다는 것을 의미했다. 그러므로 밤바다를 나설 때는 내 것과 남의 것을 뚜렷하게 분간하는 게 중요했다. 잘 못하다가는 도둑으로 몰리기 일쑤니까.

우리 배와 가장 가까운 곳에 있는 배의 불빛이 흔들렸다. 무언가가 바다에서 올라왔다. 시꺼먼 그림자 같은 물체가. 아마도 양식장을 튼 모양이다. 제법 큰 그물망이 낑낑대며 끌어올려지는 모습이 꼭 내 것 뺏기는 모습의 아이 같다. 동생도 그 모습을 가만히 지켜보고 있었다. 바다에서 내 것 네 것이 어디 있느냐고 말할지 몰라도 분명 네 것과 내 것은 존재한다. 내가 잡은 것은 내 것, 네가 잡은 것은 네 것. 그것이 법칙이다. 그리고 내가 표시한 곳은 나의 영역이며 나의 재산이며 나의 삶이다. 네 것 또한 그러하다. 그러므로 남의 것에 손을 대는 행위는 도둑질이 확실하다. 동생의 혼잣말이었지만 나는 무슨 말인지 알아챘다.

동네에서 공동으로 운영하는 양식장에 도둑이 든다는 말이 소문처럼 펄럭였지만 확실한 물증이 없어서 끙끙 앓는 중이었다. 그러할진대 바다에 재산을 만든 사람들과 함께 호흡하는 동네는 두말 할 것도 없는 일인 셈이다. 사람들이 앓으면 동네도 같이 앓았다. 사람들은 양식장을 트는 사람이 누구인지 심증은 있었다. 하지만 아무도 공개적으로 섣불리 말을 꺼내지는 않았다. 동생도 아마 P씨일 것이라는 추측을 한 적이 있다고 했었다. 동생은 생각보다

신중한 사람이어서 그 말을 가족이나 친구에게도 하지 않았다. 그러다 우연히 내가 그 소문에 대해 알게 되었노라, P씨가 용의선상에 올랐다고 말했을 때 동생은 고개를 저었다. P씨가 아닌 것 같은데 동네의 분위기가 그렇다고 했다. 동생이 아니라고 하는 데는 이유가 있었다. P씨는 자신의 배를 거의 한 달이 넘도록 움직이지 않았다. 그의 배는 수리한다고 나가서는 아직 돌아오지 않았다. 우리 배의 부품을 사러 갔을 때 그 배가 아직도 수리 중임을 목격했다고 했다.

그런데도 동네에는 그가 매일 수협공판장에 물건을 올리러 오는 것을 본 사람이 있다고 했다. 동네 사람들 몇이 그를 수협공판장에서 봤다고 했다. 배를 수리하는 중인데 물건이 어디서 났을까. 사람들의 의심이 점점 풍선처럼 커졌다. 온 동네가 떠다니는 말풍선으로 어수선했다. 보이지 않는 말풍선은 서로 부딪히면서 자가분해를 했다. 마치 말미잘의 번식처럼.

나중에 알게 되었지만, 우리 동네 양식장을 튼 사람은 배를 수리한 P씨가 아니라 옆 동네 M씨였다. P씨는 수협공판장에서 물건을 경매해서 사촌 동생에게 넘기는 일을 봐주었다고 했다. 사촌 동생이 해산물전문점을 하는데 교통사고를 당해 움직일 수 없는 형편이어서 대신 일을 봐주었다는 것이다. 수협공판장에서 동네 사람들을 만난 건 그런 이유였고, 얼른 생물을 옮겨야 하는 P씨는 동네 사람들에게 어떠한 설명도 해줄 수가 없는 형편이었다. 동네 사람들은 한편으론 미안하면서도 누구도 공개적으로 그를 도둑으로 몰았다는 말을 꺼내지 않았음에 안도했다.

P씨는 한동안 도둑으로 몰린 것에 억울함을 호소했지만, 사람들

은 소주 한잔 사주는 것으로 무마하려고 했다. P씨는 소주 한잔과 자존심을 바꾼 적도 없었지만, 사람들은 그렇게 퉁 쳤다고 생각했다. 동네 사람들은 말로는 우리가 한 가족이나 마찬가지라고 하면서 막상 일이 벌어지면 꿀 먹은 벙어리 행세를 했다. 그 누구도 이런 사건 앞에서는 입단속을 잘해야 한다는 걸 알고 있었다. 그래서 한동네에 오래 산 사람들은 쉽게 무너지지만 쉽게 일어서지는 못하는 것인지도 모른다. 마치 갱문에 갇혔다 나온 사람들처럼.

내가 잡은 낚싯대에 입질이 왔다. 나는 얼른 동생을 불렀고 곧이어 붕장어가 낚싯대에 몸을 칭칭 감고 뭍으로 올라왔다. 세상 그렇게 억울할 수 없는 모습이었다. 끈적이는 점액을 온몸에 두르고 낚싯줄을 자신의 액세서리처럼 감아서는 어디 덤빌 테면 덤벼 봐라 다 죽었어! 라는 모습으로 입을 쩌억 벌렸다. 그래봤자 입에는 낚싯바늘이 있을 뿐이었다. 붕장어의 목을 잡고 동생은 낚싯바늘을 빼내었다. 붕장어는 바늘이 빠지기 전까지 동생의 손을 또 칭칭 감았다. 붕장어의 몸부림에서 용이 되지 못한 한 사내의 운명 같은 것을 보았다.

골목을 빠져나와 동네를 벗어난다. 동네를 벗어나면 큰길을 건너고 그 길 너머에 있는 더 큰 도시로 나아가 세상을 향해 있는 힘껏 날개를 펼쳐 보이는 것. 그것은 사내라면 누구나 가지는 광활한 포부가 아닌가. 그 포부가 무심코 걸린 돌부리로 인해 좌절하기도 한다. 그 장면이 겹친다. 세상살이 그렇게 어긋나기도 하고 그렇게 풀리기도 하며 또 그렇게 흔적도 없이 사라지는 원인을 가지게 마련이다.

붕장어의 입에서 낚싯바늘을 빼내고 있는 사이 남편이 또 잡아 올렸다. 이번에는 제법 큰 놈이다. 그놈은 덩치만큼 폐활량이 좋았 던 모양이다. 바늘을 이미 삼킨 상태다. 비유하자면 타협은 없고 모 아니면 도. 니깟 놈들 내게 어떤 말로 꼬드겨도 걸리지 않겠다 는 듯 비장하게 바늘을 삼키고 한 번도 대면하지 못한 밤하늘을 향 해 벌렁 드리누워 버렸다.

붕장어를 잡아서 무엇을 할 것인가, 라는 생각보다 자꾸만 겹치 는 아버지의 모습. 한평생을 어머니라는 바다에서 상처 입었으며 생의 절반이 가라앉았음에도 여전히 바다를 곁에 두고 사시는 분. 당신의 아들들은 절대 배를 오르지 못하게끔 말리시며 공부만 하 라고 하셨다. 그러면서도 당신의 처지로 인해 아들들의 미래가 불 투명하다는 것을 소여물 씹듯 되새김으로써 스스로 비참해하셨다. 그것이 바다를 사랑한 사내의 절명한 삶의 깊이이고 높이며 협곡 임을.

연이어 붕장어가 올라왔다. 이번에는 동생은 바늘을 빼내려 하 지 않고 줄을 잘랐다. 그것이 시간을 버는 일이라고 했다. 그리고 붕장어는 바늘을 잘 삼키기 때문에 제풀에 일찍 죽는다고도 했다. 스스로 죽음을 조절한다고도 했다. 어쩌면 아버지가 그렇지 않을 까, 생각했다.

한 시간이 훌쩍 지났고 생각보다 우리는 고기를 많이 잡았다. 예 고도 없었던 빗방울이 찾아왔다. 금방 쏟아질 것 같진 않았지만, 동생은 낚싯대를 얼른 거두라고 했다. 그리고 동생은 시동을 걸고 닻을 올렸다. 마을의 불빛들이 보이기 시작할 때 빗방울이 떼로 몰려왔다. 바람도 합세했고 불빛들은 더욱 흐려졌다.

밤낚시의 묘미는 역시 바닷물의 환각 상태였다. 낚싯대를 올릴때 희미하게 들리던 물고기들의 숨 쉬는 소리. 인간들의 무시간적 공격과 후퇴에 불안과 안심을 몰아쉬는 소리. 그것이 환각을 더욱 압축했다. 더군다나 비까지 오니 그것은 환상의 세계를 빠져나가는 마지막 관문처럼 느껴졌다. 동생은 더욱 서두르는 것 같았다.

"누부야, 비 안 맞구로 차양 밑으로 온나. 매형도예."

"많이 올 비는 아닌 거 같은데, 날도 더분데 머 어떠노?"

"내 말 들어라. 누부야는 좀 모르는 기 많다. 바다가 그리 만만한 줄 알다가는 갱문에 갇힌다. 비 오는 날에 갱문이 더 잘 열린다. 빗길에는 조심해도 미끄러지듯이. 알겠나?!"

동생의 말은 비장하기까지 했다. 하긴, 그럴 것이다. 아버지를 따라 배를 타고 작업을 해봤으니까. 큰 말 안 하시는 아버지는 바다에서는 유독 잔소리가 심해서 따라가기 싫다고 하던 엄마의 말이 떠올랐다. 아버지와 심하게 다툰 날이면 저녁에 동생들을 닦달했다.

"너그 아부지가 얼매나 잔소리가 심한 줄 아나? 사람 정신을 쏙 빼놓는다. 어데 일을 못하겄다. 너그가, 아부지하고 작업 한 번 해봐야 공부를 지대로 할란가 모르겄다."

그러면서 아버지를 바라보며 한마디 더 반찬 위에 올리셨다.

"새끼들 데리고 나가서 작업 한 번 해보소! 내 맨치로 받쳐주는 아들이 있는가 보란 말입니더! 저것들 공부시킬라꼬, 당신 맨치로,

갱문에 갇힌 사람 맨치로 주눅 들어 살게 안 할라꼬, 내가 이를 악물고 있는데……."

엄마의 한 소리는 그렇게 울먹이다 밥상에서 뛰쳐나갔다. 늘 끝말에 마침표를 제대로 찍어내지 못했다. 그러면 동생들은 하나둘 일어나 밖으로 나갔다. 그것이 꼴사납게 느껴져서 내가 박차고 일어설라치면 엄마는 내 손을 꾹 눌렀다.

돌아갈 곳이 있다는 건 좋은 일이다. 그러나 그곳이 시야에 들어오기 시작하고부터는 불안을 동반하고 조바심을 일으킨다. 아무리 애를 써도 거리가 좁혀지지 않을 수도 있다는 불안감. 도착하자마자 그다음 행동을 어떻게 할 것이라는 예측의 심리적인 조바심. 그것이 가져다주는 무게가 빗방울에 실려 있어서 맞을수록 더 아팠다.

붕장어의 힘센 저항도 따지고 보면 운명의 고리에 걸린 한 사내의 몸부림과 다를 바 없다. 어쩌면 바늘을 얼른 삼켜버리는 게 더 현명할 수도 있다. 그것을 포기라고 말해도 뒤집을 어떠한 단어도 찾을 수 없다.

그래서 어쩌라고?

누군가는 그렇게 말할지도 모르지만, 갱문이 열리면 어떠한 것도 살아남지 못할 확률도 있다. 그것을 알아채는 것이야말로 중요하다. 자기 삶에 제대로 갇히는 것은 굴레를 뒤집어쓴 것이 아니라, 그 속에 집을 짓고 풍경을 그리며 살아가는 것일지도 모른다.

마을의 불빛들이 커지기 시작하자 빗방울이 제법 목소리를 높인다. 배 위에서 비를 피한다는 것은 쉬운 일이 아니다. 동생이 있는 엔진실은 좁아서 한 사람의 움직임도 제한받는다. 처마가 있는 자리는 동생의 시야를 확보해야 하는 곳이기 때문에 우리가 서 있을 수 없었다.

바다는 점점 숨을 거칠게 쉬었다. 바다 숨의 높이가 점점 높아지고 있었다. 동생은 잔뜩 긴장한 모습이었고 나와 남편은 서로의 손을 쥐고 서로의 어깨 위를 장악하는 비를 털어내는 부질없는 짓을 해야 했다. 동생이 그토록 긴장하는 이유가 있었다. 마을과 가까워지는 곳에는 여가 있기 때문이었다. 익숙한 바닷길이라 해도 어둡고 파도가 이는 바다는 또 하나의 낯선 길이다. 다 왔다고 안심하기 이른 곳임을 명심해야 하는 거리에 여*가 있다는 것. 그것이 갱문을 벗어나는 마지막 관문인지도 모른다. 목표지점에 도착하기 전까지 긴장을 늦추지 말아야 하는 곳. 그 긴장이 약간의 떨림을 가지고 있을 때 안전은 더욱 보장되는 것인지도 모른다. 바다가 잠시 주춤하던 숨을 몰아쉬기 시작했다. 그 참에 배가 약간 흔들렸다.

또다시 아버지의 모습이 떠올랐다. 자식들이 자라서 이제 조금은 구부린 허리와 다리를 펼 수 있는 시간이 되었다고 생각한 지금이 아버지에겐 더욱 불안한 시점일지도 모른다고. 도착점이 눈앞에 보일 때 다리의 힘이 풀리지 않게 긴장해야 하는 것처럼. 잔뜩 긴장한 동생은 아버지의 모습을 담고 있었다. 한때 벗어나고 싶었던 아버지의 손목을 다시 잡아주게 된 것은 한 마리의 용으로 승천하고 싶었던 이무기의 마지막 눈물을 보았다는 걸 의미하는 것인

* 해면의 높이에 따라 보였다 사라지는 갯바위.

지도. 내 얼굴에 머쓱한 미소가 머물렀지만, 어둠을 직시해야 했다. 마을은 더욱 빛나게 불을 밝혔고 빗방울은 몸집이 더욱 커졌다. 마을의 가장 끄트머리에 있는 방파제가 제 키를 높였다. 이제 마을에 다다랐다는 방파제의 말이었다.

부두에 다다랐을 때 아버지는 비옷을 입고 부둣가에 이미 와 계셨다. 그리고 동생이 던지는 빗줄을 잡아 묶었다. 동생에게 들고 오신 들통을 넘겨주셨지만, 여전히 아무 말이 없으셨다. 늦었다든가 괜찮았느냐는 말을 빗속에 재어두셨다. 이상하게도 말은 입 밖으로 나오지 않을 때 울림이 얼마나 큰지 알게 하는 힘이 있다. 아버지의 입술은 굳게 닫혔지만, 당신의 마음이 우리들의 어깨와 머리 위를 스쳐 지나 재빠르게 아버지의 닫힌 입술로 돌아가는 것을 느낄 수 있었다. 예쁘다, 사랑한다는 말을 쉽게 꺼내어 빨래처럼 마당에 내어 널어 두지는 않았지만, 아버지는 늘 갱문에 갇힌 자신처럼 되지 않기를 바라셨다. 특히, 아들들을 바라볼 때의 그 눈빛은 떨림이다 못해 울림이었다. 아들들은 그런 아버지의 눈빛을 잽싸게 떼어내는 개구쟁이 역할을 잘 소화해내는 명배우들이었다. 그런 면에서 아버지는 자신의 마음을 아들들에게 들키지 않았다는 위로를 즐기기도 했었다. 우리는 아버지가 가져오신 들통에 갑판 위에 널브러진 붕장어들을 담았다. 제법 무게를 느끼며 배에서 내려오려고 할 때 동생은 먼저 내려가라고 했다. 갑판을 청소하기 위해서였다.

아버지는 빗속에 우두커니 서 계셨다. 무엇도 방패막이로 쓰지 않은 모습으로. 모든 것을 잃었지만 모든 것을 가진 모습으로. 너무나 당차서 함부로 덤비지도 못하는 모습으로. 늘 보아오던 당신의 모습이 아니었다. 일에 지치고 삶에 지쳐 어깨는 처져있고 술에 취한 모습으로 눈물 콧물을 밥풀처럼 흘리시던 모습은 없었다. 빗방울에 쌓여 있는 가로등 불빛 덕분에 더 웅장한 모습으로 보였을지도 모른다. 하지만 빗속에서 울음을 삼킨 한 사내의 거친 발걸음과 눈빛은 우뚝 솟은 천하대장군이었다.

어쩌면 우리는 밤낚시를 하듯 인생을 살아가는 것일지도 모른다. 깜깜하면서도 흔들리고, 흔들리면서도 방향을 잃지 않으려 바짝 긴장하며.

≋ 루왁

새삼스러울 것도 없지만, 새삼스럽게 그는 매일 커피를 챙겼다. 출근해서 아침마다 챙기는 커피는 봉지 커피. 커피 종류야 많지만, 그가 오로지 즐기는 커피는 빨간 봉지 커피였다.

그는 순한 양이다. 그렇게 말하고 나면 꼭 곰 같기도 하고, 그는 곰이다. 라고 말하고 나면 소 같기도 했다. 우둔하니, 뭔가 부족한 듯도 한데 넘치는 것 같기도 한. 이상한 캐릭터였다. 그래서 그런 걸까. 빨간 봉지 커피는 그와 동격이었다.

그는 물량 팀의 팀장이었다. 조선업계에는 여러 분야가 있지만 우리는 상부구조 분야였다. 그리고 그는 포설 팀을 운영하고 있었다. 쉬운 말로 케이블을 설치하는 일이다. 우리는 케이블을 설치하는 게 아니라 깐다고 한다. 포설은 생각보다 지저분한 일이었다. 케이블을 설치하는 일 외에도 해야 할 잡다한 일들이 많기 때문이었다. 망간, 콤파운드액 붓기, 때론 라이즈 작업도 했다. 전기가 없으면 모든 장비가 움직일 수 없음에도 포설은 평가 절하되어 있었다. 요즘에도 그 상황은 변하지 않은 것 같다. 그렇든 말았든 그는 늘 꾸준했다. 공정에 맞추다 보면 일이 빨리 끝나는 날도 있고 늦는 날도 있었다. 하지만 그는 아주 드물게 일찍 퇴근했었다. 그래서 함께 일하는 팀원들의 불만이 불쑥불쑥 튀어나와 시끄럽기도 했다. 그렇다 해도 그는 꿋꿋하게 퇴근 시간에 맞춰 퇴근시켰다. 아주 드물게 일찍 퇴근하는 날에는 100스퀘어 이상의 굵은 케이블을 포설할 때였다. 그런 날은 자신의 팀원 외에 서너 명, 많게는 대여섯 명을 지원받았다. 왜냐하면 호선마다 조금씩 차이는 있었지만 적게는 다섯 가닥, 많게는 스무 가닥 이상일 때도 있었기 때문이다. 그럴 때는 늘 꿋꿋하던 그도 한여름의 봉숭아처럼 다소곳하게 붉어져서 빠른 퇴근을 했었다. 정말 드문 일이어서 그가 퇴근하고 나면 우리는 그의 뒷말을 했다.

"저도 별수 없네. 아무리 짱짱하기로 그 일하고 견디기는 힘들지."

"미련 곰탱이인 줄 알았는데 가끔은 예민한 면도 있어. 그치?"

그의 작업복은 늘 얼룩이 져서 엉망이었다. 출근할 때는 말끔한데, 10시 휴식 시간이 되어 사무실에 도착한 그는 거의 공사판에서 뒹굴다 온 모습이었다. 다른 사람들이 3일 입은 작업복보다 더 더러웠다. 도대체 그는 무슨 일하고 오는 걸까? 그는 일명, 농띠를 부리는 성격은 아니었다. 만약 그를 그림 그리는 사람이라고 소개해도 나쁘지는 않을 것 같았다. 화가들이 작업을 하다 보면 앞치마에 물감이 묻었는지 어떤지 신경 쓰지 않듯. 그도 그런 사람이었다. 우리는 그를 보며 농담 반 진담 반에 비아냥거림을 담아,

"조선소 청소는 팀장님 혼자 다 하는 모양이요."

그러면 그는 자기의 작업복을 쓱 쳐다보고는 '어쩐지 데크가 깔끔하더라.' 그러고는 우리를 향해 웃음을 던졌다. 어떤 작업자는 작업복에 먼지 하나만 묻어도 신경질적으로 먼지를 털어냈다. 장갑으로 툭툭 털기도 하고, 에어로 푹푹 털어내기도 했다. 그런 부류에 비하면 그는 정말 무딘 사람이 분명했다. 하지만 작업할 때의

그는 상상할 수 없는 섬세함과 꼼꼼함을 드러냈다. 그와 함께 일하는 사람들이 같이 일 못하겠다고 말을 할 정도면 어느 정도인지 짐작이 가능할 것이다.

　그는 쉬는 시간마다 커피를 마셨다. 우리 모두 빨간 봉지 커피를 마셨다. 누구 하나 감사하다고 말을 하지 않았다. 커피를 사 온 사람이 누군지, 누구의 호주머니에서 나온 돈으로 산 것인지 전혀 궁금해 하지 않았다. 궁금해 하는 게 이상한 일일 수도 있었다. 우리 사이에서는.

　처음부터 우리가 사무실에 옹기종기 모여 커피를 마신 것은 아니었다. 작업장으로 올라가기 전에 자판기에서 커피를 빼서 마셨다. 자판기는 200원을 꼬박꼬박 요구했다. 어찌할 수가 없었다. 그렇지 않으면 커피를 주지 않으니까. 우리는 익숙하게 자판기에 200원을 상납하고 180~195ml인 종이컵의 절반가량인 100ml의 커피를 받는다. 소주잔이 거의 50ml라고 봤을 때 약 두 배다. 소주 한 병의 용량이 360ml이고 소주잔으로 일곱 잔하고 반잔이 나온다. 소주 한 병 가격이 많이 올라서 마트에서는 1,000원부터 1,600원까지 한다. 평균 1,300원으로 잡고 나누기 일곱 잔 반을 하면 173원이 조금 넘는다. 그러니까 소주 한 잔의 가격이 커피 한 잔 가격보다 비싸다는 말이다. 그런데도 그들은 술 마실 돈은 아끼지 않지만 커피 마실 돈은 아낀다는, 이런 논리를 정당화하는 것 같았다. 뭐 그렇다고 내가 커피 마시는 일을 두고 누군가의 주머니 경제를 살리니 마니 하는 그런 깊은 뜻을 새기자는 말은 아니다. 하지만 분명한 건 그러한 일상이 어느 날부터 변했다는 것이다. 아침마다 자판기 앞에 모여들던 작업자들이 하나둘 사라지기 시작했다. 정글에서 사체를 향해 돌진하는 하이에나들처럼 공짜 커피를 찾아 몰려다녔다.

어쩌다 점심시간에라도 내가 사주겠다는 커피를 그는 굳이 마다했다. 돈 아껴야지, 라며. 나는 도리어 화를 내며 '이깟 커피 한 잔 아껴서 집을 살 거요? 빌딩을 살 거요? 고마, 한잔하소!' 하고 그의 옷자락을 잡아당겨도 그는 거절했다. 나는 세 번씩이나 거절하는 그를 더 이상 잡지는 않았었다. 분명 세 번이나 권하면 세 번째는 받을만한데도 그는 그렇지 않았다. 성격이 뭐 저래? 하고 비웃고 싶지만, 그것 또한 꺼림칙하긴 마찬가지였다. 그래서 그와 자판기에서 마주 보고 커피를 마신 건 8년이 지나도록 열 손가락을 넘지 않았다. 하긴 그가 자판기 앞에 서 있다는 것만으로도 신기한 일이고 쟁점이 될 만한 일이었다, 우리 사이에서는.

소문에 의하면 그는 직원들에게 야근시키지 않는다고 했었다. 그 이유가 월급이 많이 나가는 게 싫어서라고. 하지만 그 소문은 가짜. 직원들 처지에서야 일 적게 하고 돈 많이 받아 가는 걸 원하지, 누가 일 많이 하고 돈 많이 벌어가는 걸 원하는가 말이다. 그리고 그가 직원들에게 공정이 밀려서 바쁘니까 야근을 좀 하자고 했더니 그들이 싫다고 말하는 것을 나는 여러 번 목격했다. 어느 날 탈의장에서 만난 그의 팀원 깡치에게 물었다.

"요즘 안 바빠? 다들 바빠서 난린데, 그 팀은 일을 잘 쳐내나 봐. 일찍 퇴근하네?"

"바쁘죠. 바빠도 팀장이 바쁘지 우리가 바쁠 게 뭐 있어요."

"팀장이 바쁘면 다 같이 바쁜 거지, 팀장은 바쁜데 니들은 안 바쁘다는 말은 무슨 말이야?"

"월급쟁이가 뭐 하러 야근해요? 야근하든 말든 똑같은데."

"월급은 얼마나 받는데?"

"받을 만큼 받아요."

우리 옆에서 옷을 갈아입던 의장 팀의 권오 형님이 대신 불쑥 대답했다.

"350 받는데."

"누가 그래요? 350 받는다고!"

"마, 니들 말하는 거 다 들었어. 세금까지 그 팀장이 다 낸다며? 짜식들아, 양심이 있어라 쫌. 그렇게 따지면 니들 받는 돈이 평균 380은 된다는 말인데 잔업도 못한다고? 야, 나 같으면 니들 짜르지 뭐 하러 쓰냐? 세 명에 이것저것 사주고 그러면 벌써 1,000만 원이 훌쩍 넘는다. 그 돈만큼 니들이 벌어 줘야 할 거 아냐?!"

"행님이 무슨 권리로 나한테 그런 말 하요? 행님이 내 팀장이라도 돼요?"

"야, 하도 니들 하는 짓이 미버서 그런다 와. 팀장 안 보면 니들 앉아서 놀잖아. 휴대폰 만지고, 게임하고. 새끼들 정말 그러는 거 아니다. 딱 깨놓고 말해서 니들 월급 줄려고 아등바등하지 말고 니들 자르고 혼자 벌어서 아껴 쓰는 게 낫잖아. 다른 팀들 팀장들도 모두 그렇게 말해, 짜식아. 니들 조심하는 게 좋아. 저 순한 사람이 칼을 빼들면 니들 단칼에 그냥 날린다. 내 말 거짓말인 줄 알어? 야, 나 같아도 그러겠다. 죽 쒀서 개를 주지. 집이나 잘 지키게……."

형님의 말이 끝나기도 전에 깡치는 캐비닛 문을 확 밀어붙이면서 신경질적으로 말했다.

"아이, 씨발, 재수 없어!"

깡치가 나가고 난 뒤 나는 권오 형님에게 정말이냐고 물었다. 공정 밀려서 A/S 간 적이 없는 유일한 팀이 저 팀이라고 회사에서 인정하잖어, 하고 말했다가 뒤통수 한 대 알싸하게 맞았다. "짜식아, 그 팀장이 저녁마다 남아서 야근한다. 공정 맞추느라. 좀 알고 씨부리라이. 니도 그 팀장한테 함부로 대하는 거 아냐, 새끼야!" 나도 그 말을 깡치와 같이 재수 없는 말로 치부했다. 그 말이 사실이라면, 진짜 재수 없는 양반이잖아. 쳇! 하지만 그 말을 들어서 그런지 그를 다시 보게 되었다. 그리고 그의 행동들이 눈에 선명하게 들어왔다. 그는 늘 웃으며 일했고 팀원들에게 이렇다 저렇다 아무런 말도 하지 않았다. 웃음이 헤픈 나머지 팀원에게 농락당한다 싶을 정도로 순진한 구석도 있었지만 내 생각에 그는 팀장 재목은 아닌 것 같았다. 내 생각은 내 생각이고 그는 늘 꾸준했다. 팀원들과도 회식을 자주 했다. 팀원들은 무슨 명목을 만들어서라도 일주일에 세 번은 술자리를 가졌었다. 그 모든 것을 부담하는 사람은 당연히 그였다. 물론 회식이라고 해봐야 회사 앞에 있는 포장마차에서 하는 것이 전부였지만 그들이 마시는 술값을 계산해보자면 그 돈도 만만치 않은 것이었다. 세금까지 모두 부담한다니. 참 속도 없는 그였다.

내가 조선업에 종사한 지 5년이 되는 해였다. 그해는 모든 조선업계가 불황을 타고 있었다. 중국에 진출했던 기업들이 적자를 면치 못하고 한국으로 돌아오는 시기이기도 했다. 어쩔 수 없이 구조

조정이 이루어질 수밖에 없는 상황과 맞닥뜨렸다. 원청의 회의에서 단가를 낮추자는 이야기가 나왔다고 했다. 2개월 뒤부터는 기존의 85퍼센트 수준으로 단가를 낮춘다는 말이었다. 다들 같이 살자고 하는데 반대할 사람들은 없었다. 뒤에서 구시렁거리기는 해도 앞에 대고 말을 할 수 없는 처지들이었다. 하청의 하청인 우리 물량 팀 처지에서는 '다 같이 어려운 시기를 잘 넘겨보자.'라는 슬로건을 거는데 팀을 줄인다는 말보다는 설득력이 있었다. 우리말로는 밀어내기 한 판, 그러니까 A/S 많이 가는 팀이나 적자를 많이 내는 관리 대상인 밑도급업체를 들어낸다는 말을 그렇게 말했다. 밀어내기 한 판이 없는 것만으로도 다행이었다. 안도의 한숨을 쉬기가 무섭게 걱정이 되는 건 그였다. 단가가 내려가면 포설 팀은 타격이 컸었다. 나는 화기 물량이라 무게 단가였고 포설은 미터 당 단가였다. 우리는 솔직히 포설보다는 단가가 높은 편이기도 하고 그치들보다는 재 작업률이 낮은 공정이었다. 하지만 포설은 재 작업률도 높고 시간과 인원이 많이 투입되는 공정이라 사정이 좀 달랐다.

사실 나도 단가 조정 회의가 있을 거라는 소문을 듣고 며칠 전에 근무 상황이 나쁜 직원 두 명을 잘랐다. 그들이야 불만이 많았지만 남아 있는 사람들의 불만을 재우려면 그들이 일을 그만두는 게 맞다. 그들은 번갈아 가며 출근하지 않았다. 공정이 아무리 바빠도 그들의 근무태도는 늘 변함이 없었다. 참, 일관성이 있었다. 그것이 다른 직원들에겐 불편한 요소였다. 그들의 불만이 제로가 될 확률은 없지만 두 사람을 자름으로써 일단락을 지을 수 있었다. 그나저나 나는 그가 어떻게 행동할지 정말 궁금했다. 다른 물량 팀들보다 직원들 월급이 30~40만원씩이 더 나가는 데다, 세금까지 내주는 형편이면 그 출혈을 감당하긴 어려울 테니까.

　게다가 조선업이 내림세를 탄다는 말이 돌면서 원청과 밑도급의 갑질이 눈에 띄게 보이기 시작했다. 포설을 예로 든다면 바인더 간격이 너무 넓다든지, 케이블의 여유가 너무 없다는 둥, 코밍을 넘어가는 케이블의 간격이 너무 가깝다고 하면서 검사를 미루는 일이 허다했다. 검사를 늦춘다는 말은 공사대금의 지급이 늦어진다는 말이었다. 게다가 선주들도 많이 까다로워졌었다. 하긴, 수주한 선주가 요구하는 조건으로 일을 진행해야 하는 게 맞긴 했다. 그러나 현장에서 일하다 보면 선주의 요구사항이 무리한 일도 있었다. 일에 따라 아예 설계를 변경해야 하는 경우도 생겼다. 그걸 맞추려면 재작업은 필수다. 게다가 설계 변경이나 설계 오작에 의한 재작업 수당은 아무도 지급해주지 않는다. 그 당시에는 전체적으로 한국의 조선업계가 불황인지라 선주의 요구사항을 치밀하게 들어주어야 하는 상황이기도 했다. 이에 따라 대기업의 수주현황이 달라지는 것이라 눈치를 보는 것은 어쩔 수 없는 것이었다. 선박 수주를 하는 선주의 요구사항을 최대한 맞추어야 다음 수주계약을 할 수 있는 대기업의 입장은 이해하지만, 대기업들의 단가가 현장에서 느끼는 체감온도보다 그렇게 낮은 것은 아니었다. 대기업에서는 외주업체들의 단가를 낮추는 것이므로 그들은 외주에 비해 손해를 많이 보지는 않았다. 신기하게도 내부적인 비리로 인해 문제가 발생했다. 이미 알려진 D그룹의 비리가 그런 것이었다. 하지만 수주가 지속해서 줄어든다면 대기업은 물론이고 중소기업, 외주업체, 밑도급업체, 근로자들은 도미노의 아주 작은 블록이라

넘어갈 수밖에 없는 게 현실이었다.

그는 여전히 말이 없었다. 별다른 행동도 보이지 않았다. 나는 궁금증을 해소하기 위해 퇴근 직전에 그에게 물었다.

"행님, 단가가 그래 내려가면 애들 쓰기가 좀 안 그렇소? 하나는 잘라야 답이 나오겠던데…… 나도 이참에 두 명은 보냈는데, 행님은 어쩔 거요?"

그는 이틀 동안 출근하지 않았다. A/S를 간 것도 아니라고 했다. 다만 집안에 일이 있어서 그렇다는 데 무슨 일인지 궁금했다. 그의 직원들도 모른다고 했다. 팀장이 있어도 일보다는 휴대폰 만지는 시간이 많던 그들이 어쩐 일인지 일을 열심히 했다. 다른 동료들은 그들을 비아냥거리기까지 했다.

"야, 오늘은 분명히 해가 동쪽에서 떴지?"

"내가 어제 술을 굶어서 그런가, 뭔 일이고 이 상황이?"

그러나 그 말도 오전까지만 해당하였다. 점심시간이 지난 뒤로는 피죽도 못 먹은 얼굴들을 하고는 평소에 하지 않던 짓을 해서 그렇다며 자폭을 해댔다. 주변에서는 그럼, 그렇지. 저 인물들이 그렇게 열심히 할 리가 없지.

나는 그가 왜 출근을 안 했는지도 궁금했고 어떻게 결론을 내렸는지, 정말 저 인물들은 저렇게 살아남을 것인지가 더 궁금했다. 그가 출근하지 않은 3일째 되는 날, 어쩐 일인지 그의 팀원들이 하나도 보이지 않았다. 다른 팀원들이나 밑도급업체 직원들은 혹시나 잘릴까 봐 신경이 곤두서고 있던 때라 나는 더욱 놀랐다. 사무실에는 그의 빨간 봉지 커피도 덩달아 보이지 않았다.

자판기 앞에서 그를 보았다. 그날은 이상한 날이었다. 그는 평소에도 말이 없었지만, 더 말이 없었다. 웃지도 않았다. 몹시 언짢은 일이 있나본다고 짐작만 했다. 그날, 자판기 앞에서 그를 두 번이나 만났지만, 사무실에서는 한 번도 만나지 못했다. 게다가 그가 사무실에 한 번도 오지 않았다는 것을 아는 사람은 아무도 없었다. 더 놀라운 건 그가 출근했는지도 모르는 사람이 많았다. 뭐지? 그의 존재감이 그렇게 미미했단 말인가.

점심시간에 그를 잠시 봤다. 그의 표정은 여전히 알 수 없이 일그러져 있었다. 무슨 일이라도 있는지 물어보기가 참 이상했다. 낯설다는 것이 그럴 때 쓰이는 말인 줄은 몰랐다. 그런데도 사람들은 빨간 봉지 커피 타령을 해댔다. 어쩌다 빨간 봉지 커피가 떨어진 날이 그날이었을 뿐이었다. 누가 현장으로 나가면서 말했다.

"그런 말 하지 말고 한 번 사오든지, 아니면 그냥 나가서 자판기 커피나 마셔!"

그 말에 김 팀장이 사오는데 뭐 하러 내가 사야 하느냐고 성내는 놈도 있었다. 그가 무서웠다. 마치 하이에나 떼들처럼. 남의 고기만 먹는 하이에나의 뒷다리처럼 그들의 양심도 짧아보였다. 그가 빨간 봉지 커피를 말없이 사다놓았을 때 누구 한 사람이라도 그에게 커피를 마셔도 되냐고 물어본 적이 없다. 나도 그랬다. 있으니 마셨다.

우리끼리, 아니 그가 있을 때조차도 우리는 어느 등신이 커피가 떨어지기 무섭게 사다놓았냐고 웃으면서 욕을 했었다. 우리 중에서 어떤 놈들은 돈이 남아도는 모양이라고 비아냥거렸고. 또 어떤 놈은 있는 놈이 좀 나눠먹자는데 아무 말 말라고 했다. 안 그러면 내 주머니에서 돈 나간다고. 또 다른 한 놈은 빨간 봉지보다 노란 봉지 커피가 더 순한데, 기왕 돈 쓰는 것 좀 좋은 거 사오면 더 좋을 거라고도 말했다. 프리마보다 우유가 들어간 커피가 더 순하다나 뭐라나. 어떤 놈은 더 했다. 이깟 빨간 봉지 커피 얼마나 한다고, 사놓고 생색내는 놈이 더 이상한 놈이라고까지 했다. 그러면서 180개들이 한 봉지에 만오천원 하니까 나누기 하면, 에계계, 한 개 83원 하네. 정말 친절한 놈이었다.

하긴, 저들보다 더한 놈들도 몇몇 있다. 자기 주머니는 두고 꼭 외국인 근로자의 주머니에서 돈을 받아 커피를 마시는 놈들. 보통 그런 놈들이 더 많이 투덜거렸다. 그렇게 투덜거린 그들이 자판기에서 뽑아 마신 커피는 종이컵 커피가 아니라 캔 커피다. 한 캔에 500원 하는. 그리고 업소용이라 용량도 적은. 자기들 호주머니에서 뽑아 마시는 500원은 아깝고 남의 주머니에서 나오는 500원과 그깟 빨간 봉지 커피를 사 오는 사람의 돈은 아끼지 않는다는 논리는 어느 나라 논린지. 어떠한 논리여도 그깟 83원 하는 빨간 봉지 커피가 없어서 짜증을 부리는 놈들의 양심도 83원이라는 뜻이겠다. 그까짓 것이라니. 그까짓 빨간 봉지 커피 없다고 투덜거리며 숨넘어가는 소리 하고 자빠진 놈들. 사자가 먹다 남긴 사체를 바라보며 적게 남겼다고 투덜거리는 하이에나는 없다. 그놈들은 부족해서 배를 곯으면 다른 사체를 찾아다녔다. 게다가 스무 명 남짓한 사람들이 하루에 서너 잔씩 마시면 180개들이 한 봉지가 며칠을 가겠는가. 물론 그 중 몇몇은 매번 그러기가 미안하다며 일부러 자판기 커피를 마셨다. 빨간 봉지 커피를 살 때마다 그는 무슨 생각을 했을까? 친구들과 술을 한 잔 마셔도 혼자 부담하기엔 버거운 것인데, 한 달에 평균 여섯 봉지나 사 왔다. 그는 왜 180개들이를 사왔을까? 고맙다는 말 한마디 없이 야금야금 빨간 봉지를 뜯어대는 그 이빨들을 바라보면서 그가 하고 싶었던 말은 무엇이었을까? 180이라는 숫자에 무슨 의미라도 있는 것일까? 만약 그것도 아니라면 누군가의 계산법으로 나온 83원은 아니었던 게 아닐까? 그것마저도 아니라면 정말 사람들과 마음을 나누고 싶었던 것이겠다.

하긴, 그의 주머니를 터는 게 어디 우리뿐이겠는가. 물량을 주는 하청들도 마찬가지고 그 밑도급에 외주를 주는 원청도 그랬다. 원청은 자기들의 원가 절감 운운하며 밑도급의 계약서에서 돈을 빼앗았다. 게다가 언제부턴가는 1차 밑도급에서 2차 밑도급으로 외주를 줄 때 계약서를 쓰지 않고 작업부터 시켰다. 그래 놓고 일이 끝나면 계약서를 쓰는데 다운 계약서였다. 우리는 이걸 후려치기라고 했다. 이러면 밑도급의 하청인 우리 물량 팀의 단가도 저절로 내려갔다. 어떤 합의도 없었다. 어떤 미안함도 없었으며 '같이 먹고 살자.'고 하는 말은 마치 하이에나가 사체를 뜯어먹고 이빨을 쑤시는 이쑤시개 같은 것이었다. 그들이 갑이며 친절한 하이에나였다. 이건 신노예제다. 아무리 시대가 변했어도 갑과 을이 존재하는 사회에서 불공정과 불평등은 존재하기 마련이다. 사회가 변하고 인권이 향상되었다고 하더라도 사라질 수 없는 일이 분명하다. 자존감? 노력하면 모든 것이 이루어진다? 이건 요즘 세상에선 개도 안 받아먹는 말이다.

돈은 분명 그걸 잘 알고 사람을 부리는 것 같다. 자본주의에서 돈은 분명 모든 것을 이루고, 모든 것을 조절할 수 있는 유일한 신일 것이다. 나는 그렇게 믿고 있다. 나뿐 아니라 열에 아홉은 돈을 쫓아다닐 것이다. 그것이 비록 이단일지라도. 우리가 원청의 후려치기 계약서를 받아 들고 일 시켜줘서 고맙다며 고개를 숙이는 것은 착잡하고 씁쓸한 일이었다.

그날 퇴근하기 한 시간 전에 비상 회의가 열렸다. 회의에는 한 번도 참석하지 않던 그가 나타났다. 모두가 웅성거렸다. 그가 나타난 것만으로도 이상한 일이었는데, 오늘 회의가 열린 이유의 중심이 그라는 사실이 더 충격적이었다.

그의 팀원들이 사고를 쳤단다. 그가 이틀을 출근하지 못한 날에 생긴 일이었다, 일정을 계산해보면. 그보다 더 큰 문제는 완성된 선실 선적일이 십여 일밖에 남지 않았을 때였다. 그가 만약 이 일을 수습하지 못한다면 그 사람 다음 공정 담당인 결선 1팀장은 A/S를 가는 비용을 그가 다 책임지면 물량을 그대로 받을 것이고, 그렇지 않다면 뱉어내겠다고 말했다. 결선 1팀장이 그런 말을 하는 데는 이유가 있었다. 김 팀장의 팀원들이 사고를 친 그 구역이 장비를 컨트롤하는 메인 패널이었기 때문이다. 메인 패널은 베테랑급이 일주일 가까이 작업을 해야 하거나 아니면 두 사람이 해도 3~4일은 작업을 해야 했다. 그만큼 케이블이 많이 들어간다는 말이었다. 많게는 100가닥이 훨씬 넘는다. 그래서 메인은 늘 여유를 두고 다른 케이블보다 빨리 작업을 했다. 오작이나 개정이 나더라도 시간을 벌기 위해서였다. 만약, 김 팀장이 결선 1팀의 요구조건을 받아들인다면 그는 이번 호선에서는 돈을 한 푼도 못 건지는 셈이었다.

소장은 다른 팀원들이 좀 도와주면 최악의 사태는 막을 수 있다고 했다. 그래서 여러분들의 도움이 절실하니 지원이 가능한 팀은 사나흘이라도 김 팀장님을 도와주었으면 좋겠다고 했다. 이 말에 다들 우왕좌왕하는 모습이었다. 다른 포설 팀을 부르는 게 낫지 않겠느냐 느니, 아니면 일당벌이 인원을 예닐곱 명 투입해서 처리하면 되지 않느냐는 등 말이 많았다. 다들 우리도 바빠서 일정 맞추기가 어렵다는 말을 꼭 붙였다. 왜냐하면 공정의 앞부분에 해당하는 포설은 선적이 이루어지는 마지막까지 마무리 작업이 이루어지는 공정 중 하나인데다 선적일이 얼마 남지 않은 이 호선은 앞 공정을 마무리하는 원청에서 한 달이나 까먹은 상태였기 때문이다. 게다가 원청에서도 혀를 찰 정도로 개정작업이 많았다. 설계 오작이거나 선주의 요구로. 그 여파를 많이 받은 공정이 포설이었으며, 모두가 고생한 호선이었다. 다들 계약상의 기성 대금보다 20~30퍼센트는 손해를 본 상태였다. 그러니 이 호선에 정나미가 떨어진 우리는 하나같이 빨리 손을 빼고 싶었다. 하나둘씩 자리를 털고 일어났고 결선 1팀장과 결선 2팀장 그와 소장은 현장사무실에 남았다.

생각해보면 나도 그의 공정 일부를 갉아먹은 이력이 제법 있었다. 그가 결선 팀의 작업량을 맞추기 위해 내게 전로가 빠진 것을 점검해주며 서둘러 달라고 한 적이 여러 번 있었다. 하지만 나는 급할 게 하나도 없었다. 전로에 페인트칠이 안 됐다. 입고가 안 됐다며 시간을 까먹었다. 솔직히 입고가 안 된 전로는 창고나 각 밑도급의 사무실에 가면 몇 개씩은 있었다. 그리고 야적장에 가서 뒤지면 얼마든지 찾을 수 있었다. 나는 굳이 그러고 싶지 않았다. 나와 우리 팀은 그런 일을 대수롭지 않게 생각했다. 우리 팀이 자꾸 미적거리면 그가 대신 찾아서 주었다. 그러면 우리는 못 이기는 채 전로를 채웠고, 괜히 도장 팀을 욕했다. 그가 그렇게 전로에 신경을 쓰는 이유는 케이블의 길이가 짧으면 작업을 수정해야 하고, 발주를 새로 내어야 했기 때문이다. 호선이 납품될 때마다 그 이유를 남겨야 하는 것도 그의 일이었다. 그러한 증거들이 남아있어야 본청에서 이의를 제기할 때 증거로 내밀 수 있었기 때문이었다. 그래서 문제를 찾았으면 풀기 위해서 그는 동분서주할 수밖에 없었다. 그가 전로가 좁으니 변경해달라고 했을 때도 나는 오더가 안 떨어졌다며 미적거리거나, 우리 팀이 전로를 잘못 설치해서 포설을 못하게 된 경우도 여러 번 있었다. 나는 그에게 우리 팀의 작업자 평계를 대며 술이라도 한잔하며 풀자고 했지만, 그는 웃으며 괜찮다고 했다. 솔직히 나는 그에게 미안함보다는 뭐 남들도 다 그러는데, 라는 생각이 더 지배적이었던 것도 사실이다.

퇴근 카드를 찍는데 누가 날 불렀다. 돌아보니 소장이었다. 소장은 어디 가서 술이나 한잔하자고 했고 우린 회사 앞의 포장마차로 갔다.

"야, 그 자식들 사람도 아이라. 그 행님이 어수룩한 거지 뭐."

술이 혀를 꼬아버린 탓에 소장의 말은 앞뒤가 섞여서 술맛을 모르게 했다. 섞여버린 말들을 제대로 정리하느라 나는 머리가 지끈거렸고 술맛이 떨어지고 말았다. 소장의 말을 앞뒤로 정렬해서 말하자면 김 팀장의 사정은 이랬다.

깡치가 자신은 다른 사람들보다 일을 잘하는 편이라는 말을 들었기 때문에 기본 300은 받아야 하고 반장 수당으로 50을 더 달라고 했다. 줬다. 그리고 물량이 늘어나서 사람을 소개 좀 하라고 했더니 두 사람이 왔다. 그 두 사람도 반장급이라 했지만 내가 볼 땐 좀 못하더라 그래서 250씩 줬다. 일을 시켜보니 생각보다 깡치는 통상적으로 말하는 반장급보다 일이 안 되더라. 확인 못한 내 잘못이 큰 탓에 월급을 낮추자는 말도 못했다. 하지만 데리고 온 두 놈도 마찬가지더라. 도면도 볼 줄 모르고 작업도 엉망으로 하더라. 그리고 안전과 관련해서 매번 지적당하니까 몇 번 주의하라고 경고했는데도 안 되더라. 작업을 지시한 대로 하지 않아 낭패를 본 적이 여러 번이었다. 그러니 맡겨놓고 다른 일을 할 수가 없더라. 매일매일 사고를 치는데 그것 수습하기가 참 버겁더라. 그런데다가 집사람이 좀 아팠어. 야근을 좀 해주면 좋겠다고 했지. 채용할 때 이미 그런 이야기도 있었고. 한 달에 스무 시간은 잔업하기로 했거든. 근데 못하겠다고 하더라고. 집사람은 아프지. 일은 밀리지. 그래서 고민 고민하다가 그놈들한테 말했어.

지금 이 상태로 가면 팀을 꾸려나가기가 어렵다. 한 사람을 자르기엔 셋이 한 팀처럼 들어온 터라 그것도 어렵고 그렇다고 셋을 쓰기에는 내가 너무 벅차다. 이번 달에도 적자다. 단가도 내려가서 이 상태로 간다면 너희들을 모두 내보내야 한다. 이러한 일은 피하고 싶다. 그러니 일은 제대로 하자. 집사람이 쓰러져서 병원에 왔고, 며칠은 출근을 못하니까 미리 작업지시를 했다. 개정된 사항이 있으니까 개정 도면을 꼭 확인해라. 모르겠으면 소장에게 직접 지시받아라. 선적일이 얼마 안 남았으니까 확인하고 또 확인해야 한다. 안 그러면 문제가 커진다. 그러니 모르겠으면 나한테 전화하던지 소장과 꼭 상의해라. 그러고 출근했는데 아이들이 출근하지 않았다. 나 없는 동안 고생해서 그랬겠다고 생각했다. 지시한 내용들 확인을 하는데 지시한 작업은 하나도 안 되어 있고 소장과도 연락하지 않았고 개정 도면을 무시하고 개정 전 도면대로 작업을 했더라. 그래서 전화로 야단을 좀 쳤다. 이런 식으로 일할 거면 모두 그만두라고 했다. 그랬더니 나더러 씨발 놈이라고 하더라. 참, 어이가 없어서. 팀장 같지도 않은 놈을 팀장이라고 봐줬더니 웃기는 소리 한다고 하더라. 야, 할 말이 없더라. 자기들이 있어서 내가 그나마 팀장 대접을 받았다나 뭐라나. 그날 월급 정산 다 해줬어. 지금까지 팀장 대접해줘서 고맙다. 6개월 근무하는 동안 팀장 같지도 않은 나를 보필하느라 정말 고생 많았으니 그동안 내가 대신 내준 세금 중에서 6개월 치만 뺐다. 부디 잘 먹고, 잘 살라고 말했다.

다행히 그를 도와준 건 결선 2팀원들이었다. 결선 2팀의 팀장이 그와 함께 일한 시간이 많았고, 서로의 성향이 비슷한 편이었다. 그래도 인원이 적은 팀이어서 걱정했었다. 하지만 그는 천하무적이 틀림없었다. 그 새끼들이 엉망으로 만들어둔 호선을 선적 날짜에 맞춰서 보냈다. 결선 1팀도 A/S를 가지 않도록 해줬다. 모두가 혀를 찼다. 무슨 인간이 저런 인간이 다 있냐고 손가락질할 정도였다.

그 사건 이후 그는 혼자서 일했다. 그는 팀원이 있을 때보다 표정이 더 밝았다. 그리고 그의 작업복은 한 번도 깨끗하게 한나절을 보낸 적이 없었다. 우리는 여전히 빨간 봉지 커피를 뜯었다. 그리고 빈 빨간 봉지가 쌓이는 높이만큼 그에 대한 안 좋은 소문도 무성하게 쌓였다.

"케이블을 바운드 치는 데 좀 꼬이면 어때서 그걸 꼬였다고 따고선 재작업을 시켰다. 어디, 예술이라도 하는 줄 아는가 봐."

"다른 팀들은 회식도 자주 하더니만 기껏 회식한다는 게 회사 앞 포장마차에서 하는 게 전부다. 하다못해 소고기집, 한우는 힘들더라도 수입 소고기 한 번 사준 적이 없다. 팀장이 그렇게 구두쇠 짓을 했다니까!"

나도 우리 팀원들 데리고 여태 한 번도 간 적이 없었다. 삼겹살도 대패가 대부분이었다. 개소리들하고 자빠졌네. 그들은 드라마를 너무 많이 봤던 게 분명했다. 아니 수입 쇠고기라도 먹은 사람은 특별하게 성과를 냈을 때나 사장의 돈으로 먹었을 것이다. 드라마는 드라마일 뿐이다. 이런 소문들이 쓰레기처럼 날아다녔지만, 그는 줍거나 치우지 않았다.

조선업도 건축 현장이나 다름없어서 누가 다쳐도 모르는 곳이다. 그러니 2인 1조는 필수시스템이다. 물론 상황에 따라 조금씩 융통성을 발휘했지만, 그는 사고를 방지하기 위한 정석을 지켰을 뿐이지 두 사람씩 보내어 서로를 감시하자는 게 아니었다. 하지만 그것도 그가 욕을 먹는 이유였다. 그것을 제대로 대변해주는 사람이 없었다는 게 난센스라면 난센스였다.

이제는 혼자 일하는 그를 보며 이런 뒷담도 우린 깠다.

"돈에 목숨 거는 사람은 아마, 김 팀장밖에 없을 거야. 독하지…… 돈을 저렇게 혼자 다 벌어서 어디에 쓰나?"

어찌 보면 그를 욕하는 사람 대부분은 그를 시기하거나 질투하는 심리를 가졌을지도 몰랐다. 솔직히 나도 좀 그랬었다. 혼자서 팀원 두서넛 데리고 일하는 팀들만큼 일을 쳐냈으니. 남 잘되는 꼴은 배가 아픈 충분한 이유 1순위니까.

　우리가 사무실에 모이게 되는 시간이 많아진 건 분명 그의 덕분이었다. 몇 년을 지나면서도 말 한마디 붙이지 못하고 떠나가는 사람들이 많은 업종인 걸 감안하면 그의 빨간 봉지 커피는 상징적이었다. 그의 평판은 호불호가 나위었지만, 남들의 평판과 상관없이 그는 여전히 꾸준하며 섬세하고 꼼꼼했다. 순한 양 같기도 하고 곰 같기도 하고 소 같기도 했다. 떠났던 사람들이 돌아와서 제일 먼저 하는 말이 '김 팀장은 여전하지?'였다. 지금도 오랫동안 함께 일해 본 사람들은 말한다. 솔직하고 성실하고 듬직하게 일하는 사람이며 다른 팀이 사고를 치고 도망가 버려도 해결할 수 있는 유일한 사람이라고. 하긴 그랬다. 그런 일이 있을 때마다 열에 일곱은 그가 해결했다. 그러니 그가 팀원 없이 혼자 꾸리는 물량 팀이라고 해도 1차 밑도급에서도 함부로 대하진 않았다. 물론, 서너 명이 해도 쳐 내기 힘든 물량을 혼자서 어떻게 처내느냐고 군소리는 했지만 그것뿐이었다. 그는 끄떡없었다. 늘 제날짜에 선적할 수 있게 했고 그의 사전에서 사라진 A/S는 다른 팀의 상용어였다. 우리는 그런 그에게 세 치 혀를 잘도 쳐대면서 빨간 봉지 커피를, 늘, 함께 마셨다.

　나는 8년을 운영하던 물량 팀을 접고 술집을 개업했다. 경기가 좋아도 술은 팔리고 경기가 나빠도 술은 팔린다 생각하며 연 가게였다. 가게를 개업하고 지금까지는 매출이 좋다. 그동안 회사에서 쌓아둔 인맥이 큰 작용을 했고 친구가 많은 것도 한몫했다. 어쩌다 옛 직장동료와 동석하게 되는 날이면 나는 그가 생각났고 그의 안부를 꼭 물었다. 그는 잘 지냈다고 말해줬다. 역시 여전히 성실하고, 소 같기도 하고, 곰 같기도 하고, 순한 양 같기도 한 그는 변함이 없는 모양이었다.

어느 날 내가 물량 팀을 운영할 때 함께 일했던 윤석 형님이 왔다. 혼자서 여기까지 어찌 왔느냐고 물었더니 우리 가게 옆 골목에서 회식이 있었다고 했다. 그는 마침 가까운 거리고 옛날 생각도 나고 내 안부도 궁금해서 왔노라 했다. 우리는 술을 두어 배씩 주고받듯 예전의 이야기를 주고받았다. 그러다 김 팀장 이야기가 나왔다.

"요즘 회사가 난리야. 포설 팀이 새로 들어왔거든. 그 팀이 일을 너무 못 쳐내니까 윗선에서는 죽으려고 하고, 계속 A/S나 가고, 몇 달째 적자지 뭐."

"김 팀장님 있잖아요. 그 행님이 처리하면 되지. 뭔 걱정이래요?"

"빨간 커피?"

"아, 네. 하하하."

"그만뒀어. 지난봄에. 업을 완전히 접고 강원도 어디로 이사 갔대."

"그래요? 김 팀장님만큼은 끝까지 할 줄 알았는데……."

"그러게, 참 묘한 사람이었지. 그런 사람 어디 가서 또 만나려나 몰라. 김 팀장 하면 그 빨간 봉지 커피가 떠오르네. 허허 참……."

나도 뭔가 따뜻해지는 마음이 들었다. 술잔을 기울이며 행님이 말했다.

"나는 마트에서 그 빨간 봉지 커피를 보면 왠지 숙연해져. 김 팀장 덕분에 커피 걱정 없이 잘 지냈었잖아. 그가 조선소에서 근무하는 십몇 년 동안 빨간 봉지 커피 마신 사람들은 복 받은 거였어. 오며 가며 한 잔 마시던 그 빨간 커피 덕에 우린 따뜻했으니까."

그는 자리를 털고 일어나며 아련하게 그리운 듯 이렇게 덧붙였다.

"지나고 보니, 빨간 커피가 세상에서 제일 값싸면서 맛있고 은밀한 커피였어. 이젠 그런 사람도 없고. 그래, 빨간 커피……."

윤석 형님의 마지막 말에 나는 고개를 끄덕였다. 그래, 빨간 커피.

캡슐

전원이 켜지고 캡슐이 열렸다. 남편이 나왔다. J는 두 달 만에 일주일간의 휴가를 얻어 집에 왔다. 그가 빠져나온 캡슐에서 바람을 태운 냄새가 났다. 이 냄새는 거제에서 태운 바람이다. 아이들이 모두 잠든 시간임에도 불구하고 그의 발은 도둑고양이보다 더 가벼운 무게로 들어섰다. 날렵하고 가벼운 J의 몸짓은 한 마리 나비처럼 나빌레라, 그의 날개들을 고이 접어 나빌레라, 그 자체였다.

그가 욕실에서 씻고 나온 뒤 민주는 보드라운 몸 언어로 그를 환영했다. J의 온몸에서 땀이 배어 나왔다. 그는 숨소리를 고르게 쌕쌕이며 민주의 손을 잡았지만, 민주는 부엌으로 나와 J의 저녁상을 차리기 시작했다. 달콤한 피곤함이 감칠맛 나게 눈꺼풀을 어루만졌지만 오랜만에 돌아온 그를 위해 밥상에 신경을 썼다. 한여름의 허기를 안고 달려온 시간만큼 그는 가족이 고팠을 것이다. 식탁에 앉은 그의 얼굴이 환해지며 아이들과 어머니의 소식 등을 밥숟가락에 반찬을 올리듯 물었다. 민주의 말이 끝날 때마다 J는 민주를 치하했다. '자기가 고생했네.'라든가, '자기 아니었음 어쩔 뻔 했어?'라든가, '역시, 민주다!' 등으로 한껏 밥값을 지급했다.

민주는 두어 시간 전까지만 해도 삼겹살 소금구이 같은 모습으로 현관을 들어서는 그가 안쓰러웠다. 지금의 그는 무척 얄궂게 코를 드르렁거리며 자고 있다. 가족의 허기란 돌아온 즉시 깨끗하게 나누어서 냉장 보관해야 하는 생고기 같은 것일까. 밥 한 그릇을 허겁지겁 비우고 두 그릇째 밥으로 배를 채운 뒤 내공이 실린 트림을 한 후 바람 빠진 풍선마냥 그는 지쳐버렸다. 바람 빠진 풍선, 장담컨대 이보다 더 아름다운 수식은 그에게 어울리지 않는다. J는 일주일 쉬었다가 다시 거제로 간다고 했다. 싱크대의 그릇들이 요란하게 미끄럼을 탔다.

민주는 그가 빠져나온 가방의 입구를 활짝 열었다. 처음 현관을 들어설 때보다 더 진한 냄새가 퍼지기 시작했다. 헛구역질이 났다. 얼른 베란다 문을 열고 선풍기를 틀었다. 냄새가 길을 잃거나 일탈하지 않도록 선풍기의 머리를 베란다로 향하게 했다. 그의 가방에서 닳은 깃털처럼 양말이 튀어나왔다. 소지품들은 마술사의 손수건같이 주렁주렁 이어져 빠져나왔다. 마치 비좁아서 혼났다는 듯. 소지품들은 각각의 냄새들을 지녔다. 오래되어 부패라는 죽음에 도달하는 시큼한 사과식초 냄새, 뭉글뭉글해진 모습으로 싱크대 거름망에서 썩어가는 수제비 냄새, 또는 새우를 튀겨낸 식용유가 공기에 오래 노출되어 산화되는 냄새들을 지녔다. 무엇이 그에게 이토록 많은 냄새를 지니게 했을까? 민주는 J의 가방에서 쏟아지듯 나온 옷가지들을 욕조에 담고 가루비누를 마구 뿌렸다. 한여름이지만 보일러를 돌려서 따뜻한 물을 받았다. 그의 옷가지들은 여름의 가장 진하고 탁했던 땀들을 토해내기 시작했다.

그랬다. 언젠가 그는 자기 몸에서 농약 냄새가 난다고 했었다.

여름이면 더욱 강해서 자기가 맡고도 비릿하고 어지러워서 헛구역질이 났었다고 했다. 기온이 한참 오른 어느 날은 구토와 두통에 시달려서 삼일이나 쉬었다고도 했었다. 기억이 거기까지 도착하자 갑자기 구역질이 나기 시작했다. 냄새들이 꾸깃꾸깃 구겨졌다가 활짝 펼쳐지면 이런 냄새가 되나 보다. 그의 두통이 느껴졌고 그의 표현이 무척 아팠다.

하긴 그는 진해를 중심으로 부산, 거제, 고성, 목포를 떠돌아다닌다. 마치 닻줄이 끊어진 부표처럼. 몽골의 유목민이 목초를 찾아 초원을 떠돌아다니는 것과 다를 바 없다. 유목민은 가족 전체가 움직이지만 그는 혼자 움직인다는 것과, 유목민은 풀을 찾아다니고 그는 돈을 찾아다닌다는 차이가 있을 뿐. 여하튼 아주 큰 공통점은 먹고 살기 위해서라는 것이다. 그래서 민주는 그를 캡슐 인간이라 부른다. 가방 하나에 옷가지와 각종 영양제와 안전화, 작업복 등을 담아 다니면서 원룸이나 모텔에서 유목민처럼 살림을 차리는 점 때문이다. 유목민의 게르를 대신하는 건 원룸이나 모텔이다. 낡고 허름해도 상관없다. 그에게는 직접적으로 말하지 않았지만 '캡슐 인간'은 씁쓸한 표현이 분명하다. J가 거제로 가기 전에 너털웃음을 웃으며 그 자신을 유목민이라고, 신 유목민이라고 말했었다. 목소리는 빛바랜 그의 작업복처럼 힘이 없었고 표정은 어두워서 불을 밝혀야 할 정도였다.

민주는 결혼하고 2년이 지난 후부터 J에게서 고정된 수입을 받아본 적이 없다. 그렇다고 그에게 돈에 관해서 이야기한 적은 거의 없다. J를 만나기 전에 부모님께 물려받은 유산이 좀 있다. 굳이 그에게 말할 필요가 없었던 것뿐, 의도적으로 하지 않은 것은 아니다. 그와 소개팅 할 때 결혼에 대한 막연한 환상을 바라고 있었던건 아니었다. 다만, 혼자 지내는 외로움에 너무 지쳐 있었고, 그 외로움을 무언가로 지워야 할 만큼 우울했었다. 그때 J를 만났다. 남자에게 깊이 기댈 생각도 없었다. 외로움을 조금 데우고 허전함을조금 덜어내는 정도면 충분하다고 생각했다. 그랬으므로 민주는건강보조식품이나 음식에 대해 민감한 편이다. 몸에 좋다는 것에는 돈을 아끼지 않았다. 혼자 살다보니 자신의 건강을 챙기는 일은모든 것에 우선했다. 또한 황량한 세상에 자신만이 자신을 챙길 수있기 때문이기도 했다. 그런 면에서 민주는 홈쇼핑이나 광고에서건강식품에 관한 이야기가 나오면 귀를 쫑긋 세우고 살피고 메모하는 습관이 있다. 그래서 소개팅 할 때도 그 사람이 건강한지, 성격이 밝은지에 대해서만 꼼꼼히 따졌다.

　민주는 스스로 모은 재산도 있었고 부모님께 물려받은 유산도있었으므로 J의 경제적인 면이 큰 걸림돌이 될 이유는 없었다. 함께 살아가는 동안 그와 건강하게 오래 외로움을 데울 수 있으면 그것으로 충분했다. 건강에 어떤 음식이 좋은지 어떤 건강보조식품이 좋은지는 그녀의 지식만으로 충분하다고 생각했다. 그리고 그녀는 아이를 꼭 갖고 싶었다. 세상을 살아갈 때 아이들이 있다면그것만큼 삶의 온도를 제대로 올릴 수 있는 것은 없다고 생각했다. 그녀들의 친구들을 봐도 그랬다. 또한 사이가 나빴던 부부에게서도 많이 목격한 부분이기도 했다. 그래서 그녀는 나이에 상관없이 건강한 사람을 우선순위로 두었다. 그 조건에 맞는 사람이 J였다. 민주는 J와의 만남에 적극적이었다. J는 생각보다 말수가 적었지만, 민주는 그런 그의 모습이 더 인상적이었고 안심되는 부분이었다. 게다가 그는 무척 솔직했다. 만약 민주와 결혼하지 않는다면 회사를 그만두고 여행을 갈 계획이라고 했다. 여러 번의 연애 경험이 있으며 어머니와 형의 반대로 결혼이 무산된 적도 있다고 고백했다. 민주는 모두 괜찮다고 했다. 그런 것들과는 상관이 없으며, 단 한 가지 늦은 나이이긴 해도 아이를 낳을 계획이 있는지만 물었었다. J는 물론 그럴 것이라고 대답했다. 그것이 민주가 J와 결혼을 결심한 핵심이었다. J와는 봄에 만나서 그해 가을에 결혼했다. 결혼한 후, 민주의 걱정에 반해 일년 만인 그녀가 마흔이 되었을 때 임신이 되었다. 그때 그는 회사를 그만두고 싶다고 말했었고 민주는 그러라고 했다. 경제적인 여유는 괜찮았다. 그가 회사를 관두면서 받은 퇴직금도 제법 되었고, 소비 능력이 없는 그의 성격이 한 몫했다. 그렇게 큰 아이를 출산할 때까지 4박 5일씩 여행을 다녔다. 민주는 그런 J를 이해했다. 결혼 전에도 그 부분만큼은 인정하겠다고 했기 때문이었다.

그런 와중에도 J는 조선소에서 물량 팀을 꾸리는 선배 밑에서 짬짬이 아르바이트했다. 일에 지친다 생각되면 그는 민주에게 미리 통보했다. 어디로 갈 것이며, 며칠 동안 집을 비울 것이라고. 그게 그가 말하는 유목민의 생활이 될 줄을 민주는 상상도 하지 못했다.

거제로 일을 떠나며 짐을 싸던 그가 말했었다.

"이렇게 가방을 꾸리면 꼭 몽골의 유목민이 된 것 같아."

민주를 물끄러미 바라보며 말을 이었다.

"어릴 때 보던 「손오공」 만화 기억나? 보름달이 뜨면 킹콩이 되던 그 이상한 손오공 말이야. 초사이언이 되어서 지구도 지키고 나중에는 우주도 지키잖아. 참 재밌었는데, 그 만화에서 과학자인 부루나가 왜, 필요에 따라 또는 장소에 따라서 캡슐 하나를 던지면 집도 나오고 자동차도 나오고 하던 거 당신 기억나? 그런 건 정말 만화 속의 이야긴가?"

민주는 J가 흘린 땀들이 내뿜어내는 냄새도 역겨웠지만 시키면 물은 더욱 불편했다. 빨래들을 한 번 뒤집어 놓고는 욕실을 나왔다.

식탁에 앉아 무선전기포트에 물을 끓이고 커다란 머그잔에 커피믹스를 풀었다. 습관적으로 물을 많이 붓는 바람에 커피가 심심했다. 그래서 한 개 더 풀었다. 그리고 빨래가 붓는 동안 언젠가 그가 들려준 말을 생각했다. 그의 말들이 커다란 머그잔 속의 커피처럼 입 속으로 들어와 머리 쪽으로 돌아서 귀로 나왔다. 부루나가 왜, 필요에 따라 또는 장소에 따라서 캡슐 하나를 던지면 집도 나오고 자동차도 나오고 하던 거……. 그는 진정 그것을 꿈꾸었던 건 아닐까? 그런 캡슐이 생긴다면 그는 어디든 떠날 사람이 분명했다. 가족이라는 번데기를 벗어던지고 싶은 한 마리 나비거나 매미거나 ……. 민주는 기분이 씁쓸해짐을 느꼈다.

커피를 홀짝이듯 마시고 나니 머그잔이 어두운 밤공기를 배부르게 들이킨다. 민주는 욕실로 들어가 J의 빨래들이 뱉어낸 물들을 빼냈다. 시커먼 물들이 앞 다투어 욕조를 빠져나간다. J의 희망들에서 빠져나온 얼룩이거나 흔적들이겠다 싶어 씁쓸했다. 이 모든 것은 그의 삶일지도 모른다. 조선소 일이라는 게 그리 낭만적인 일이 아닌 것은 분명하니까.

그즈음이었던 것 같다. J가 선배 밑에서 일하고 자주 집을 비우게 되면서부터. 민주가 건강에 대해 더 민감해진 것이. 두 아이도 건강한 편이었지만 계절마다 한약을 먹이고 건강보조식품의 종류도 다양해진 것이. 결혼 전에도 민감한 부분이 건강이었으므로 그녀에게 건강보조식품이란 산소와 마찬가지인 셈이었다.

민주는 새로 받은 뜨거운 물에 가루비누를 다시 쏟아 부었다. 그리고는 맨발로 질근질근 밟았다. 뽀얀 가루비누의 거품 안에서 작업복은 하염없이 자신의 고뇌의 시간과 땀과 갈등과 회의감을 뱉어냈다. 어떤 메시지를 보내는 것 같지만, 알 수가 없고 물을 까맣다. 까맣다, 라는 표현은 어울리지 않았다. 시커멓고 매캐했다. 꿈은 닳고 닳아서 증발하고 절망만 남은 찌꺼기였다. 특히 작업복을 솔로 문지를 때마다 따뜻한 물을 뱉어내는 작업복은 매스껍기까지 했다. 그런 그의 작업복과 민주의 대화는 물이 통역했다. 그래, 고단한 시간이 보인다. 땀이 보이고 눈물도 보이고 쇳소리가 박힌 기침소리도 들린다. 이것들이 안 보인다면 이상하지. 고생한다. 이 고생 나중에는 다 보상받을 거다. 이런 매캐한 냄새 때문에 민주는 각종 영양제를 샀다. J의 고단함이 조금은 희석되길 바라는 마음이 가득했으니까. 하지만 그는 민주가 챙겨주는 각종 영양제를 그리 달가워하지는 않았다. 그랬음에도 민주는 그것들을 챙기는 데 신경을 많이 썼다. 어제도 그가 돌아오면 먹을 영양제를 몇 통이나 더 샀다.

여러 번 헹궈낸 빨래를 세탁기에 넣고 예약 버튼을 눌렀다. 아이들의 옷에 혹여나 쇳가루가 박힐까 봐. 민주는 다시 커피 한 잔을 탔다. 그리고 베란다로 나가 멀리 반짝이는 불빛들을 바라봤다. 저

불빛들이 J의 마음처럼 눈에 보이지만 잡히지 않는 꿈만 같다. 괜히 언짢다. 민주는 시간을 봤다. 벌써 새벽 두 시가 가깝다. 이 시간까지 빨래했으니 아침이면 아랫집 서영이 엄마가 한마디 할지도 모르겠다.

민주가 큰아이 현장학습 도시락 장을 봐왔을 때 J는 전화를 받고 나갔다. 장바구니를 정리하고 전기포트에 물을 올리려고 싱크대로 갔을 때 그의 가방이 눈에 들어왔다. 가방이 뭔가 불만이 있는 모양으로 시큰둥하니 욕실 앞에 쪼그라져 있다. 욕조에 물을 받고 가루비누를 쏟았다. 가방을 물에 담그느라 뒤적일 때 민주는 놀라고 말았다.

환상이었을까? 아님, 막연한 불안감이 그녀의 생각을 삼킨 것일까. 가방에 그가 누워있다. 아기처럼. 웅크린 자세로. 농담처럼 했던 말, '난 어쩌면 캡슐 인간일지도 모른다는 생각이 들어.' 그 말이 떠올랐다. 가방을 싸고 풀 때마다 그는 한 마리 매미였을지도 모른다. 종류에 따라 다르지만 몇 년이나 땅속에서 웅크리고 시간을 이겨낸 매미 애벌레처럼 천적이 없는 시기에 태어나 세상을 향해 자신의 존재를 마음껏 외치는 매미. 하늘과 구름과 산과 들을 향해 자신의 목소리를 자유롭게 내고 싶었는지도 모른다. 그것이 다만 한철일지라도.

그가 자신의 짐들이 담기던 그 가방 안에 있다. 그는 스스로 캡슐 속의 아이가 되었다가 지퍼를 열면 어른이 되고 마는 그런 사람인지도 모른다. 짐을 꾸릴 때마다 아이처럼 희망을 담았을지도 모르겠다. 스스로 아이가 되는 것을 희망하거나 우리의 아이들이 그의 희망이거나.

외출에서 돌아온 그는 아이들을 씻겼다. 씻은 큰아이가 빨래를
개키는 민주에게로 팬티만 입은 채 쪼르르 달려와 앉았다. 개켜둔
빨래들 옆에 놓여 있는 가방을 만지작거리더니 그 안으로 쑥 들어
가 앉았다. 순간, 민주는 소리를 질렀다. 낮에 떠올랐던 그 환상 때
문인 것이 분명했다. 민주는 당황스러웠지만 이미 큰아이의 울음
소리는 커지고 있었다. 욕실에서 막 나오던 둘째가 이유도 모르고
함께 울었다. J는 작은아이를 껴안고 큰아이를 데리고 방으로 들어
갔다. 그는 아이들에게 따뜻한 우유를 한 잔씩 건네고 민주에게로
왔다.

"별일도 아닌데 애한테 소리 지르고 그러냐? 왜, 뭔 일 있었어?"

그는 민주에게 뭔가 할 말이 더 있었지만, 별말 하지 않았다. '애
들 보고 올게.'라며 아이들 방으로 가는 민주를 그의 시선만이 따
라갈 뿐이었다.

아이들 방에서 나온 민주는 J에게 낮에 가방을 씻으려다 들었던
생각을 이야기해 주었다. J는 물을 올리고 민주에게 커피를 마시겠
냐고 물었다.

"우리 이 집 팔고 이사 가면 어떨까요? 주택이 좋겠죠? 내가 이
집을 점유하고 사는 게 아니라 이 집이 나를 소유하고 사는 것 같
아요. 뭔지 모르겠지만 집에 정이 들지 않아요. 아이들도 집에 오
면 무언가 불안해하고, 정작 이 집에 당신이 정착하지 않는다는 게
……."

이 집을 살 때 J는 흐뭇해하지 않았다. 모델 하우스를 보러 다닐

때도 그는 기쁘게 호응하지 않았다. 그 당시 그는 직장이 없어서 쉬고 있었다. 집을 사겠다는 민주의 말에 황당해하면서 반대 의사를 비쳤었다. 하지만 민주는 내가 알아서 할게라는 말로 모든 결정에 도장을 찍었었다. J는 고개를 끄덕이며 커피를 홀짝였다.

J는 일주일의 휴가를 다 채우지 못하고 다시 거제로 갔다. 집을 나서는 그는 민주의 얼굴을 한참 동안 바라봤다. 뭔가 할 말이 있는 듯했지만, 다녀올게. 라는 말로 그것들을 가렸다.

민주는 오래된 서랍장을 버리고 옷을 정리했다. 그의 지친 체취들이 허공에 떠다녔다. 평소 그의 옷들을 잘 개켜두었다고 생각했는데 생각보다 많이 구겨져 있고 낡은 옷들이 많았다. 바지들은 그의 무릎이 당한 좌절들을 이야기하는 듯 무릎을 툭 내밀고 있었다. 작업복에 익숙한 그의 모습이 떠올랐다. 그가 입었던 옷들은 이것저것 할 것 없이 풀이 죽어 있다.

장롱 안쪽에서 가방이 불쑥 고개를 내밀었다. 마치 자기도 할 말이 있는 듯. 민주는 가방을 꺼내어 지퍼를 열었다. 가방 안에는 포장도 뜯지 않은 속옷 몇 벌과 불에 탄 구멍 뚫린 양말이 네 켤레가 있었다. 그 외에도 수건 몇 장과 소음방지용 귀마개, 장갑도 들어있다. 그것들도 한마디씩 쏟아냈다. 조선소의 쇠를 갈아낸 매캐한 공기와 페인트 냄새들이 수다스럽게 방을 돌아다녔다. 민주는 얼른 창문과 베란다 문을 열었다. 그의 가방은 그가 말하지 않은 삶의 각질들을 품고 있었다. 소리도 낼 수 없어서 냄새로만 말하는 J의 옷가지들. 민주는 그의 가방을 만지면서 한 움큼의 종합영양제를 먹고 난 뒤 트림하던 그를 떠올렸다.

J는 아파트 단지 입구에서 집을 향해 돌아섰다. 멀리서 민주가 손을 흔드는 모습이 보인다. J도 손을 흔들었다. 굿바이, 라고 말하고 싶었다.

J의 결혼은 늦었다. 마흔두 살을 막 넘어섰을 때 같은 직장에서 일하던 선배가 소개해준 민주와 소개팅한 후 얼마 지나지 않아 결혼했다. 연애 기간은 길지 않았다. 민주도 나이가 찼고 J는 한참이나 찼을 때라 미루고 자시고 할 처지가 아니었다. 민주가 더 적극적이었다. 그녀에겐 형제가 없었고 부모님도 몇 해 전에 돌아가셔서 혼자였다. 몇 번을 만나지 않아도 그녀가 외로움에 지쳐 있다는 걸 알 수 있었다. J는 민주의 적극적인 태도가 나쁘지 않았다. 싹싹한 건 아니었지만 대화할 때마다 그녀의 따스함이 묻어 있어서 좋았다. 그래서 봄에 만나 그해 가을에 결혼했다.

결혼 후 알게 되었지만, 민주는 생활력이 강했다. 그녀에겐 뭔지 모를 자신감이 충만했고 늘 긍정적이었다. 결혼 후 1년이 넘어섰을 때부터 J는 민주의 그런 성격이 부담스러워지기 시작했다. 그녀와 눈을 마주치는 것도 힘들고 잠자리도 불편했다. 자꾸만 자신이 작아진다는 걸 느끼게 되면서부터 민주의 장점인 그 성격들이 J의 산소통을 모두 막는 코르크 마개가 되었다. 답답하고 갑갑해졌다. 친구들은 그런 J에게 호강에 겨워 요강에 똥 싸는 소리한다고 했다. 능력 있는 마누라 덕에 그렇게 사는 것도 복이라고 했다. 너는 전생에 나라를 몇 번이나 구했나보다, 라며 그를 놀렸다. '우리 마누라는 나만 보면 맨 날 돈돈, 돈타령만 한다.'라며 고맙게 생각하며 살라고 했다. 하지만 그는 집에 들어가는 것이 불편했다. 잘 다니던 직장을 그만둔 것도 그때쯤이었다. 민주에게 직장을 그만두고 싶다고 했을 때 민주는 정말 쿨 하게 오케이! 라고 했다. 그리고 민주는 임신했다고 말했다.

J는 좋은 대학을 나온 것도 아니지만 졸업하자마자 취직이 된 운 좋은 사람 중의 한 사람이었다. 게다가 직장에서도 그의 진급은 빨랐다. 그는 일이 적성에 맞았다기보다 운이 조금 따라왔다. 그렇게 별 탈 없이 회사에 다녔다. 따라오는 운과 손을 잡고 지내는 동안 그에겐 좋은 일이 가득했다.

하지만 회사생활과 달리 집에서는 그리 행복하지 않았다. 몇 번의 연애 경험이 있었지만, 어머니의 반대로 결혼을 좀 더 일찍 하지 못했다. 위로 하나 있는 형마저도 어머니의 편에서 거들었다. 키가 작다거나 성질이 괴팍해 보인다거나 하고 다니는 모습이 사치벽이 있는 것 같다는 둥 말도 안 되는 이유로 반대했었다. 하지만 그녀들은 하나같이 자립심도 강했고 소비 벽도 없었다. 그런 면에서 그에게 집은 갑갑한 곳이었다. 친구들에게서 아이들 첫돌 잔치를 한다느니 학교에 들어갔다느니, 이런 말을 듣는 것에도 질투가 났다. 몇 번의 연애 중 하나라도 결혼까지 이루어졌다면 그런 것들 모두가 J의 일이기도 했을 테니까. 그래서 민주를 만나는 일에도 소심하게 굴지는 않았다. 더군다나 민주도 외로움을 견디지 못해서 아이를 둘 이상 갖고 싶다고 했다. 그 점에 마음이 통했다는 생각에 민주와 결혼을 결심했었다. 민주를 만나고 집에 소개할 때도 어머니의 반대가 심했다. 나이가 꽉 찼다는 둥, 부모 형제도 없는 천애 고아라는 둥. 민주마저도 반대하면 집을 떠나 홀로 살겠다고 엄포를 놨다. 어머니는 몸져눕기까지 했지만, 형은 어쩐 일인지 J의 편을 들어주었다. J의 엄포는 빈말이 아니었다. 정말 그럴 참이었다. 회사도 옮기고 집을 떠나 살고 싶었다. 아니, 회사를 그만두고 여행을 떠날 참이었다. 기약도 없는. 그래서 한 편으론 어머니와 형의 적극적인 반대가 필요했다. 민주와의 결혼은 J의 계획을 어긋나게 했지만 싫지는 않았다.

솔직히 결혼하면 새로운 공기를 마시게 될 줄 알았다. 현실은 그렇지 않았다. 가장으로서 해야 할 일들이 매일매일 쏟아졌고, 모든 것이 숨 가쁘게 돌아갔다. 차라리 결혼하지 않았더라면 하는 생각이 자주 들었다. 그렇다고 민주가 싫어진 건 아니었다. 떨어져 있는 동안 전화할 때면 마음이 두근거렸다. 하지만 퇴근을 하고 집에 들어가면 상황은 달라졌다. 자꾸 밖으로 나가고 싶어졌다. 결혼에 대한 막연한 환상을 가졌던 것일까? J는 자신을 의심했다. 아이들이 싫은 걸까? 아니면 민주가 싫은 걸까?

언제부턴가 J는 민주의 강한 생활력이 자신을 작게 만드는 것 같다고 여기기 시작했다. 자신의 수입만으로는 절대 34평 이상의 집을 살 수 없다. 회사에 다니면서 받은 퇴직금이 있었다고 하더라도 그것뿐이었다. 큰아이를 출산하기까지 직장 없이 쉬었었다. 그리고 둘째를 출산할 때도 직장이 없어서 쉬고 있었다. 그런 형편에 무슨 돈으로 집을 장만할 수 있겠는가 말이다. 바가지를 긁는 것도 아니고, 돈이 없어 쪼들린다고 윽박지르지도 않았다. 그런데도 J에게 어떻게든 직장을 구해야 한다고 닦달하지도 않았다. 그런 점이 솔직히 무서웠다. 그녀는 강해도 너무 강했다. 물론 그녀가 잘나가는 쇼핑몰을 운영하고 있지만, 나이 들어 결혼해서 남편 뒷바라지나 하고 싶은 사람이 어디 있겠는가 말이다. 그런데도 그녀는 늘 싱글벙글 웃었다. 그녀는 무엇이든 해결하는 사람이었다. 그것이 그녀의 큰 장점이면서 J에겐 아킬레스이기도 했다. 한편으론 무섭기까지 했다.

J는 집을 떠나서 지내고 싶었다. 요즘 세컨드하우스가 유행이라는데, 민주와 아이들이 사는 집이 세컨드하우스면 좋겠다는 생각이 들었다. 그래서 언젠가 일이 필요하면 연락하라고 했던 선배에게 전화했다. 선배는 조선소에서 물량 팀을 꾸려 나가고 있었다. 물량 팀은 소속된 업체의 일감에 따라 머물거나 옮겨 다녔다. J는 눈썰미가 있어서 일은 금방 배웠다. 하지만 의도하지 않았고 간절히 바란 건 아니었지만 선배의 팀은 자주 옮겨 다녔다. 처음엔 조금 불편하다 싶었는데 점점 그런 생활에 익숙해져 갔다. 하긴 결혼하지 않았다면 여행하고 있을 그였다. 아이들은 자주 집을 비우는 그를 서먹하게 대했다. 그렇다고 J는 미안함 때문에 좌불안석하진 않았다. J의 빈자리를 채우는 건 모조리 민주의 몫이었지만 한 번도 이렇다 저렇다 불만을 말하진 않았다. 그런데도 J는 집이 불편했다. 술을 마시지 않으면 잠을 자지 못했고, 꿈도 자주 꾸었다. 늘 조그만 가방 안에 앉아 물 위를 둥둥 떠다니는 꿈이었다. 어젯밤에도 그 꿈을 꾸었다. 그래서 회사에 일이 생겼다며 집을 나섰다.

조금 전에도 민주는 그 맑은 눈동자로 '몸조심해!'라고 말했다. 차라리, 돈이라도 좀 벌어와! 라고 했다면 마음이 편했을 것이다. 민주는 J가 현관문을 열 때까지 종합영양제를 잘 챙겼는지 확인하고 또 확인했다. J는 그 많은 영양제가 들어있는 작은 가방을 꺼내서 보여주기까지 했다.

J는 민주에겐 정말 미안한 일이지만 일을 그만두었다. 그는 가방을 물끄러미 바라보다 만지작거렸다. 민주의 살갑지만 따듯하지 않은 체온이 느껴졌다. 그리고는 가방을 열어 민주가 챙겨 넣은 각종 영양제를 물끄러미 바라보았다. 그는 J의 안전이 걱정인지 온갖 영양제들이 걱정인지 알 수 없는 표정들을 함께 넣어 보냈다고 생각했다.

가방은 J에게 있어 다른 집이었다. 여행도 아닌 것이 삶도 아닌 것이 참 희한했다. 민주와 아이들에겐 정말 미안했지만, 가방을 꾸릴 때마다 두근거렸다. 그렇다고 다른 여자가 생긴 건 아니다. 물론 유목민 같아서 싫다는 말을 민주에게 했지만 그건 진심이 아니었다. 솔직히 민주와 아이들에게서 떠나있을 때 마음이 편했다. 남자로서 갖지 말아야 할, 아니 가장으로서는 절대 새겨서는 안 되는 줄 알지만 그랬다. 술을 마시지 않아도 잠이 들었고 꿈도 꾸지 않았다. 일은 고되었지만, 마음은 편했다. 팀원들이랑 같은 방을 사용해도 자신만을 위해서 쓸 수 있는 시간을 만들기 쉬운 점이 좋았다. 숙소 주변을 걷거나 서점에서 책을 보는 것도 좋았다. 아이들과도 이런 시간을 가질 때는 행복하다고 느꼈다. 하지만 시간이 길어지는 것은 싫었다.

가방은 그런 면에서 J의 숨통이었다. 캡슐, 산소가 가득한 캡슐이었다. 민주가 정성스레 챙겨준 옷가지들을 꺼내면 기분이 좋았다. 좁고 좁은 공간에서 숨도 제대로 쉬지 못한, 어쩌면 자신을 닮아도 너무 닳은 옷들. 그것들을 바닥에 꺼내놓고 널브려놓으면 기분이 좋았다. 그 옷가지들의 열매처럼 건강보조식품 병들이 주렁주렁 딸려 나왔다. 민주가 챙겨주는 종합영양제들이다. 한 마디로 캡슐 속에 민주의 잔소리들이 잔뜩 들어 있는 셈이다. 비타민 C와 D, 프로폴리스, 아로나민골드 등등 몇 가지가 되었다. 이 약들을 챙겨 먹다 보면 자신이 곧 캡슐에 들어가는 느낌이 들었다. 그녀의 친절이 과하다 생각했지만, 그뿐이었다. 말을, 어떤 수식을 달아서 온갖 건강보조식품들을 먹지 않겠노라 말하는 것 자체가 죄인 듯했다. 피로해소제는 특히나 더 먹기 싫었다. 피로를 과하게 더 느끼게 한다는 말인지, 피로를 말끔히 씻어낸다는 말인지 알기 어려웠다. 민주는 그랬다. 타지에서 생활하다 보면 끼니도 제대로 못챙기고, 술을 자주 마시면 몸이 망가진다고. 그러면서 꼭 빼먹지 않고 챙겨주는 약 중에 '피로회복'이라고 크게 쓰진 상자를 담아주었다. 피로에 찌든 자신을 다시 피로에 가두게 될까봐 팀원들과 수시로 나눠 먹었다. 아이러니하게도 피로는 늘 회복되었다. 말끔한 날보다는 쓰러지지 않을 만큼 피로하고 괴로운 날이 많았지만 민주에게 고마웠다. 광고효과가 끝내주었다. 좋아질 만하면 피로가 회복되었고 그럴 때마다 피로해소제, 아니 회복제를 먹었다.

산소가 가득 들어 있는 캡슐 속에서 빠져나오는 건강보조식품과 영양제들. 무엇 하나 의미가 없는 것이 없었다. 이 의미들을 모두 그림으로 그린다면 최소한 J의 몸매는 보디빌더의 몸매에 헤라클레스의 영웅미가 뿜어져 나와야 했다. 하지만 그것들은 어떤 영문인지 J의 몸매에는 어떠한 영향도 미치지 않았다. 비 오는 날이면 비에 젖은 노가리마냥 탄력 없이 축 처지고, 해가 쨍쨍하면 상추마냥 시들어서 꼴이 영 아니었다. 그나마 밤이면 좀 살만했다.

　민주가 챙겨준 약들을 하나씩 꺼내 깨끗한 종이 위에 가로로 줄을 맞춰 세운다. 노란색의 종합비타민, 아로나민골드, 피로회복제, 상어의 기운이 물 밖에서 미끄러질 것 같은 오메가3, 한낮의 더위에 찌든 노동자의 얼굴보다 더 하얀 프로폴리스. 이름도 제대로 외우지 못하는 여러 종류의 비타민제. 민주의 선택은 탁월했다. 마치 왕의 후궁들처럼 모두가 아름다운 몸매를 하고 있었다. 배가 볼록하거나 일자형 몸매들이었다. 그것들을 가로로 나란히 세우면 꼭 미스코리아 선발대회에 나온 미녀들같이 반짝인다. 하물며 이들은 발가벗고 있으니 더 매혹적이다. 입 안에 들어가면 소리도 없이 사르르 녹아 없어질 것들이지만 유혹적이다. 설마, 약을 보며 성적인 유혹을 생각하진 않겠지만, 건강해질 것이라는 유혹은 뿌리칠 수 없다. 이들을 엎드려서도 보고 앉아서도 본다. 아니면 반듯하게 누워 이마 건너편으로도 본다. 부질없다. 하나같이 매혹적이다. 민주의 말을 빌리자면, 이건 이런 의미로 먹어야 하고, 저건 저런 의미로 먹어야 한다. 그래야 건강하게 오래 살 수 있단다. 민주의 표정이 3D 영화관의 캐릭터처럼 나타났다가 사라지면 J는 다시 한 알씩 꺼내어 세로로 한 줄을 세워둔다. 그리고 조금 전에 한 행동을 그대로 반복하고 난 뒤 화장실을 다녀온다. 소변 발이 좀 약해졌나? 갸우뚱거리며 나오면 줄을 서 있는 약들 아니, 건강보조식품들이 반짝반짝 별처럼 빛나며 눈웃음을 친다. 멋쩍게 웃으며 물 한 컵을 들고 그들 앞에 정숙하고 정중한 태도로 앉아 받든다. 가로줄을 먹을지 세로줄을 먹을지 잠시 고민한 다음 눈을 질끈 감고 한 알씩 삼킨다. 식도를 타고 내려가는 그들은 아우성친다. 미끄럼틀을 타는 아이들처럼 아우성을 친다. 혹여, 가다가 걸리게 될까 봐 몸을 움직여주는 센스 정도는 있는 J다.

J는 어둑해지는 바닷가를 거닐었다. 제법 바람도 차가워졌다는 걸 느꼈다. 편의점에서 사온 소주의 뚜껑을 땄다. 소주의 목이 또옥, 소리를 냈고 피 같은 술을 토해내며 파도를 밀었다 당겼다 했다. 마음이 누그러지며 기분이 좋아지는 소리를 뿌려준다. 그 바람에 노을이 씻겼고 어둠은 짙어지고 있었다. J는 민주와 아이들을 생각했다. 하지만 어쩐 일인지 그들의 얼굴이 선명하게 떠오르지 않았다. 자신이 사는 세계와 그들이 사는 세계는 마치 다른 세계인 듯 불투명의 막이 가로막은 것처럼 선명하지 않았다.

여름이 지난 탓인지 사람들은 그리 많지 않았다. 멀찍이 다정히 걷는 커플이 몇 있을 뿐. J의 비어가는 술병에 아이들의 웃음소리와 민주가 커피 마시는 소리가 차곡차곡 쌓여갔다. 그는 술병을 만지작거렸다. 그의 몸속에서 녹고 있을 캡슐들도 떠오른다. 캡슐들을 먹을 때마다 생각했었다. 이 캡슐들이 녹으면서 J의 몸을 모두 코팅해서는 자기의 몸을 겉과 속을 뒤집어 놓는 게 아닐까 하는. 이 섬뜩한 환상 속에서 멋쩍게 웃고 있는 자기의 모습을 발견할 때마다 J는 자꾸 자신이 녹고 있다는 착각에 빠졌다. 마치 한여름 뙤약볕 아래의 아이스크림처럼. 민주가 갑자기 환하게 빛났다. 눈이 부셨다. J는 술을 벌컥 마셨다. 그의 발끝에서 깨진 조개껍질이 파도의 순수함에 대해 말해주는 듯했다. 그는 종합영양제를 모두 알고 있는 파도의 순수함 같은 것일지도 모른다고 생각했다. 그 많은 영양제가 파도를 타고 그에게 밀려오는 듯도 했다. 달빛이 너무 밝은 탓이다.

J는 갯바위에 섰다. 날씨가 좋은 것이 조금은 시원섭섭하다. 달도 크고 바람은 게으르게 불고 있다. 그는 휴대전화에서 밀물 시간대를 검색했다. 보름달이 물결에 실려 둥둥 떠다닌다. 하지만 절대 J가 서 있는 갯바위로는 오지 않아 그가 다가갈 참이다.

민주의 시선에 들어온 건 옷장을 정리하며 씻어둔 가방이었다. 이번에 J가 들고 간 가방은 한쪽은 붉은색이고 다른 한쪽은 짙은 검정인 가방이다. 민주는 그 가방을 싫어했다. 왜냐하면 그 가방을 가지고 가면 그에게 사소한 시비뿐 아니라 큰 사고는 아니지만 사고가 생겼다. 손바닥이 찢어져서 수술하거나 발목이 삐어서 깁스해야 했다. 그리고 크고 작은 시비들로 인해 경찰서에 가기도 했다. 물론 그의 잘못이라기보다는 상대방의 잘못이 컸다. 그럴 때마다 민주는 속이 상했다. 그는 아는지 모르는지 그 가방에 대해 좋은 감정이 있는 것 같았다. 그는 그 선한 얼굴로 말했다.

"민주야, 그건 가방에 대한 예의가 아니야."

민주는 그가 자주 다친다는 핑계로 영양제의 종류를 늘렸다. 그가 다칠 때마다 하나씩 보탠 것이 이젠 10여 종이 넘는다. 모두 J의 건강과 우리 가정의 평화를 위해서라며 일장 연설을 하고 이런저런 이유를 붙이면서 그의 가방에 영양제들을 들여놓았다. 마치 그만의 수호신인 것처럼. 그리고 이번에도 두 가지의 영양제를 더 넣었다.

지금 눈앞에 있는 가방은 아이들이 J에게 생일 선물로 준 가방이다. 한쪽은 파랑이고 다른 한쪽은 노랑인. 아들들이 선물해준 가방이라고 그는 많이 아꼈다. 민주는 개인적으로 이 가방이 좋았다. 이 가방을 들고 가면 집에서 출퇴근이 가능한 곳에 일을 받아왔다. 그래서 민주는 그가 돌아올 때마다 이 가방을 깨끗하게 씻는 것에 신경을 쏟았다. 민주는 가만히 가방의 지퍼를 열었다. 그렇게 열심히 문질렀는데도 조선소의 쇳내와 불내가 났다. 아무리 많은 섬유유연제를 쓰고 좋은 세제를 써도 그 냄새는 사라지지 않았다.

민주는 J가 정말 캡슐 인간일지도 모른다고 생각했다. 가방은 그런 의미에서 캡슐과 많이 닮았다. 지퍼를 열면 안에 있는 모든 것이 빠져나와야 숨을 몰아쉬는 것이 너무 닮았다. 속이 꽉 차 있는 동안 진공의 상태가 되는 현상을 유지하려고 한다. 진공의 상태에서 가장 예민한 시간을 보내는 것도 닮았다. J의 체온도 없는 가방에서 그가 온전히 빠져나오는 날이 언제일까. 민주는 만화 「손오공」의 캡슐처럼 가방을 살짝 던져보았다.

≋ 단무지와 어묵

1

엄마의 발걸음은 유독 오른쪽으로 기울었다. 다리를 저는 것은 아니다. 다만 오른쪽 다리의 힘이 유독 좋은 탓이다. 엄마와 함께 걷는다는 건 대단한 인내심을 요구한다. 그래서 엄마와 걸을 때는 꼭 왼쪽에 서야 한다. 그래야 부딪히는 경우가 적다.

오늘은 엄마가 제일 좋아하는 장날이다. 잠자리에서 일어나자마자 꽃단장한다. 부산스럽다 못해 호들갑스러울 정도이다. 그런 탓에 주말이나 공휴일이 장날이면 엄마의 아들인 우리는 고의로 늦잠을 잘 수가 없다. 이런 불쾌함을 안고서도 엄마의 집에는 아들들이 방 하나씩을 차고 산다. 만약, 엄마에게 "아침부터 뭔 난리요?" 하고 버럭 소리라도 지르면 "그라모, 나가 살아라."이다. 처음엔 엄마라는 사람이 해도 해도 너무한 것 아니냐고 따져도 봤지만 아무 소용이 없었다. 이젠 이골이 난 우리는 엄마를 위해 정해진 차례대로 일어나 아직 덜 깬 잠을 잔소리와 함께 질질 끌며 대문을 나선다.

2

태식은 아무래도 마음이 불편하다. 직장생활을 시작한 스물두 살 이후부터 계속 외지에서 살다가 결혼했다. 본가에서 식구들과 어울려 산다는 건 참으로 불편한 일이다. 본가에 들어온 지 8년이 지났는데 여전히 식구들이 불편하다. 결혼해서 이룬 가정과는 좀 다른 뭔가가 있다. 엄마는 식구끼리 뭘 그러냐고 하지만, 식구니까 더 그런 건 분명하다. 이렇게 보면 결혼생활은 어떻게 했나 싶다. 이제는 형제들과 부대끼고 엄마와 아웅다웅하는 것도 적응이 될 만도 한데 여태껏 투덜대며 엄마와 함께 장에 간다. 어릴 때는 이 좁은 집에서 어떻게 살았을까?

어릴 때는 이 집이 아니었다. 주소가 바뀐 건 아니고 두세 번의 집수리가 있었다. 생각해보면 아버지는 쓸데없는 일을 많이 벌였던 것 같다. 집도 두세 번이나 수리할 일은 아니었다. 한 번에 할 수 있는 일을 여러 번 나누어서 한 셈이었다. 아버지는 어린 자식들의 이야기는 물론이고 엄마의 이야기를 듣지 않았다. 동네 사람들의 이야기를 집중적으로 듣고 그에 따라 일을 벌이곤 했다. 그런 일이 다반사이다 보니 식구들은 아버지뿐 아니라 식구들과도 대화를 거의 나누지 않았다. 고등학교 때까지는 그런대로 필요에 의한 대화는 있었다. 그건 지금 생각해도 다행이다. 그것마저도 없었다면 그들은 서로를 볼 이유가 딱히 없었다.

막내 민식은 형제 중에서 엄마와 제일 친분이 돈독하다. 하지만 둘째 강식은 그와 정반대다. 성격도 아버지를 빼다 박았지만, 엄마와는 어릴 때부터 충돌이 많았다. 하지만 형제 중에서는 엄마에게 잔정이 제일 많다. 그걸 엄마가 인정하지 않는 게 문제이긴 하다.

태식이 회사를 그만둘 때 엄마는 난리였다. 잘 다니는 회사를 왜 그만두며, 앞으로 뭘 해 먹고살 거냐며 성화였다. 그런데도 태식은 퇴사하고 퇴직금으로 그동안 하고 싶었던 일을 하며 살았다. 배우고 싶던 것들이 있었던 것이 아니라 마음이 닿는 대로 여행하고 싶었다. 회사를 퇴직하고 난 뒤 바로 본가로 짐들을 넣었다.

아버지가 살아계시는 동안 집에는 부모님과 둘째가 살았다. 급작스럽게 이혼한 큰아들이 걱정되어 엄마는 늘 집으로 들어오라고 했었다. 아버지도 가끔은 전화하셔서 '혼자 괜찮냐?'는 말을 남기기만 했었다. 아버지의 전화가 줄어들자 엄마의 전화가 잦아졌다. 엄마는 이혼한 것도 마음에 걸리는데, 굳이 청승스럽게 혼자 사느냐며 닦달이었다. 엄마와 통화하고 나면 두통이 왔다. 식구들과 오랫동안 살지 않았는데 그걸 잘할 자신이 없었다. 건성으로 알았다며 엄마와의 통화를 끊는 것도 싫증이 났다. 그즈음 태식은 퇴사를 생각하고 있었다. 그런 갈등에 시달리고 있었던 참이라 엄마의 전화는 통증이었다. 그중에서도 달라도 너무 다른 삼형제. 어느 하나 교집합이 없다. 딱 하나, 부모님이다. 그 이유만으로 삼형제는 합체되어야 한다는 게 막내의 변론이었다. 이사 날짜까지 민식이 정해줬다. 민식의 도움이라면 도움이라는 이유로 태식의 퇴사도 빨라졌다. 사직서를 제출한 그 주말에 본가로 들어갔다. 그 참에 못 이기는 척하고 본가로 들어간 건 다행이었다. 민정을 잃고 이혼까지 한 태식에게 가족은 그나마 비빌 언덕이었고 지금도 흔들리지 않는 큰 언덕이다. 자신이 책임져야 할 다른 식구들이 없는 게 참 다

행이라는 생각이 잠시 들었을 때 휴대전화 바탕 화면을 켰다. 아이
들이 방긋 웃고 있다.

3

"나는 당신의 그런 성격이 싫어!"

"도대체, 내 성격이 어떻다고 매번 이래?"

선경은 태식의 얼굴을 빤히 쳐다보며 눈물을 뚝뚝 흘렸다.

"당신이 무슨 자선가야? 툭하면 돈 빌려주고 떼이고. 이젠 진절
머리가 나. 애써 벌었으면 당신이나 잘 먹고 잘 살면 되지. 뭐 하러
남들 일에 일일이 참견하고 그러냐 곳!"

"그럼, 어쩌냐? 우리도 애가 아프면 애가 닳잖아."

선경의 눈꼬리가 획을 그으며 올라갔다. 솔직히 선경의 말이 옳
다. 하지만 이 성격이 나쁜 쪽으로 몰리는 건 태식의 자존심이 긁
히는 것이라 참지를 못한다. 그렇더라도 지금은 자존심의 꼬리를
확실하게 내리는 게 상책이다.

"선경아, 이번만, 어? 이번만, 응?"

그렇게 아이처럼 칭얼대다 마지막으로 '그대의 옷자락에 매달려
눈물을 흘려야 하나요?'라며 노래 한 소절을 부르면 선경은 획을
그은 눈꼬리를 내리며 문을 쾅 닫아버렸다. 쾅 소리가 들린다는 건
선경의 화가 조금은 누그러졌다는 신호다.

그 일이 있고 얼마 지나지 않아 태식은 회사 동료에게 돈을 또
빌려주었다. 십 수 년을 함께 일한 동료이기도 했지만, 워낙 성실

한 사람이었다. 동료 K의 작은 아이가 림프성 무슨 병이라는 진단 받았다고 했다. 같은 부서에 근무하는 동료들이 십시일반 보태어 위로금을 전달하기도 했다. 워낙 신임이 두터웠던 동료였던 게 문제가 된 것은 그로부터 몇 달이 지났을 때였다. 그는 며칠 휴가를 내고 출근하지 않았다. 작은 아이의 치료 때문이라고 했다. 그러나 그의 휴가가 이해하기 어려울 만큼 길어진다고 생각될 때 일이 터졌다.

K의 휴가가 의심스럽다는 말을 언뜻 듣기도 했었다. 퇴직금을 정산했다는 말도 들렸었다. 하지만 태식은 믿지 않았다. 그는 분명 그럴 사람이 아니라고 굳게 믿고 있었다. 하지만 그가 신청했다는 휴가가 너무 긴 것도 의심스러워졌다. 그에게는 월차, 연차가 거의 남아 있지 않았기 때문이었다. 그래도 잠시 고개를 갸우뚱거릴 정도로 그를 믿었던 태식이었다. K의 휴가가 끝났음에도 그가 회사로 복귀하지 않았다. 태식은 설마 하는 마음으로 그에게 연락을 취했지만, 그와는 연락이 되지 않았다. 왜 나쁜 예감은 과자 예감처럼 부서져 목으로 삼킬 수 없는 걸까.

6월의 마지막 날이었다. K의 사태는 심각했다. 동료 여러 명에게서 돈을 빌렸었고, 그 돈의 액수는 일억오천만원이 넘었다. 돈을 빌려준 동료들은 그에게 전화를 해댔지만 없는 번호라는 알림만 듣고 말았다. 태식도 마찬가지였다. 그도 K에게 빌려준 돈이 이천만원이었다. 그해 연말에 입주할 아파트의 입주금이었다. K의 사정이야 딱하지만, 우리 형편에선 무리라는 선경의 말을 듣지 않고 빌려준 돈이었다. 선경과의 사이가 급격하게 벌어진 건 그때부터였다. 그 이전에도 이만저만한 사건들이 있었지만 그런 건 아무것도 아니었다. 하지만 새집으로 이사할 날을 기다리고 있던 선경에게 그 일은 엄청난 충격이었다. 게다가 태식은 선경에게 알리지도 않고 퇴직금 일부를 정산하여 K에게 더 빌려주기까지 했다. 사건이 터지고 난 뒤 태식이 퇴직금의 일부를 정산까지 해서 빌려준 돈이라는 걸 선경이 알았다. 새 아파트로 입주할 때 비상금으로 쓰려고 계획했던 돈이라고 그것만은 절대 손대지 말라고 했던 선경이었다. 부부싸움이 일일연속극처럼 매일 저녁 아이들에게 방송되었다. 그 파장이 파장으로 다시 돌아와 부딪히는 날들은 가족 모두에게 상처였다. 급기야 선경은 아이들을 데리고 집을 나갔다. 태식은 그녀가 집을 나가자마자 전화했지만, 그녀가 전화기를 강제로 재워버렸다.

그녀는 친정도 없다. 친구들에게는 자존심이 상해서 가지도 않았을 것이다. 대화 없는 상태로 이틀을 보냈을 때 큰딸 민희가 전화했다. 어느 모텔에서 지내는데 민정이가 많이 아팠다며 빨리 데리러 오라고 했다. 태식은 조퇴하고 아이들과 선경이 지내는 모텔로 찾아갔다.

문을 열어준 건 작은딸 민정이었다. 태식을 보더니 두 팔을 벌리며 태식의 다리를 폭 안았다. 그런 작은딸을 보니 마음이 뭉클했다. 태식은 민정을 안아 올렸다. 미안해. 작은딸이 들었는지 아빠 사랑해, 라며 등을 토닥토닥 해줬다.

선경은 태식을 보려고도 하지 않았다. 하지만 큰딸 민희가 태식의 손을 이끌고 선경 앞에 세웠다. 겸연쩍어하는 태식의 볼을 작은 손으로 비비며 민정이 한마디 했다.

"아빠, 나 많이 아팠는데 이제 괜찮아."

민정의 발음이 너무 상큼해서 꿈인 줄 알았다.

4

"아빠, 나 많이 아팠는데 이제 괜찮아."

민정의 발음이 너무 상큼해서 눈물이 났다. 태식은 그렇게 잠이
깼다. 눈언저리에 흐르는 눈물을 닦는다는 게 민정을 지우는 것처
럼 느껴졌다. 내 아이가 아픈 줄도 모르고 무슨 개짓거리를 한 것
인지. 민정의 꿈을 꾸고 나면 머리가 무거웠다. 민정이 너무 보고
싶다. 하지만 이제 작은딸 민정은 사진 속에서, 태식의 가슴 속에
서만 산다. 지금쯤이면 열다섯 살, 중학생이 되었으리라.

선경이 집을 나간 날 민정은 여행이라도 가는 줄 알고 뛰어가다
가 택시에 부딪힐 뻔했다고 했다. 무릎이 약간 까진 정도였는데 밤
새 끙끙 앓았고 다음날 새벽에는 응급실로 갔다고 했다. 놀란 충격
에 아이가 몸살을 하는 정도로 알고 응급실을 찾았는데 의외의 이
야기를 듣게 되었다고 했다. 무릎에 난 상처가 오래된 것인지 물었
고, 지난밤의 상처라는 말에 의사가 고개를 갸웃했다고 했다. 그러
면서 가족들의 혈액형을 모두 알려달라고 했단다. 민정은 Cis-AB
형이라는 말을 듣게 되었다고 선경이 말했다.

선경이 아이들을 데리고 집으로 돌아온 후부터 민정은 어지럼
증을 호소했고, 뛰어놀거나 많이 움직이는 것을 싫어했다. 언젠가
잔업을 마치고 돌아온 태식에게 선경이가 민정이를 데리고 병원

에 다녀와야겠다고 말을 했었다. 아무래도 수상하다는 것이었다. 잘 뛰어다니지도 않고 또래보다 많이 움직이지 않는다고 그녀가 말했었다. 태식은 별것 아니라고, 계절이 바뀌니까 계절 타나 보다 며 보약이나 한 첩 먹이자며 흘려보냈었다. 보약을 먹인 뒤 아이는 또 발랄해졌고 잘 놀았다. 하지만 그것도 오래 가지 못했다. 선경 이 틈만 나면 며칠 휴가를 내라고 말했었다. 하지만 태식은 늘 회 사 일이 먼저였고 아이들과는 쉬는 날 공원에 나가는 것으로 휴가 를 대신했다. 그렇게 미루고 미루었던 민정의 건강검진이 이렇게 돌아왔다. 아내 선경의 말을 들었어야 했다. 그때는 그것이 병인 줄 몰랐다. 으레 아이들이 많이 뛰어놀면 피곤한 것이라고 여겼었 다. 그랬기에 민정이가 병원에서 메트헤모글로빈혈증이라는 진단 을 받은 것은 크나큰 충격이었다. 아이는 점점 더 약해졌고 선경과 태식의 온도 차는 사하라 사막의 일교차만큼 클 수밖에 없었다.

장례식을 마치고 나왔을 때 선경이 내민 것은 이혼서류였다. 그 녀는 협의 이혼이긴 해도 서너 달은 걸린다고 말했고 태식이 서류 를 받은 자리에서 도장을 찍게 했다. 그녀의 등에서 번개가 쳤다. 아마도 태식이 가슴 통증을 느끼기 시작한 게 그때부터였던 것 같 다. 민희가 가끔 전화했지만, 민희의 목소리를 듣는 것만으로 고통 은 잔잔하게 밀려와 큰 파도가 되었고 끝내는 며칠씩 앓게 되었다. 그 이후로 민희와의 통화도 점차 줄어들어 이제는 연락조차 하지 않는다. 그러나 민희는 가끔 아빠 잘 지내? 라는 문자로 안부를 묻 는다.

5

아버지는 민정이 세상을 떠나고 이년 뒤에 돌아가셨다. 아버지가 돌아가신 후 엄마는 장에 가는 일을 우선순위로 두었다. 물론 예전에도 장날이면 뭔지 모르게 들떠 있기도 했었지만 이렇게 심하진 않았다. 강식은 그런 엄마를 이해할 수 없다며 투덜거렸지만, 장에 나간 엄마가 조금이라도 늦으면 안절부절못했다. 어른인 엄마가 좀 늦을 수도 있는데 뭘 그리 신경을 쓰냐고 핀잔을 주어도, 대문 앞에서 엄마를 만나면 시장바구니를 얼른 받아 들며 잔소리 폭격을 가했다. 누가 들으면 두 사람은 싸우는 것이 분명했다. 대답하는 엄마의 목소리도 논리적이지 않아 걸걸했고, 걱정이 가득 묻은 강식의 목소리도 칼칼해서 대화가 길어질수록 목소리들은 칼싸움처럼 골목을 가득 채웠기 때문이었다. 강식의 잔소리는 폭풍우보다 더 거센 것이 흠이었지만 그 나름의 엄마에 대한 사랑이었다.

폭풍 잔소리의 2부는 식탁 위에 올려놓은 시장바구니를 보면서 시작되었다. 꺼내면 단무지와 어묵뿐이었다. 늘 그랬다. 도대체 뭐하러 시장에 가는지 모르겠다며 투덜대는 강식의 입에는 즉석 어묵이 물려 있었다. 늘 그런 식이었지만 정말 엄마가 시장에 가서 장을 봐오는 이유를 알 수 없었다. 단무지와 어묵뿐인 시장바구니. 엄마가 장에 가서 사온 노란 단무지가 밥상에 올라왔다.

민희와 민정이가 할머니가 사주는 단무지와 어묵이 맛있다고 했던 말이 떠오른다. 특히 작은딸 민희는

"할머니, 이렇게 맛있는 오뎅과 단무지는 어디서 사와요?"

하고 물었다. 그러면 엄마는 자랑스러운 듯 경화장에서 사오지,

라며 민희의 등을 톡톡 두드렸다. 아이들이 맛있게 먹는 모습을 보면서 엄마는

"아이구, 이쁜 내 새끼들. 체하지 않게 꼭꼭 씹어서 먹어이!"

그 말에 아이들은 행복하게 웃으며 대답했다.

"네, 할머니!"

마치 제비 새끼들처럼 재잘재잘 대며 맛있게 먹던 그 어묵. 선경과 태식은 이런 건 마트에도 많이 있고, 그 맛이 그 맛이라고 했지만 두 딸은 할머니가 사오는 게 더 맛있다며 엄마를 변호했다. 그러고는 깔깔 넘어가던 아이들.

난데없이 아이들의 공격을 받고 태식은 얼른 밥상머리에서 물러났다. 엄마는 밥을 먹다 말고 일어선다며 잔소리했고, 강식은 엄마가 만날 단무지와 오뎅만 사오니까 그런다며 말다툼했다. 막내 민식은 또 시작이라며 밥상의 심판을 맡았다. 태식은 방문을 소리나지 않게 닫고 옥상으로 올라갔다. 옥상의 바람은 차가워졌다. 추분이 지난 지 좀 되었다. 아마, 민정은 학원에 다닐 것이다. 만약, 저승에도 학원이 있다면 말이다. 어떤 학원에 다닐까?

"나는 피아니스트가 될 거야. 발레리나도 될 건데."

"그게 뭐 하는 건지 알고 하는 말이야?"

민희의 빈정거림에 민정은 야무지게 대답했다.

"그럼, 피아노치고 춤추는 사람이잖아."

하면서 발레리나의 흉내를 내곤 했다. 그때가 일곱 살이었다. 민정아…….

단축 버튼을 눌렀다. 받은 사람도 대답이 없었다. 무응답의 휴대전화를 들여다보다 끊으려는데,

"태식 씨, 나야."

선경이었다. 너무 반갑기도 하고 놀라워서 휴대전화에 찍힌 번호를 확인했다. 민희 번호가 맞다.

"민희는 자. 오늘 시험 보고 와서 피곤하다며 일찍 잠들었네. 잘 지냈어?"

그녀의 목소리는 차분하고 따뜻했다. 태식은 선경의 목소리가 떨리지도 않고 너무 매끄러워서 무슨 말을 해야 할지 몰라 우물쭈물하고 말았다. 갑자기 눈시울이 어둠을 데우는 바람에 태식은 고개를 들어 하늘을 봤다. 별이 총총하다.

"태식 씨?"

그녀의 목소리가 검은 하늘의 별 가운데 하나가 던지는 말처럼 들려왔다. 이 목소리를 얼마나 듣고 싶었던가.

"지금, 올래?"

느닷없는 선경의 말에 태식은 놀랐다.

"민희가 당신 많이 보고 싶어 해. 벌써 고등학생이잖아. 얼마나 예쁜지 몰라."

어렵게 도착한 곳이 네 식구가 단란하게 지내던 그 아파트다. 아직 이사도 안 했구나. 뭔지 모르게 벅차오르는 감정을 걷잡을 수 없어서 초인종을 누를 수가 없었다. 그렇게 잠시 시간을 진정시키고 있을 때 전화벨이 울렸고 문도 열렸다.

선경은 예전 그대로 예뻤다. 이혼한 지 오래되었지만, 그녀가

눈동자에 들어서는 순간 심장이 떨렸다. 안아보고 싶었다. 안고 싶다. 선경에게 한발 다가설 때, 방문이 열리고 갑자기 뻥튀기처럼 커진 민희가 캬악, 소리치며 뛰어와 안겼다. 눈물은 흐르기 위해 고여 있는 것이 아니라 적시기 위해 고여 있는 것인지도 모른다. 눈물이 민희와 선경을 자꾸 적시고 태식은 젖은 그녀들을 자꾸 닦았다.

어색할 만도 할 텐데 민희는 전혀 그렇지 않은지 태식을 편하게 대해주었다. 선경에게 잔소리하는 민희를 보니, 사춘기를 지났는지 제법 애어른 소리를 했다. 성격은 활발하고 자기 주도적인 것 같았다. 선경이 아이를 잘 키웠구나 싶어 안심이다.

8년 만에 만난 민희는 태식에 대해 제법 많은 것을 알고 있었다. 집에 돌아오는 길에 선경이 귀띔을 해줬다.

"그동안 어머니랑 전화도 하고 가끔 장날에 같이 장도 보러 다녔어. 당신은 몰랐어?"

태식은 전혀 예상치 못한 일이었고 고개만 끄덕였다.

"당신이 여행 지도를 만드는 것도 알아. 인스타그램에서 '단무지와 어묵' 검색해봐."

태식은 의아해하며 물었다.

"왜, 단무지와 어묵이야?"

"할머니가 사주신 어묵이 자기들이 좋아했던 거잖아."

그 말에 묻은 선경의 미소가 참 고왔다.

6

많은 사건 사고가 있었지만, 최근의 사건 사고는 당연히 태식과 선경의 재결합이었다. 그렇다고는 하나 살림살이를 합친 건 아니었다. 민희가 수능시험을 볼 때까지 기다리라는 조건을 걸었고 태식은 그것도 감지덕지라고 생각했다. 민희가 고2가 되었고 태식의 일은 아직 제자리를 찾지 못했다. 퇴사하고 받은 퇴직금 일부는 민희가 대학에 진학할 때 등록금으로 쓰려고 남겨두었지만 그 나머지는 여행을 다니면서 거의 쓴 상태라 통장 잔액 확인은 필수불가결한 것이었다. 게다가 빌려준 돈까지 날렸으니 체면이 말이 아닌 셈이다. 그나마 본가에 살면서 조금씩 아꼈고 가끔 인력사무소에 다니면서 일했으니 잔액이 조금이라도 남아있는 게 어딘가. 애써 자위하고 있지만 앞으로가 더 걱정인 게 사실이다.

선경은 유아복을 제작해서 판매하고 있다. 요즘은 인터넷 쇼핑몰도 있으니 굳이 가게를 얻지 않아도 괜찮아서 시작했다고 했다. 민정을 잃고 빠져나간 정신이 거짓말같이 백일이 되었을 때 돌아왔다고 웃으면서 말하던 선경. 그날 민정의 옷가지를 정리하는데 민정이 세상을 뜨기 전에 해준 말이 떠올랐다고 했다.

"엄마, 나는 엄마가 만들어준 옷을 입으면 기분이 제일 좋아. 내가 어른이 되어도 만들어줄 거지?"

그땐 너무 아픈 아이를 보는 것만으로도 고통이어서 얼른 대답하지 못했다고 했다. 그리고 덧붙인 말이 '아빠랑도 친하게 지내야 해. 근데, 지금은 화내도 괜찮아. 나중에 언니가 고등학생이 되면 꼭 친하게 지내. 알았지?' 그 말을 하고 삼일 뒤에 아이는 세상을 떠났다. 모든 것이 무너졌다고 생각될 때 떠오른 그 말이 정말 힘이 됐다고 했다. 자식을 가슴에 묻었는데 지켜야 할 약속이 있다는 것이 얼마나 감사한 일인지 살면서 실감하고 있다고 했다. 그래서 유아복과 주니어복을 만든다고 했다. 아직도 가슴에서 자라는 민정과 지켜야 할 약속을 지키기 위해서라고. 민희가 입고 있는 옷들은 선경이 지은 옷이다. 그 옷을 입고 SNS에서 활동한다고 했다. 그야말로 선경의 전속모델인 셈이다. 인터넷 쇼핑몰의 사이트가 '단무지와 어묵'이라고 했다. 민희는 태식의 여행지도 사이트 이름도 '단무지와 어묵'으로 사용하고 있다. 민정은 태식에게 무슨 말을 했던가. "아빠, 나 많이 아팠었는데 이제 괜찮아." 지금도 꿈에서 듣는 말이다. 정말 지금은 다 나았을까. 요즘은 민정의 목소리를 들으면 마음 온도가 올라가 즐겁다.

7

언제부터인지는 분명치 않다. 엄마가 장날마다 장에 가는 이유가. 그리고 그녀가 사 오는 반찬이라는 게 단무지와 어묵은 필수요, 갈치와 대패삼겹살은 선택이며 갖가지 과일은 기분이었다. 경화장은 매월 3일과 8일에 서는 오일장이다. 진해는 통합시가 되었지만, 경화장 만큼은 예나 지금이나 변함없이 전통을 유지하고 있다. 그도 그럴 것이 경화장은 진해의 명물이고, 진해는 또한 군항제로 유명하기 때문이다. K방송국의 「6시 내 고향」에도 자주 나오는 제법 유명한 장이다.

어느 해인가, 엄마는 전국으로 자기의 얼굴을 알렸다. 「6시 내 고향」이 군항제 특집으로 진해 경화장에서 생방송으로 진행되고 있었다. TV 화면에 그녀의 오른쪽으로 기운 발걸음과 목소리가 전국으로 전파되다니. 이런 뜨악한 일이 일어나리라고는 아무도 예측하지 못했다. 그것도 즉흥적으로 말이다.

아침나절에는 밭에서 일하느라 정신없던 엄마가 집을 나선 건 오후 3시였다. 아버지는 다 늦은 시각에 어딜 나가냐고 물었고 엄마는 어김없이 '장에 갑니더.' 하고 집을 나섰다. 아버지는 너무 늦지는 말라고 당부했지만, 엄마는 6시가 지나도 집으로 돌아오지 않았다. 하긴, 장날인데 엄마에게 일찍 오라는 말은 고양이에게 생선을 주고 먹지 말라는 당부와 같은 말이었다. 아버지는 대문을 나서는 엄마에게 또 한 가지 당부를 뒤통수에다 콕콕 박았다.

"오늘은 제발 단무지하고 오뎅은 사오지 마라이!"

아버지는 엄마가 돌아오는 걸 기다릴 수는 없었고 허기가 몰려왔다. 출장 간다고 여행 가방을 들고 나가는 아들의 신발 뒤축처럼 꾹꾹 눌리는 목소리로

"밥 묵고 가지."

했지만 둘째는 다녀올게요, 라는 말을 신발 주걱처럼 남기고 집을 나섰다. 작은 아이를 잃고 이혼한 큰아들과 막내아들은 둘 다 늦는다고 전화가 왔고 장에 간 아내는 전화도 받지 않는다.

"이 여편네가 받지도 않을 전화는 뭐할라꼬 들고 다니노?!"

목에 걸린 가시처럼 욕 한 사발이 걸렸지만, 그냥 가래만 퉤! 하고 뱉었다. 그리고는 가스렌지에 점심때 먹다 남은 김치찌개를 올려놓고 TV를 켰다.

화면에는 와자지껄한 장면이 비쳤고 눈에 익은 장날의 모습이었다. 리포트는 여기저기 시장 상인들을 찾아다니며 짧게 인터뷰하고 있었다. 그때였다. 눈에 익은 그녀의 모습. 바로 아내다. 오른쪽으로 살짝 기우는 걸음걸이, 오늘 입고 나간 옷차림하며, 목소리도 들리는 게 아닌가. 아버지는 휴대전화의 단축번호를 눌렀다.

"와예?"

"니가 와 거서 나오노?"

엄마는 사방으로 고개를 돌리며 말했다.

"내가 와예? 오데 나옵니꺼? 근데, 당신은 오데 있는데 내를 봅니꺼?"

그녀는 고개를 돌렸고 카메라에 원 샷으로 잡히고야 말았다. 그런 줄도 모르고 그녀는 단무지와 어묵을 들고 "오뎅캉 단무지 샀어예!" 큰 소리로 외치고 말았다. 갑자기 주변이 조용해지고 그녀만이 단무지와 어묵을 들고 춤을 추듯 흔들리고 있었다. 카메라맨이 당황했는지 잠시 카메라가 흔들렸고, 이 기회를 놓칠 리 없는 리포트는 엄마와의 인터뷰를 진행했다. 엄마는 몇 번이나 꽁무니를 빼는 듯했지만, 은근슬쩍 구미가 당기는지 애써 웃음을 참아가며 인터뷰에 응했다.

"어머니, 손에 들고 흔드신 게 뭡니까?"

"아이고, 보고도 모릅미꺼. 오뎅하고 단무지 아입미꺼!"

"알죠, 몰라서 묻는 건 아니고 김밥이라도 싸시나 봅니다?!"

"오데예, 우리 집 반찬이라예."

"반찬이요?"

리포트는 좀 당황한 표정을 지으며 다시 질문했다.

262

"경화장에서 제일 유명한 게 뭔지 전국에 계신 시청자들께 자랑 좀 해주세요."

그녀는 머뭇머뭇하더니

"내 생각에는 마, 단무지하고 오뎅이 젤 유명한 거 같습니더. 아무리 돌아 댕기 봐도 살 기 없거든 예."

"살 기 없다는 말은 살 게 너무 많아서 고르기가 힘들다는 말이신 거죠?"

"오데예, 방송하는 사람이 그래 거짓말을 하모 씁니꺼? 진짜 살 기 없어 예."

"아, 어머니의 유머는 차원이 남다르시네요. 하하하하"

리포트의 웃음을, 먼지를 쓸어내는 손짓을 하며 엄마가 말했다.

"진짜로 살 기 없어 가꼬 단무지랑 오뎅 샀습니더. 우리 집은 단무지하고 오뎅만 있으모 식구들이 억수로 좋아하고 잘 묵어예. 우리 손녀딸들이 억수로 좋아했습니더⋯⋯."

카메라 감독이 엄마를 클로즈업 한 그 순간이었다. 갑자기 엄마의 표정이 일그러졌다. 리포터는 뒷말을 못 들었는지 다시 물었다. 그녀가 울먹이는 소리로 대답했다.

"우리 손녀딸들이 좋아했어예. 특히 작은 손녀 민정이가 억수로 좋아했어예. 민정아⋯⋯."

그녀는 카메라도 의식하지 않고 엉엉 울었다. 대성통곡이었다. 이런 날벼락이 있을 수 있나.

「6시 내 고향」 측에서 보자면 대단한 방송 사고였지만 카메라 감독도 어쩔 수 없는 천재지변이나 마찬가지였다. 그렇게 대성통곡을 한 엄마가 얼굴을 쓱쓱 문지르며

"단무지캉 오뎅 사러 오이소!"

아이러니하게도 그녀의 웃음은 너무 순진하고 천진난만했으며 웃음 뒤의 슬픔은 그렇게 전국으로 배달되었다.

8

태식은 엄마의 잔소리를 덮어쓰고 시장바구니를 들었다. 오일 장이 괴롭지만, 엄마가 내뿜는 내리사랑의 표현이라고 생각하기로 했다.

"엄마, 오늘도 단무지랑 오뎅 살 거요?"

"문디 자슥아, 알면서 머 할라꼬 자꾸 묻노, 입 아프구로."

오늘따라 엄마의 걸음이 오른쪽으로 더 기운다. 햇살은 엄마의 걸음을 좇느라 열기가 대단하다. 주차장을 나선 태식의 휴대전화의 벨이 울렸다. 통화버튼을 누르기도 전에 엄마는 단골 어묵 가게에 들어가 태식을 보며 단무지와 즉석 어묵을 흔들고 있다. 태식은 휴대전화의 벨 소리를 가만히 듣고 있다.

일년 365일 동안 우린 멋진 파트너야…….

작가의 말

글을 쓰는 게 내겐 위로였다. 초등학교 때부터 늘 그랬다. 어떤 문장이든 쓰고 나면 개운했다. 그 덕분에 교과서보다는 소설책과 더 가까웠다. 학교 도서관에서 책을 빌리는 것이 일이었지만 제대로 읽지 못하고 반납하는 일이 더 많았다. 가정환경 상 문자는 책 밖으로 나오지 못했기 때문이다.

옛날 집에는 작은 다락이 있었다. 다락은 나를 들여다볼 수 있는 유일한 곳이었고 고통과 아픔과 눈물이 첨벙대는 축축한 곳이었다. 나만의 다락방에는 수많은 이야기가 먼지처럼 쌓였고 늘 새로웠다. 축축해서 이야기의 싹이 더 잘 자란 것 같다.

고3 졸업을 앞두고 어느 가내수공업 공장에서 일한 적이 있다. 모 고등학교 졸업생을 만났다. 무엇이 되고 싶냐고 물었다. 나는 소설가가 될 것이라고 대답했더니, "딱 굶어 죽기 좋은 직업이지." 하고 말했다. 그 말이 너무 충격적이었는지 20대가 지날 때까지 소설을 기억 속 서랍 어디쯤 가뒀었다. 자물쇠도 걸지 않았지만 한동안 조용히 잘 지내는 것 같았다. 하지만 너무 가두면 도망치고 싶다. 억누르면 발산하고 싶고. 기억 속 서랍이 부서지는 소리를 듣고 보니 벌써 21세기의 초입에 도달했다.

때때로 길을 잃는다. 다행인지 어떤지 길은 늘 내 앞에 있었다. 가끔 막다른 골목에 도착하지만, 다시 돌아서서 길을 찾는다. 길을 찾고 잃는 일을 반복한다. 길은 늘 새로운 곳과 연결되어 있었다. 그래서 부지런히 걷고 걸었더니 여기까지 왔다.

일곱 살이 될 때까지 나를 키워주신 외할머니의 사랑이 나의 바탕을 이루었다. 내게 외할머니는 동화였고, 아버지는 시며, 엄마는 소설이다. 우리 가족 모두가 나의 안전 동화이며 안전 거울이다.

귀여운 손자들이 무럭무럭 자라 건강한 삶을 꾸리는 데 도움이 되는 글을 오랫동안 쓰고 싶다. 우리의 이야기가 세상에 환한 빛이 될 때까지.

2023년 여름의 끝자락에

이영탁

소설가 **이영탁**

경남 진해에서 태어나 창원대학교에서 국문학 박사과정(현대시 전공)을 수료했다. 시조로 등단했으며, 「동서문학상」 소설 부문에 입선하여 소설가가 되었다. 동화『너를 위한 이야기』(공저)를 출간했고, 「문심」 동인으로 활동 중이다. 강원도 화천에 터를 다지고 지내면서 동화, 소설, 시를 쓰고 있다.

이영탁 소설집
꽃내길

1판 1쇄 찍은 날 2023년 8월 18일
1판 1쇄 펴낸 날 2023년 8월 25일

지은이 이영탁
펴낸이 김완준

펴낸곳 모악

출판등록 2016년 1월 21일 제2016-000004호
주소 경북 예천군 호명면 강변로 258-52, 201호
이메일 moakbooks@daum.net

ISBN 979-11-88071-62-3 03810

* 이 책의 내용을 재사용하려면 모악의 서면 동의를 받아야 합니다.
* 이 책은 강원특별자치도, 강원문화재단 후원으로 발간되었습니다.

값 15,000원